EIN EARL ALS JUNGGESELLE

MIT BONUS-MATERIAL DER BÜCHERREIHE DIE UNBERÜHRBAREN

CHRONIKEN DER EHESTIFTUNG
BUCH ZWEI

DARCY BURKE

Übersetzt von
PETRA GORSCHBOTH

EIN EARL ALS JUNGGESELLE

DIE VORGESCHICHTE ZU DEN UNBERÜHRBAREN

Der Pfad der wahren Liebe verläuft niemals geradlinig. Manchmal ist eine Hausparty zur Ehestiftung vonnöten. Wenn Paare sich auf einer Hausparty kennenlernen, ereignen sich provokative Flirts, heimliche Rendezvous und Verliebtheit im Überfluss.

Eugenia, die Herzoginwitwe von Kendal, hat nach dem Tod ihres geliebten Ehemannes zwei Jahre lang getrauert und sich zurückgezogen. Nun gibt ihre Cousine eine Hausparty und hat Genie zur Teilnahme überredet – es ist der perfekte Moment, ihre Trauerzeit zu beenden. Genie freut sich darauf, ihre alten Freunde wiederzusehen, aber sie ist schockiert, als sie den wahren Anlass dieser Veranstaltung erfährt: Verwitwete Damen mit verwitweten oder unverheirateten Gentlemen zu verkuppeln.

Einst in die junge Eugenia Aldwick vernarrt, ist Edmund Holt, Earl of Satterfield begeistert, als Genie auf der Hausparty der Eheanbahnungen eintrifft. Eine beiderseitige Anziehung flammt sofort zwischen ihnen auf, allerdings braucht er eine Frau, die ihm einen Erben bescheren kann, und dazu ist sie nicht fähig. Genie wäre auch liebend gern Mutter, nachdem sie ihre Tochter vor vielen Jahren verloren hatte. Können sie der Liebe eine zweite Chance geben, oder werden sich die Verpflichtungen seines Titels und der Schmerz ihres mütterlichen Herzens als zu stark erweisen, um sie zu ignorieren?

Die romantische Vorläufergeschichte zu der USA Today Bestseller-Serie Die Unberührbaren! Dieses Buch enthält Bonus-Szenen aus der Serie Die Unberührbaren, mit vielen Ihrer Lieblingscharaktere.

KAPITEL 1

Der Himmel hatte sich zunehmend verdunkelt, als sie sich dem Blickton Anwesen näherten, und das lag nicht daran, dass die Nacht hereinbrach. Ein dicker Regentropfen traf auf die Fensterscheibe von Eugenia St. Johns Kutsche, als sie über die Auffahrt auf das Herrenhaus zu fuhr. Die im Wind schwankenden Bäume waren in Gold und Orange gekleidet und Genie fragte sich, wie viele Blätter morgen wohl noch an den Ästen hängen würden.

Es war ein Jammer, denn sie liebte die prächtigen Farben des Herbstes. So wie auch ihr geliebter Ehemann es getan hatte. Das vertraute schmerzliche Ziehen in ihrer Brust war im Laufe der vergangenen zwei Jahre seit seinem Tod allmählich abgeflaut, aber es war immer noch zu spüren. Sie fragte sich, ob das immer so bleiben würde. Wenn sie jetzt an ihn dachte, lächelte sie zumindest, und die Tränen, die sie vergoss, rührten von den lieben Erinnerungen her, anstatt von Kummer.

Endlich kam das Haus in Sicht und seine blasse palladianische Struktur hob sich gegen den schwärzer werdenden Himmel ab. Vor weniger als einhundert Jahren erbaut, war Blickton nicht so groß wie Lakemoor, doch das waren andererseits nur wenige Anwesen. Ihr Ehemann, der Herzog von Kendal, hatte Lakemoor und seine Ländereien in einem exzellenten Zustand bewahrt und sein Sohn und Erbe setzte diese Verpflichtung fort, was Genie vom Witwenhaus aus verfolgte.

Die Kutsche kam vor der Tür zum Stehen und ein Diener eilte mit einem Schirm ins Freie. Der Regen begann nun ernsthaft vom Himmel zu prasseln, als Genie aus der Kutsche stieg und mit ihrer Zofe im Schlepptau ins Haus hastete.

»Willkommen, Euer Gnaden«, begrüßte der Butler sie. »Die Gäste sind im Salon versammelt.«

Genie hätte wahrscheinlich gern gebeten, zuerst auf ihr Zimmer zu gehen, um ihr Reisekostüm gegen eine andere Garderobe auszutauschen, aber die Gastgeberin, ihre Cousine, Lady Cosford rauschte geschäftig in die riesige Eingangshalle und ihre Schuhe klapperten dabei auf dem Marmorboden.

»Genie, endlich bist du hier! Komm, und lerne die anderen Gäste kennen. Ich verspreche dir, dass du dich nach einer kurzen Vorstellung zurückziehen darfst.« Cecilia lächelte strahlend und ihre bernsteinfarbenen Augen blitzten. Sie war immer überschwänglich gutgelaunt. Genie war für diese Eigenschaft besonders dankbar gewesen, nachdem ihr Ehemann verstorben war.

Nur weil Cecilia so unterstützend und wundervoll gewesen war, hatte Genie zugestimmt, zu ihrer Hausparty zu kommen. Diese Veranstaltung war ihr erstes größeres gesellschaftliches Ereignis, seit Jeromes Ableben.

Genie brachte ein Lächeln zustande. »Natürlich.« Sie setzte ihren Hut ab und zog die Handschuhe aus, ehe sie alles an ihre Zofe übergab.

Cecilia hakte sich bei Genie unter und führte sie durch mehrere Räume, bis sie den großen Salon erreichten, der einen Blick über die ausgedehnte Parklandschaft des Blickton Anwesens bot. »Bitte heißen Sie alle die Herzoginwitwe von Kendal willkommen!«

Witwe. Genie sträubte sich innerlich bei diesem Titel. Sie hatte nie geglaubt, im Alter von zweiundvierzig einmal Witwe zu sein.

Sie blickte sich im Raum um und erkannte eine Handvoll Gesichter. Sie schätzte, dass etwa zwanzig Gäste anwesend waren. Auf den ersten Blick schien es auch, dass ein recht ausgeglichenes Verhältnis zwischen Männern und Frauen herrschte.

»Willkommen, Genie!« Eine der Anwesenden, die Genie bekannt war, trat mit einem freudigen Lächeln vor und ihre hellblauen Augen funkelten vor Entzücken. Lady Bradford, ebenfalls eine Witwe, war ihre liebe Freundin gewesen.

Das war sie gewesen. Weil Genie sich in ihrem Witwenhaus auf Lakemoor in den vergangenen zwei Jahren isoliert hatte.

Genie lächelte herzlich und war aufrichtig erfreut, Letitia zu sehen. »Ich bin so erfreut, dich zu sehen, Lettie.«

»Und ich dich«, entgegnete sie und dann senkte sie ihre Stimme, als sie näher heranrückte, sodass nur Genie sie hören konnte. »Ich hatte Angst, dass du nicht kommen würdest.«

»Das hätte ich beinahe nicht getan«, flüsterte Genie, die über ihre Enthüllung überrascht war.

»Nun, da alle hier sind«, verkündete Cecilia, »sollten wir uns einander richtig vorstellen. Wir werden den Raum durchgehen und wenn Sie an der Reihe sind, sagen Sie Ihren Namen und etwas über sich selbst.«

»Was sollen wir sagen?«, fragte ein Gentleman mit hochgezogener Braue.

Cecilia zog eine Schulter hoch. »Was immer Sie möchten. Obwohl Sie vielleicht von so alltäglichen Dingen Abstand halten sollten, wie die Anzahl Ihrer Kinder oder was Sie zum Frühstück gegessen haben. Ich werde anfangen. Ich bin Lady Cosford, Ihre Gastgeberin und ich schlafe das ganze Jahr mit offenem Fenster.«

»Sogar an einem Tag wie diesem?«, erkundigte sich eine Dame von der anderen Seite des Raumes.

»Ganz besonders an einem Tag wie diesem. Ich liebe den Duft von Regen.« Cecilia drehte den Kopf einem Gentlemen zu ihrer Linken zu. »Sie sind an der Reihe, Mr. Sterling.«

Weil Genie zu Cecilias Rechten stand, wäre sie als Letzte an der Reihe. Ein weiterer schneller Blick durch den Raum sagte ihr, dass dies ewig dauern würde. Genie seufzte leise.

Etwas höher gewachsen als der Durchschnitt, besaß Mr. Sterling ein charmantes Lächeln und dunkelblaue Augen, in deren Winkeln sich Falten bildeten und ihn als einen Mann mit gutem Humor erscheinen ließen. »Dann sollte ich nicht damit anfangen, die Tugenden und Torheiten meiner vier Kinder aufzuzählen.« Dies wurde mit Gelächter und dem Ruf »Nein!« von einigen Gentlemen kommentiert, worauf noch mehr Gelächter folgte.

»Nun gut, dann«, lenkte er ein und unterdrückte dabei sein Lachen. »Ich besitze ein Treibhaus mit exotischen Blumen.«

»Oh, das klingt entzückend«, stellte die Frau zu seiner Linken fest. Sie war als Nächste an der Reihe und so setzte sich das Spiel – als solches erschien es – durch den Raum fort. Irgendwo auf der gegenüberliegenden Seite des Kreises von Genie verlor sie allmählich die Konzentration und ihr

Verstand und Körper waren von der Reise müde, obwohl sie bloß mit einer Kutsche gefahren war. Was hatte es mit dem Reisen nur auf sich, dass es so erschöpfend war?

Die scharfe Spitze von Cecilias Ellbogen riss Genie aus ihrer Träumerei. »Sagen Sie das noch einmal, Lord Satterfield«, bat Cecilia mit klimpernden Wimpern.

»Ich sagte, dass meine Lieblingsfarbe Lila ist.«

Mit hochgezogenen Augenbrauen schoss Cecilia Genie einen Blick zu, mit dem sie offensichtlich etwas sagen wollte. Dann krauste sie die Lippen und senkte ihren Blick auf Genies Reisekostüm. Das … lila war.

Und? Genie sah sich um und stellte schnell fest, dass sie die einzige in Lila war. Dann ließ sie den Blick wieder durch den Raum schweifen und entdeckte Lord Satterfield – das war sein Name, oder? –, der sie unverwandt ansah. Hitze wallte in ihrer Brust auf und als sie überallhin ausstrahlte, wärmte sie ihr Blut und errötete ihre Haut. Es war nicht nur, dass er sie ansah, es war die Art, wie er sie ansah – er besaß die faszinierendsten Augen. Sie waren dunkel wie schwarzer Kaffee mit beinahe feminin anmutenden Wimpern, aber sie wirkten perfekt an ihm. Er sah sie an, als ob er seine Aufmerksamkeit einfach nicht mehr losreißen konnte.

Doch dann tat er es doch, als das Spiel weiterging. Genie stieß die Luft aus und erst dann erkannte sie, dass sie sie angehalten hatte. Die nächsten paar Minuten verbrachte sie mit dem Versuch, der Frage auf den Grund zu gehen, warum sie dieses plötzliche Aufflackern eines Fiebers verspürt hatte. Vielleicht wurde sie krank.

Endlich war sie an der Reihe. Sie hatte keine Ahnung, was sie sagen sollte. Warum hatte sie diese Zeit nicht damit verbracht, sich etwas Geistreiches oder zumindest Interessantes einfallen zu lassen? Wahrscheinlich lag es daran, dass sie die uninteressanteste Person war, die sie kannte. Oder zumindest schien es so, als würde sie sich dazu entwickeln.

Cecilia sah sie ermunternd an. »Du bist an der Reihe«, flüsterte sie.

»Ich bin …«, krächzte Genie. Sie hüstelte verhalten. »Ich bin die Herzoginwitwe von Kendal, aber das hat Cec – Lady Cosford Ihnen bereits gesagt. Dies ist meine erste Hausparty seit einiger Zeit. Ich tanze gern.« Wie überaus langweilig und berechenbar.

»Ausgezeichnet, denn es wird jede Menge Tanz geben!«, bemerkte Cecilia und klatschte in die Hände. »Wundervoll, jetzt kennen wir alle einander. Wir werden in Kürze eine Pause einlegen, damit diejenigen, die sich für eine Weile zurückziehen wollen, Gelegenheit dazu bekommen, ehe wir uns alle für das Abendessen versammeln. Wir werden uns hier um sechs Uhr dreißig treffen und dann um sieben Uhr in den Speisesaal hinübergehen. Nach dem Abendessen wird es Kartenspiel und Tanz geben. Für morgen haben wir Unterhaltungen geplant, einschließlich eines Picknicks und eines Spaziergang zum Swift River.« Sie sah hinter sich zur Tür und runzelte die Stirn »Ich frage mich, wo Cosford abgeblieben ist.« Sie lächelte strahlend. »Ach naja, er wird vermutlich bald hier sein. Wenn Sie noch nicht auf Ihrem Zimmer waren, wird ein Diener Sie begleiten. Und hier sind einige Erfrischungen.«

Mehrere Diener traten ein und trugen jeder ein Tablett mit Speisen und Getränken. Genies Magen knurrte leise zur Antwort und sie hoffte inständig, dass niemand es hörte. So müde sie auch war, war sie offensichtlich sogar noch hungriger.

Die Speisen – Schnittchen, Kuchen und Kekse – wurden auf einem Tisch angerichtet, der in einer Zimmerecke stand, während die Getränke auf einem anderen Tisch in einer anderen Ecke angeboten wurden. Genie strebte direkt auf die Speisen zu, doch sie wurde fast sofort von Mr. Sterling aufgehalten, dem Gentleman, der als Erster gesprochen hatte.

»Dies ist auch für mich die erste Hausparty seit einiger Zeit«, bemerkte er mit einem halben Lächeln. »Ich habe gerade die Trauerkleidung abgelegt.«

»Oh, das tut mir so leid.« Genie erkannte, dass keine Mrs. Sterling dabei gewesen war. Zumindest hatte sie nicht davon gehört. Aber andererseits war ihre Aufmerksamkeit auch geschwunden. Dennoch hatte sie viele Namen behalten und würde seine Ehefrau nicht neben ihm gestanden haben?

Es sei denn, es gab keine Ehefrau.

Genie dachte an das Spiel zurück. Hatte es *irgendwelche* Ehefrauen gegeben? Oder anders gefragt hatte es irgendwelche verheirateten Paare gegeben? Abgesehen von ihren Gastgebern natürlich. Nein, sie glaubte nicht, dass es welche gegeben hatte. Wie eigentümlich.

»Ich weiß, dass Sie es verstehen«, bemerkte Mr Sterling. »Es ist nicht leicht, weiterzumachen, nachdem man den Ehepartner verloren hat. Insbesondere mit Kindern. Haben Sie Kinder?«

Da war stets ein tiefer Schmerz, wenn jemand diese Frage stellte. Genie hatte schon vor Langem gelernt, ihn zu ignorieren, ihn zu vergraben und ihm gelegentlich nachzugeben. Jetzt war nicht der richtige Zeitpunkt dafür.

»Nur meinen Stiefsohn, aber er ist vierundzwanzig und ziemlich gut in der Lage, allein klarzukommen.« Meistens. Er gestattete ihr noch immer, ihn zu bemuttern und dafür war sie dankbar. Er hatte den Tod seines Vaters vielleicht noch schwerer genommen als Genie. Die letzten beiden Jahre hatte er ganz gewiss damit verbracht, unter Beweis zu stellen, dass er ein ebenso ausgezeichneter Herzog war, wie sein Vater gewesen war.

»Richtig. Ich tanze ebenfalls gern. Hoffentlich bin ich noch immer so behände, wie ich in meiner Jugend war.«

Sterling schmunzelte. Er schien etwa im gleichen Alter wie Genie, mit einigen grauen Strähnen in seinem dunklen Haar. Er war auf eine vornehme, reife Weise attraktiv. Was bedeutete das überhaupt? Es bedeutete, dass sie niemanden mehr als attraktiv betrachtet hatte, seit sie Jerome vor fast zwanzig Jahren kennengelernt hatte. »Ich hoffe, Sie werden mir heute Abend einen Tanz reservieren?«

»Gewiss.« Sehr zu ihrem Entsetzen erzeugte Genies Magen ein weiteres verzweifeltes Geräusch.

Wieder schmunzelte Sterling. »Sollen wir zu den Erfrischungen hinübergehen?«

»Ja, bitte.« Genie strebte erneut auf den Tisch zu und aus dem Augenwinkel erkannte sie, wie Lord Satterfield sie beobachtete.

Du findest ihn *attraktiv.*

Ja, das tat sie. Gut. Also hatte sie seit Jerome niemanden außer Lord Satterfield attraktiv gefunden.

Die Hitze sprang sie erneut an und sie nahm einen Teller, um einige Speisen auszuwählen. Als sie sich suchend nach einem Platz umsah, wo sie ungefährdet essen konnte, landete ihr Blick auf einem kleinen und glücklicherweise verwaisten Sitzbereich auf der gegenüberliegenden Seite des Zimmers. Erpicht darauf, ihren Hunger zu stillen und dann auf ihr Zimmer zu gehen, um sich für den Abend zu stärken, der vor ihr lag, schritt Genie zielstrebig darauf zu. Sich zu stärken? Würde sie in eine Schlacht ziehen?

Sie war reichlich absurd. Dies war eine harmlose Hausparty, die ihr als Hilfe dienen sollte, von der Trauerzeit zurück ins Leben zu finden. Aber welches Leben war das genau?

Als sie die Sitzgruppe erreichte, sank Genie in einen Sessel und nahm einen kleinen Bissen ihres Schnittchens. Der Schinken war köstlich geräuchert. Kurz schloss sie genussvoll die Augen.

»Schmeckt es?« Die männliche Stimme neben ihr ließ sie zusammenzucken. Sie öffnete die Augen und schluckte, als sie aufsah.

Lord Satterfield setzte sich neben sie. Seine dunklen Augen musterten sie mit offener Bewunderung. Er war breitschultrig und gut in Form, mit einem attraktiven Gesicht, das von einem kleinen, aber deutlichen Grübchen in seinem Kinn und dieser Art von ausladenden Wangenknochen gekennzeichnet war, die aussahen, als wären sie gemeißelt. Sein Haar wurde dünner und gab eine breite, männliche Stirn frei. Sein Mangel an Haar lenkte nicht im Geringsten von seinem guten Aussehen ab.

Er hielt ein Glas mit irgendetwas, vielleicht Brandy, in der Hand und hob es zu einem Schluck an die Lippen. Genie heftete den Blick auf seinen Mund, ehe sie – sehr zu ihrem Entsetzen – erkannte, dass sie ihn anstarrte. Sie senkte den Blick auf ihren Teller und vertilgte den letzten Rest ihres Schinkensandwiches.

»Mein Brandy ist köstlich«, bemerkte er und vielleicht stieß er sie darauf an, dass sie seine Frage nicht beantwortet hatte. Weil sie zu sehr damit beschäftigt war, ihn anzustarren.

Genie nahm ein weiteres Schnittchen. »Der Schinken ist sehr gut. Sie sollten ihn probieren.« Es war ein dürftig verschleierter Versuch, ihn dazu zu bewegen, wieder zu gehen. Warum wollte sie so begierig, dass er ging? War der Sinn dieser Hausparty nicht, dass sie ihre gesellschaftlichen Verbindungen wiederherstellte?

Genie holte tief Luft und setzte ein Lächeln auf. Dann nahm sie einen weiteren Bissen. Dies war Geflügel – Fasan, dachte sie. Es war nicht so gut wie der Schinken.

»Ich bin nicht so schrecklich hungrig«, entgegnete Satterfield. »Allerdings bin ich durstig.« Der Schalk blitzte in seinen Augen, ehe er einen weiteren Schluck nahm. »Ich versuche, mich zu erinnern, ob wir uns früher schon einmal begegnet sind. Natürlich kannte ich Ihren Ehemann. Wir haben im House of Lords zusammengearbeitet.«

»Tatsächlich? Kendal war in Bezug auf Reformen sehr engagiert. Wie steht es bei Ihnen?«

»Das bin ich in der Tat. Manchmal mache ich mich damit unbeliebt, aber es ist mir egal. Kendal hatte sich auch nicht darum gekümmert.«

Es fühlte sich merkwürdig an, über ihren Ehemann zu sprechen, und zwar teilweise, weil »Kendal« jetzt ihr Stiefsohn war.

In ihren Gedanken war Titus noch immer Ravenglass. Das war sein Ehrentitel gewesen, aber für alle anderen war er jetzt der Herzog. Genies Ehemann – und ihre Zeit als Herzog und Herzogin – waren Vergangenheit.

»Ist das schwierig?«, fragte Satterfield leise.

»Nein.« Das sollte es nicht. Es war genug Zeit vergangen. »Es ist eigentlich schön, über ihn zu sprechen, insbesondere mit jemandem, der ihn gekannt hat.«

»Ich habe ihn wirklich sehr bewundert. Er hat mir Anleitung angeboten, als ich anfangs – vor etwa fünfzehn Jahren – zu den Lords kam.«

»Das überrascht mich nicht. Ich habe ihn oft den Hirten genannt, weil er alle so gern geführt hatte, die ihm das erlaubten.« Genie musste dieses Mal das Lächeln nicht willentlich hervorrufen, das auf ihren Lippen erblühte.

Satterfield lächelte mit ihr. »Was für ein ausgezeichneter Name für ihn. Ich wünschte, ich hätte gewusst, ihn so zu nennen.«

Zum ersten Mal seit ihrer Ankunft fing Genie an, sich zu entspannen. Vielleicht brauchte sie genau das.

Satterfield musterte sie für einen Augenblick. »Ich war überrascht, Sie hier zu sehen, Herzogin.«

Irgendetwas in seinem Tonfall ließ Genie aufrechter

sitzen und ihre Wachsamkeit war geweckt. »Warum ist dem so?«

»Ich habe gehört, dass Sie in tiefer Trauer sind und vielleicht eine dritte Saison im kommenden Frühling ausfallen lassen würden.«

Natürlich gab es Gerüchte über sie. London lebte vom Klatsch. »Nun, das ist genau genommen nicht die Saison«, entgegnete sie und fühlte sich ein klein wenig in der Defensive. »Es schien genau die richtige Gelegenheit, um mich wieder vorsichtig auf das gesellschaftliche Parkett zu wagen.«

Satterfield runzelte die Stirn, und das stachelte Genies Wachsamkeit nur noch mehr an. Wie auch immer, ehe sie noch weiter über seine Reaktion nachdenken konnte, kam Lord Cosford in den Salon marschiert.

»Ich bin so erfreut, dass Sie alle hier sind! Bitte vergeben Sie mir meine Verspätung.« Er blickte sich unter den versammelten Gästen um, bis sein Blick sich liebevoll auf Lady Cosford senkte. Nach einem kurzen Moment wandte er sich wieder dem Raum zu. »Wie ich sagte, bin ich sehr erfreut, dass Sie alle hier sind, denn wenn Sie es nicht bereits wären, fürchte ich, dass Sie es nicht geschafft hätten. Der Regen hat die Straße weggewaschen und so, wie es plätschert, könnte das für einige Tage anhalten. Es ist gut, dass Sie alle geplant haben, für eine Woche hierzubleiben!« Er gluckste. »Tatsächlich könnten Sie vielleicht länger hierbleiben und ich wage zu sagen, dass Sie es nicht bereuen werden.« Er zwinkerte und dies wurde von fast allen mit Gelächter quittiert. Allerdings nur fast, denn Genie war nicht sicher, was daran so lustig war.

»Selbstverständlich«, sprach Cosford weiter, »werden wir einige Anpassungen an unsere Aktivitäten vornehmen.« Noch einmal sah er zu seiner Ehefrau. »Ich weiß, dass meine liebe Ehefrau alternative Pläne vorbereitet hat, also seien Sie versichert, dass es Vergnügungen für alle geben wird. Jetzt ist es, denke ich, an der Zeit, dass ich einen Brandy bekomme!« Er drehte sich zu dem Diener, der ihm am nächsten stand und hielt dann noch einmal inne. »Ich hätte es beinahe vergessen. Wenn Sie Ihre Karte noch nicht erhalten haben, heben Sie die Hand und Vernon wird sie Ihnen bringen.«

Genie schluckte den letzten Bissen herunter und dann wandte sie sich zu Satterfield. »Was für eine Karte? Wenn wir nicht nach draußen gehen können, warum brauchen wir dann eine Karte?«

Er legte den Kopf schief und sah sie mit einem … fragenden Blick an. Abermals wurde Genie von einem merkwürdigen Gefühl überkommen. Und endlich fing sie an zu erkennen, dass sie etwas verpasst hatte.

Satterfield hob die Hand und einen Augenblick später brachte der Butler ein Exemplar zu ihm. »Ich habe bereits eine«, sagte er zu Genie. »Diese ist für Sie. Allerdings nehme ich an, dass Sie nicht wissen, wofür sie gedacht ist.« Er runzelte leicht die Stirn. »Hat Lady Cosford Ihnen den Anlass dieser Party nicht erklärt?«

Anlass? Was für einen Anlass mochte eine Hausparty haben, abgesehen davon, eine Gelegenheit zu gesellschaftlichen Verbindungen und Vergnügungen zu bieten? Genie nahm die Karte und klappte das Papier auseinander. »Ist dies das Haus?« Sie sah zu dem Earl hinüber.

»Das obere Stockwerk, um genau zu sein.«

Das konnte sie sehen. In jedem Schlafzimmer war jemandes Namen oder seine Initialen vermerkt. Sie fand die ihren – zumindest glaubte sie, dass HWK sich auf sie bezog, die Herzoginwitwe von Kendal. Warum um alles in der Welt wurden Karten ausgehändigt, in denen jedermanns Schlafzimmer vermerkt war? Es sei denn … Nein, das war zu skandalös.

Genie sah sich im Raum unter den versammelten Gästen

um. Nein, keine Ehefrau. Kein Ehemann. Es war kein Paar vertreten, einmal abgesehen von ihren Gastgebern. Tatsächlich war Genie ziemlich sicher, dass jede anwesende Frau eine Witwe war. Was zum Teufel war das für eine Art von Party?

Genie stand so schnell auf, dass sie ihren Teller umstieß und sie fühlte, wie ihr die Röte ins Gesicht stieg. Ehe sie sich bücken konnte, um die Kuchen aufzuheben, die zu Boden gepurzelt waren, und auch den Teller, erledigte Satterfield das bereits für sie.

Als er sich erhob, trat er einen Schritt näher, sodass kaum etwas Platz zwischen ihnen blieb. Ihre Nähe erschreckte und erregte sie zugleich. Sie war seit einiger Zeit keinem Mann mehr so nahe gewesen. Sie war noch *nie* einem Mann so nahe gewesen, der nicht ihr Ehemann war.

»Ich bedaure, dass Sie es nicht gewusst haben«, bemerkte er leise. »Aber ich bin froh, dass Sie hier sind.«

Genie konnte sich nicht bewegen. Ihr Herz schlug schneller und sie fragte sich, ob er es hören konnte. Er drehte sich um und nahm im Davongehen ihren Teller mit den Keksen mit. Was gut war, denn sie hatte ihren Appetit verloren.

Sie entdeckte Cecilia, die auf der anderen Seite des Raumes neben ihrem Ehemann stand, und mit schnellen Schritten ging sie in diese Richtung. »Cecilia, darf ich dich kurz sprechen?« Genie bemühte sich um einen freundlichen Tonfall.

Cecilia drehte sich um und lächelte ihr zu. »Natürlich.«

»Willkommen auf Blickton, Herzogin«, begrüßte Lord Cosford sie heiter. »Wir freuen uns so sehr über Ihr Kommen.«

Genie verengte den Blick ein wenig, bevor sie ihre Aufmerksamkeit auf Cecilia heftete. »Unter vier Augen, bitte?«

Besorgnis flackerte in Cecilias Blick auf. »Gewiss.« Sie führte Genie aus dem Salon. Sobald sie mehrere Schritte von der Tür entfernt waren, drehte sie sich zu Genie um. »Ist etwas nicht in Ordnung?«

Genie hielt die Karte hoch und hatte zu kämpfen, um ihre Emotionen unter Kontrolle zu behalten. »Was ist das?« Nein, das war nicht die richtige Frage. Genie wusste, was es war. Sie kannte allerdings nicht die Antwort auf die Frage, warum. »Worum geht es bei dieser Party?«

Rosa Flecken zeichneten sich auf Cecilias Wangen ab und bestätigten damit den Schock und die Bedrängnis, die Genie empfand. »Oh du Liebe Güte, ich kann sehen, dass du verärgert bist. Ich hätte es dir von vornherein sagen sollen, aber ich hatte gefürchtet, dass du nicht kommen würdest.«

Sie hatte verdammt recht damit, dass Genie nicht gekommen wäre. »Alle hier sind unverheiratet.«

»Ja, unsere Hoffnung war, eine Gelegenheit für diejenigen zu schaffen, die unverheiratet sind und vielleicht wieder heiraten wollen, sich zu begegnen und Verbindungen zu knüpfen.«

»Was für eine Art von Verbindungen?« Genie sah auf das Papier in ihrer Hand. »*Du hast eine Karte verteilt, auf der die Schlafzimmer von allen vermerkt sind.*«

Cecilias Gesichtsfarbe vertiefte sich. »Ah, ja, das haben wir. Wir bieten auch eine Gelegenheit für etwas … intimere Verbindungen, falls jemand das wünscht.«

Genie starrte sie an und war für einen Moment unfähig zu denken. »Das ist verrückt.«

»Das ist es nicht wirklich. Lady Greville hat vor ein paar Jahren eine Party wie diese hier gegeben und es war ein großartiger Erfolg.« Cecilia setzte ein halbes Lächeln auf und sah Genie mit einem mitfühlenden Ausdruck in den Augen eingehend an. »Ich hatte eigentlich gedacht, diese Party insbesondere für dich zu geben.«

»Du kannst nicht glauben, dass ich wieder heiraten möchte. Oder … irgendetwas anderes.«

»Warum nicht?« Cecilias rostbraune Augenbrauen zogen sich zusammen. »Du bist jung, wunderschön und intelligent. Es gibt keinen Grund, warum du allein bleiben solltest.«

»Nein, es gibt überhaupt keinen Grund, außer, dass ich es will. Ich werde gehen.« Sobald die Worte aus ihrem Mund waren, ging ihr auf, dass eine Abreise unmöglich war.

»Du kannst nicht. Die Straße …«

»Ist unpassierbar.« Genie knirschte mit den Zähnen. »Ich fühle mich, als ob du mich ausgetrickst hättest.«

Cecilia streckte die Hand aus, um Genies zu berühren, doch diese trat einen Schritt zurück. »Es tut mir so leid. Das hatte ich nicht gewollt. Ich hatte wirklich gedacht, dass du zugänglich wärst. Du warst immer die herzlichste – und sogar die geselligste – Frau.«

»Das heißt nicht, dass ich wieder heiraten will. Ich habe mich auf eine Hausparty gefreut und nicht auf … was immer das ist.«

»Verzeih mir.« Cecilias Gesichtsausdruck fiel in sich zusammen und sie rang die Hände. »Das kann trotzdem noch eine Hausparty für dich sein.«

Genie war nicht sicher, ob sie das glaubte. Sie machte den Mund auf, um eine Antwort zu geben, doch dann entschied sie, dass ihr nichts mehr einfiel, was sie noch sagen könnte, also machte sie einfach auf dem Absatz kehrt und ging davon. Glücklicherweise würde ihr diese unfassliche Karte den Weg zu ihrem Zimmer weisen.

»Ich sehe dich beim Dinner!«, rief Cecilia mit aufkeimender Hoffnung in der Stimme hinter ihr her.

Abermals antwortete Genie nicht. Weil sie nicht wusste, was sie tun würde.

KAPITEL 2

Edmund Holt, Earl of Satterfield, nippte an seinem Port, während das Stimmgewirr, das von den männlichen Unterhaltungen im Speisezimmer herrührte, um ihn herum summte. Er hatte beim Dinner der Herzoginwitwe von Kendal – oder, wie er sich aus seiner Jugend erinnerte, Miss Aldwick – gegenüber gesessen. Er erinnerte sich an sie, wie er sie, die Tochter eines Viscount und die jüngste von fünf Geschwistern, auf einem der ersten Bälle gesehen hatte, an denen er im Alter von zwanzig Jahren teilgenommen hatte.

Groß gewachsen und von einer Anmut und Eleganz, die für ihre Jugend eigentümlich schienen, waren ihre stechend grauen Augen von Intelligenz erhellt, und sie hatte Edmunds Aufmerksamkeit sofort geweckt. Aber er hatte am Anfang seiner großen Tour gestanden und noch nicht die Absicht gehabt, zu heiraten, wohingegen sie – aufgrund des Ablebens ihrer Eltern mit einigen Jahren Verspätung – auf dem Heiratsmarkt war. Sie war zwei Jahre älter und dieser Umstand, der ihn damals nicht im Mindesten gestört hatte, war noch immer vollkommen belanglos.

Sie besaß ein wundervolles Lachen und ein Lächeln, das den gesamten Ballsaal bezauberte. Edmund hatte nicht den Mut aufgebracht, sie um einen Tanz zu bitten. Er vermutete auch, dass all ihre Tänze aufgrund ihrer Beliebtheit vergeben waren. In den Wochen, die bis zu seiner Abreise folgten, behielt er sie aus der Ferne im Auge und beobachtete, wie sie die Auswahl unter den verfügbaren Gentlemen der Saison hatte. Es hatte den Anschein, als würde sie den Marquess of Ravenglass erwählen, doch dann kam sein Vater, der Herzog von Kendal, bei einem Unfall ums Leben und die Wahrscheinlichkeit ihrer Verbindung schien gering geworden zu sein. Als Nächstes kam Edmund – es war im folgenden Winter – zu Ohren, dass sie den neuen Herzog geheiratet hatte. Die Verbindung wurde als Liebeshochzeit gerühmt, und Miss Aldwick hatte geduldig auf Kendal gewartet, bis er seinen Vater betrauert und seinen Platz als Herzog eingenommen hatte.

Es überraschte Edmund nicht, dass er sich an all das erinnerte – er hatte im Laufe der Jahre oft an sie gedacht. Und wenn ihn jemand gefragt hätte, ob er wüsste, dass sie vor zwei Jahren Witwe geworden war, hätte die Antwort Ja gelautet. Er hatte es gewusst und etwas in seinem Inneren keimte auf. Denn er hatte nie geheiratet. Weil ihn in den vergangenen zwanzig Jahren keine Frau so berührt hatte, wie Miss Aldwick.

Als Earl wusste er, dass es seine Pflicht war, eine Ehe zu schließen und einen Erben hervorzubringen. Trotzdem hatte er sich nicht durchringen können, das zu tun, und Edmund war mit Leib und Seele romantisch, würde jedenfalls seine Mutter sagen.

Sie irrte sich nicht.

Es war für Edmund nicht zu spät, zu heiraten und Kinder zu bekommen. Das war in der Tat der Grund, warum er zu dieser Party gekommen war. Er hatte sich der Erkenntnis ergeben, dass es an der Zeit war. Aber er hatte nie erwartet, Miss Aldwick – die Herzoginwitwe – hier anzutreffen. Seine Resignation hatte sich unvermittelt in Frohsinn gewandelt. Allerdings hatte sie nicht gewusst, dass der Anlass dieser Party in der Anbahnung von ehelichen Verbindungen bestand, und noch bedeutsamer war, dass sie entsetzt schien, als sie es herausfand.

»Sie sind furchtbar still«, bemerkte Cosford und setzte sich auf den freien Platz neben Edmund.

Edmund hatte noch nicht einmal bemerkt, dass sein Gastgeber von der Stirnseite des Tisches aufgestanden war. »Ich grüble nur ein wenig über die nächsten Tage und frage mich, wie Sie es schaffen wollen, uns alle bei diesem Wetter im Haus zu beschäftigen.«

»Ich will doch hoffen, dass es trockener wird, aber wenn nicht, können Sie versichert sein, dass meine Frau jede Menge Aktivitäten für alle arrangiert hat.« Er schmunzelte leise. »Sie würde die Party als einen erbärmlichen Reinfall betrachten, wenn sie das nicht täte. Tatsächlich würde sie die ganze Angelegenheit auch als Reinfall sehen, wenn sich nicht ein Paar zusammenfinden würde.« Er schüttelte den Kopf. »Ich sage andauernd, dass das unwahrscheinlich ist, aber sie besteht beharrlich darauf.«

»Ich muss ihrer Frau zustimmen«, entgegnete Edmund, bevor er einen weiteren Schluck seines Ports nahm. Er stellte das Glas zurück auf den Tisch, doch er behielt die Finger um den Stiel gekrümmt. »Ob nun eine Heirat oder etwa einige andere …Verbindungen zustande kommen, scheint es, dass Lady Cosford eine Gruppe ausgesucht hat, die entweder das eine oder das andere will. Sicherlich wird sich zumindest eine Verbindung – entweder vorübergehend oder dauerhaft – entwickeln.«

»Vorsicht, oder ich werde noch glauben, dass Sie ebenso romantisch wie meine Ehefrau veranlagt sind!« Cosford lachte, aber er ernüchterte rasch. Er senkte die Stimme. »Ich bin nicht sicher, ob alle hier eine Verbindung eingehen wollen. Offensichtlich war die Herzoginwitwe nicht allzu erfreut, als sie den wahren Anlass dieser Party herausfand.«

»Warum hat sie ihn nicht im Voraus erfahren?« Hatte sie nicht die gleiche Einladung erhalten, wie Edmund? Wahrscheinlich nicht.

Cosford trank einen Schluck seines Ports. »Cecilia dachte, dass sie nicht kommen würde, wenn sie es wüsste. Und Cecilia ist der Meinung, dass von all den Menschen hier, sie diese Party am meisten braucht. Die Witwe hat seit dem Tod des Herzogs wie eine regelrechte Einsiedlerin gelebt und Cecilia macht sich um ihre Cousine Sorgen.«

»Aber trotzdem. Wenn sie für diese Sache noch nicht bereit war, scheint es unsensibel, die Wahrheit vor ihr geheim zu halten.« Edmund kümmerte es keinen Deut, falls er damit seinen Gastgeber beleidigte. Die verärgerte Reaktion der Herzoginwitwe vorhin war weitaus beunruhigender.

»Ich kann nicht widersprechen, aber ich möchte mich nicht zu sehr in die Pläne meine Frau einmischen, insbesondere nicht, wenn es um ihre Familie geht. Sie wird ohnehin tun, was sie möchte, ob ich ihr nun abrate oder nicht.« Er zog eine Schulter hoch. »Ich kann nicht sagen, dass es mir etwas ausmacht. Im Gegensatz zu den meisten unseres Geschlechts bevorzuge ich Frauen, die wissen, was sie wollen und das auch in die Tat umsetzen.« In Cosfords Blick trat ein stolzer Schimmer, der Edmund veranlasste, sich von ganzem Herzen eine liebevolle eheliche Beziehung zu wünschen. Vielleicht war er zusätzlich zu dem Gefühl, heiraten zu *müssen*, zu so etwas bereit?

Edmund war begierig, die Herzoginwitwe wiederzusehen. Die Vorfreude staute sich in ihm auf, als die Gentlemen sich mit ihrem Port Zeit ließen. Er würde sie mit Achtsamkeit behandeln. Vorausgesetzt, dass sie immer noch im Salon war. Sie war eingetroffen, kurz bevor sie zum Abendessen hineingegangen waren – und es war bereits so spät gewesen, dass Edmund schon gefürchtet hatte, sie würde nicht mehr kommen.

Dann erschien sie in einem wunderschönen lavendelfarbenen Kleid und der hauchzarte Stoff wehte in einer kurzen Schleppe hinter ihr her, als sie in den Raum schwebte. Ihr dunkles, glänzendes Haar war aufgesteckt und mit einem breiten, lavendelfarbenen Band verziert, während zarte Locken ihre Schläfen und die Wangen streiften. Sie sah mehr als entzückend aus und Edmund hatte während des Dinners kaum den Blick von ihr abwenden können. Was nicht sehr schwer war, weil sie ihm direkt gegenübersaß. Das hatte eine Unterhaltung mit ihr absolut unmöglich gemacht, aber er hatte sie ausgiebig betrachten können.

»Sollen wir uns zu den Damen in den Salon begeben?«, fragte Cosford im Aufstehen begriffen.

Edmund hielt sich zurück, damit er nicht zur Tür hinausrannte. Doch selbst so war er der zweite Gentleman, der das Speisezimmer verließ und irgendwie war er der erste, der den Salon betrat. Er musste sich nicht nach der Herzoginwitwe umsehen, da sie neben der Tür weilte, als ob sie im Begriff gewesen wäre, zu gehen. Edmund dankte seinem Glück, dass sie es nicht getan hatte. Er zögerte nicht einen Augenblick, um zu ihr zu gehen und sich mit ihr zu unterhalten.

»Ich hoffe, Sie waren nicht im Begriff, sich zurückzuziehen«, begrüßte er sie mit einem sanften Lächeln.

»Das war ich tatsächlich. Es ist ein langer Reisetag gewesen.«

»Das war es tatsächlich, aber wäre es schrecklich schamlos von mir, Sie zu bitten, es sich noch einmal zu überlegen? Ich hatte gehofft, ihr Partner bei einem Tanz zu sein.

Ich erinnere mich, dass Sie eine ausgezeichnete Tänzerin sind.«

In ihren prachtvollen grauen Augen blitzte Überraschung auf, als ihre fein geschwungenen Brauen sich zu einem leichten V zusammenzogen. »Wir haben miteinander getanzt?«

»Bedauerlicherweise haben wir das nicht«, entgegnete er, als der letzte der Gentlemen in den Salon trat.

Sie sah ihn fragend an. »Wie können Sie dann wissen, ob ich eine gute Tänzerin bin? «

»Sie waren eine Sensation in Ihrer ersten Saison. Als junger Bursche war ich über alle heiratsfähigen Damen im Bilde.«

Ein schwaches Erröten färbte ihre Wangen und dann wandte sie den Blick ab. »Das ist schon einige Zeit her. Ich bin überrascht, dass Sie sich erinnern. «

»Werden Sie bleiben und mit mir tanzen?«, fragte er. »Ich verstehe, dass diese Party nicht ganz das ist, was Sie erwartet hatten, aber gewiss werden Sie das Tanzen genießen.«

»Ich weiß nicht.« Alles an ihrem Tun und ihrem Betragen, insbesondere das leichte Abfallen ihrer Schultern schrie ihr Zögern heraus. »Ich bin nicht hier, um eine Verbindung einzugehen.«

»Selbst, wenn Sie das wären, wer kann schon vorhersagen, ob Sie eine finden werden?« Er lächelte. »Ich meine damit, dass es keine Anforderungen, keine Garantien gibt. Wenn Sie einfach tanzen wollen, dann tanzen sie nur.«

»Sie glauben nicht, dass jemand erwarten könnte …?« Sie sagte nicht was, aber Edmund konnte es vermuten.

»Ich denke, wenn Ihnen jemand Avancen macht – für irgendetwas –, sollten Sie ehrlich sagen, dass Sie nicht interessiert sind. Und wenn jemand beharrlich ist, hoffe ich, Sie sagen mir das, damit ich dafür sorgen kann, dass es aufhört.«

Sie zog eine Augenbraue hoch. »Sie bieten mir an, mich vor unerwünschten Anträgen zu beschützen?«

»Das tue ich. Sollte es nötig werden, würde ich es als meine Ehre betrachten, in Ihrem Namen einzugreifen.«

Ein Lächeln umspielte ihre Lippen und Edmunds Herzschlag setzte für einen Moment aus. »Das allein ist schon äußerst skandalös. Aber andererseits ist diese ganze Party unerhört skandalös.« Edmund erzeugte ein Geräusch in seiner Kehle. Er fand die Gesellschaft und ihre Regeln so ermüdend. »Das sollte es nicht sein. Alle hier sind erwachsen und intelligent genug, um in der Lage zu sein, ihre eigenen Entscheidungen zu treffen. Es gibt hier keine noch niemals zuvor verheirateten Damen, die sich Sorgen darum machen müssten, ruiniert zu werden.«

»Es gibt allerdings noch nie zuvor verheiratete Männer«, entgegnete sie sardonisch. »Was wird wohl unternommen werden, um ihren guten Ruf zu schützen?« Sie verdrehte die Augen.

Edmund lachte. »Das schließt mich mit ein. Vielleicht könnte ich auch auf Sie zählen, um mich zu beschützen.«

»Was soll ich tun? Soll ich die Übeltäterinnen direkt schneiden? Soll ich sie zum Duell herausfordern?« Sie schüttelte den Kopf. »Sie können eine Affäre mit jeder Frau in diesem Haus haben und niemand würde sich daran stören. Nun, sie würden sich vielleicht dafür interessieren, aber Ihr Ruf würde nicht leiden. Tatsächlich könnte es wahrscheinlich gefeiert werden.«

Er zog eine Grimasse. »Das ist überhaupt nicht gerecht, nicht wahr?«

»Nein.«

»Und deshalb ist diese Party ein bisschen speziell, oder nicht?«, fragte er in einem leisen Ton. Er sah sich unter den Männern und Frauen um, die im Raum versammelt waren. »Niemandes Ruf steht auf dem Spiel.«

»Das sagen Sie so leicht«, entgegnete sie. »Eine Frau muss immer auf der Hut sein, selbst bei einer Party, auf der von ihr erwartet wird, sich schlecht zu betragen.«

Er blinzelte sie an und straffte sich. »Ist das schlechtes Betragen? Ich sehe es nicht auf diese Weise.«

»Da ich weiß, dass Sie ein Schüler meines Ehemannes waren, vermute ich, dass Sie in Ihrem Denken eher fortschrittlich sind – aber für Ihr Geschlecht ist das anormal, würden Sie mir da nicht zustimmen?«

Sie sah ihn erwartungsvoll an und wieder war er von der Tiefgründigkeit und Schönheit ihres Blicks in Bann geschlagen.

Unglücklicherweise tat er das. »Ich glaube, dass die meisten, wenn nicht alle Gentlemen hier ähnlicher Gesinnung sind.«

»Das sollte ich wohl hoffen. Andererseits wäre niemandes guter Ruf, in Bezug auf die Damen wohlgemerkt, sicher.« Sie hatte enttäuschenderweise recht. »Ich werde mit Ihnen tanzen«, flüsterte sie.

Edmunds Blut geriet in Wallung, als er den Blick zu ihr herumschnellen ließ. »Ich bin geehrt.«

»Ich bitte um Aufmerksamkeit«, rief Lord Cosford aus. »Lady Cosford hat eine Ankündigung zu machen.« Er zeigte auf seine Frau, die neben ihm stand.

Lady Cosford lächelte dankbar zu ihm auf, ehe sie sich an den gesamten Raum wandte. »Ehe wir mit dem Tanzen beginnen, möchte ich mitteilen, dass wir morgen nach dem Frühstück eine Vorführung von Talenten haben werden. Wenn Sie ein besonderes Talent besitzen und es gern vorführen würden, kommen Sie bitte heute Abend zu mir. Es tut mir schrecklich leid, dass das Wetter uns leider zwingt, im Haus zu bleiben, aber dies wird überaus unterhaltsam werden.«

»Oh, du liebe Güte«, stieß die Herzoginwitwe hervor und lenkte damit Edmunds Aufmerksamkeit auf sich.

Er drehte sich zu ihr. »Ist etwas nicht in Ordnung?«

»Ich glaube, meine Cousine möchte, dass ich etwas auf dem Pianoforte spiele, aber ich habe seit einiger Zeit nicht mehr gespielt.«

»Sie wird Sie nicht drängen, davon bin ich überzeugt.« Edmund war sich dessen überhaupt nicht sicher – diese Frau hatte ihre eigene Cousine zu dieser Party eingeladen, ohne ihr die ganze Wahrheit zu eröffnen. »Und wenn Sie es doch wagt, denken Sie daran, dass ich hier bin, um Sie zu beschützen.«

Die Herzoginwitwe lachte. Der satte Klang ließ Edmund wünschen, für immer in diesem Augenblick zu verweilen. »Wie werden Sie das bewerkstelligen?«

»Ich könnte dafür sorgen, dass das Pianoforte morgen nicht funktioniert.« Er zwinkerte ihr verschwörerisch zu.

Sie machte große Augen, doch dann lachte sie erneut. »Das würden Sie nicht tun.«

»Das würde ich ganz bestimmt tun.«

»Nein, bitte tun sie es nicht. Vielleicht möchte jemand anders spielen. Tatsächlich könnte es vielleicht genügend Gäste geben, die etwas vorführen wollen, sodass sie mich überhaupt gar nicht fragt.« Sie klang ziemlich hoffnungsvoll.

»Ich habe vor, das zu tun.«

Ein Ausdruck der Überraschung flackerte über ihr Gesicht und sie teilte die rosa Lippen. »Wenn Sie das tun, wird es nicht auf dem Pianoforte sein, vermute ich, weil Sie es dann nicht außer Gefecht setzen könnten.«

Er schmunzelte. »Nicht auf dem Pianoforte.«

»Was dann?«

Er lächelte sie an. »Sie werden einfach abwarten müssen und dann werden Sie schon sehen.«

Die Musik setzte ein und Edmund streckte die Hand aus. »Sollen wir tanzen?«

»Das sollten wir.« Sie legte die Finger in seine und das Gefühl ihrer Haut an seiner – denn niemand hatte nach dem Dinner Handschuhe angezogen – löste eine Welle des Verlangens in ihm aus.

Er hatte keine Ahnung, was die nächsten Tage bereithielten, aber er konnte es kaum abwarten, das herauszufinden.

KAPITEL 3

Im Anschluss an eine Verschnaufpause nach dem Frühstück am folgenden Morgen versammelten sich alle im Ballsaal, wo eine Bühne aufgebaut worden war. Zwei Reihen von jeweils zehn Stühlen waren davor aufgestellt und auf der Bühne stand das Pianoforte, das Genie zu spielen abgelehnt hatte. Und, ja – Cecilia *hatte* gefragt. Allerdings hatte sie Genies Weigerung auch ohne Murren akzeptiert.

Genie hatte das Tanzen gestern Abend durchaus genossen. So sehr sogar, dass selbst dann, wenn der Rest der Party jämmerlich langweilig werden würde, sie froh war, gekommen zu sein.

Ihr würde allerdings nicht langweilig werden, nicht mit der Teilnahme von Lord Satterfield. Gestern Abend hatte er sie mit seinen Tanzkünsten und auch seiner Unterhaltung beeindruckt. Er war geistreich und charmant während ihres Tanzes und danach, als sie sich einige Zeit über ihre Liebe zu Pferden, der Abneigung gegenüber heißem Wetter und der Langeweile bei einem Menuett unterhalten hatten.

In ihren Gedanken verfangen wäre Genie beinahe mit

Lord Satterfield zusammengestoßen, als sie beide gleichzeitig in der zweiten Reihe ankamen. Sie hob eine Hand an ihre Brust. »Bitte verzeihen Sie mir. Ich hätte Sie fast nicht gesehen. Ich war in Gedanken versunken, fürchte ich.«

»Und hier bin ich, vollkommen von Ihnen in Bann geschlagen von dem Moment an, als ich den Ballsaal betreten habe«, entgegnete er mit einem Lächeln. »Woran haben Sie gedacht?«

»An gestern Abend, ehrlich gesagt. Ich habe mich an Ihre Geschichte von dem desaströsen Menuett mit – ich habe vergessen, wem – erinnert. Ich denke, ich habe zu heftig gelacht, um mir überhaupt ihren Namen zu merken.«

»Die Frage nach dem wem ist nicht von Belang. Anschließend wollte niemand mehr mit mir tanzen.« Er hatte ihr erzählt, dass er es für den Rest der Saison aufgegeben hatte, jemanden aufzufordern. »Nun, wenn ich das gewusst hätte, hätte ich Ihr Angebot von gestern Abend abgelehnt«, antwortete sie keck.

»Dann hätten Sie einen großartigen Tanz versäumt, weil wir sehr gut miteinander getanzt haben. Ich bin Ihnen weder auf die Füße getreten, noch habe ich Sie auf den Fußboden geworfen.« Während des monströsen Menuetts, wie er es nannte, hatte er beides getan.

Genie lachte heiter, als er auf zwei freie Plätze am Ende der Reihe zeigte. »Nach Ihnen«, forderte er sie auf. Sie traten in die Reihe und Genie nahm Platz. Lord Satterfield folgte dicht hinter ihr und schob die Frackschöße beiseite, als er sich hinsetzte. Er trug einen exquisit geschnittenen Frack aus feiner, dunkelblauer Wolle. Seine Krawatte war von einem beinahe blendenden Weiß, das sich besonders gut gegen die dunkle Farbe des Fracks abhob.

»Werden Sie mir verraten, was Sie vorführen wollen?«, fragte Genie.

Er grinste und schüttelte den Kopf. »Sie müssen nicht lange warten.«

»Dann darf ich zumindest fragen, ob das Pianoforte intakt ist?«

Er drehte sich etwas zu ihr. »Haben Sie Ihre Meinung darüber geändert, nicht zu spielen?«

»Das habe ich nicht, aber ich sehe es auf dem Podium, also hat ganz offensichtlich irgendjemand die Absicht zu spielen, und es wäre ein Jammer, wenn es nicht funktioniert.«

»Ich habe nichts unternommen, um seine Funktionalität zu beeinträchtigen «, entgegnete Lord Satterfield und hob dabei die Hand an seine Brust.

Cecilia trat auf das Podium und wandte sich der Versammlung zu. »Ich sehe, dass alle hier sind. Ausgezeichnet. Wir haben heute neun Vorführungen zu genießen. Wir werden mit Lord Satterfield beginnen, der uns mit seiner Darstellung von Hamlet in einer Auswahl aus Shakespeares Meisterwerk bezaubern wird.«

Genie drehte ihren Kopf ruckartig zu Satterfield um. Sie war über seine Wahl überrascht. Sie hatte keine Zeit etwas zu sagen, da er sich bereits erhob und auf das Podium zuging.

Er half Cecilia herunter, und dann stieg er hinauf. »Vielen Dank, Lady Cosford. Wie sie bereits angekündigt hat, werde ich einen Ausschnitt aus *Hamlet* vortragen. Akt 3, Szene 1, um genau zu sein.«

Im Raum wurde es sofort still, als er sich umdrehte, und seinen Rücken präsentierte. Genie liebte Shakespeare, und dieser Monolog war eine ihrer Lieblingspassagen. Sie lehnte sich auf ihrem Stuhl vor und erwartete, dass er sich herumdrehte und anfing.

Doch er blieb weiter mit dem Rücken zu ihnen stehen, als er mit tiefer, langsamer Stimme zu sprechen begann.

Sein oder Nichtsein? Das ist hier die Frage –

Dann drehte er sich herum, aber nur teilweise. Sie studierte sein Profil und ihr Blick verweilte auf der männlichen Kontur seines Kiefers. Er hob die rechte Hand.

Ob´s edler im Gemüt die Pfeil und Schleudern
Des wütenden Geschicks erdulden, oder,
Sich waffnend gegen eine See aus Plagen,

Er drehte sich ganz zu ihnen um und ließ die Hände an die Seiten sinken, während seine Stimme stark und gleichmäßig war und er den Blick auf eine Stelle fixierte, die irgendwo hinter ihnen lag. Genie erkannte, dass sie die Luft angehalten hatte und zwang sich, zu atmen.

Durch Widerstand sie enden. Sterben –
    schlafen –
Nichts weiter! – Und zu wissen, dass ein Schlaf
Das Herzweh und die tausend Stöße endet,
Die unsers Fleisches Erbteil - ´s ist ein Ziel,
Aufs innigste zu wünschen. Sterben – schlafen
    –
Schlafen! Vielleicht auch träumen! – Ja, da
    liegt´s:

Er drehte den Kopf leicht und sein Auge zucke.

Was in dem Schlaf für Träume kommen mögen
Wenn wir den Drang des Ird´schen abge-
    schüttelt,
Das zwingt uns, still zu stehn. Das ist die
    Rücksicht,
Die Elend lässt zu hohen Jahren kommen.

Er runzelte die Stirn, als er still wurde. Für einen flüchtigen Augenblick fragte Genie sich, ob er den Rest vergessen hatte. Aber nein, das war zu schön, zu geflissentlich. Sie hielt den Atem an, bis er fortfuhr. Dann kehrte seine Stimme zurück und war sogar noch aufrührender und verführerischer als zuvor.

> Denn wer ertrüg' der Zeiten Spott und Geißel,
> Des Mächt'gen Druck, des Stolzen Miss-
>   handlungen,
> Verschmähter Liebe Pein, des Rechts Aufschub,
> Der Übermut der Ämter, und die Schmach,
> Die Unwert schweigendem Verdienst erweist,
> Wenn er sich selbst in Ruh'stand setzen könnte,
> Mit einer Nadel bloß? Wer trüge Lasten,
> Und stöhnt' und schwitzte unter Lebensmüh'?
> Nur dass die Furcht vor etwas nach dem Tod –

Er streckte die Hand mit gespreizten Fingern aus. Genie kämpfte den Drang zurück, seine Bewegung nachzuahmen, die Antworten zu suchen, die sie in diesem Leben niemals finden könnten. Sie hatte nach Jeromes Tod in diesen Worten Trost gefunden und jetzt fand sie einen anderen Zuspruch darin – ein Erwachen.

> Das unentdeckte Land, von dem Bezirk
> Kein Wanderer wiederkehrt – der Willen irrt,
> Ertragen, als zu Unbekannten fliehn.

Er ließ die Hände sinken. Sein Blick verschob sich nur ein bisschen und Genie stellte sich vor, dass er sie kurz ansah. War sie ein Feigling, weil sie nichts vorführte? Nein, natürlich nicht.

> So macht Gewissen Feige aus uns allen;
> Der angeborenen Farbe der Entschließung
> Wird des Gedankens Blässe angekränkelt;
> Und Unternehmungen voll Mark und
>   Nachdruck,
> durch diese Rücksicht aus der Bahn gelenkt,
> Verlieren so der Handlung Namen.

Es verging ein Augenblick der Stille und dann verneigte er sich. Ein gewaltiger Applaus brach los. Genie wünschte sich verzweifelt, dass er fortfahren würde. Allerdings tat er das nicht. Er verbeugte sich wieder lächelnd und dann entfernte er sich vom Podium. Er half Cecilia hinauf und dann kehrte er zu seinem Platz zurück.

»Meine Güte, das war ergreifend, nicht wahr?«, stellte Cecilia fest und klatschte dabei in die Hände. »Wundervoll. Und jetzt ein Lied von Mrs. Fitzwarren!«

Genie nahm zur Kenntnis, was ihre Cousine sagte, aber ihre Aufmerksamkeit war auf Satterfield gerichtet, als er sich wieder neben sie setzte. »Das war exzellent«, flüsterte sie. »Ich wünschte, Sie könnten fortfahren.«

Er sah sie von der Seite an. »Vielen Dank.«

»Könnten Sie das?« Sie drehte sich zu ihm. »Fortfahren, meine ich.«

»Würden Sie die Rolle der Ophelia übernehmen?«, fragte er mit einem leichten Lächeln.

»Das könnte ich.«

Sein Blick verschlang sich mit ihrem, als Mrs. Fitzwarren zu einer Ballade über die Liebe und Heirat ansetzte – was für diese Party recht passend war. Genie fragte sich, ob Cecilia sie gebeten hatte, insbesondere dieses Lied zu singen.

Sie wandten ihre Aufmerksamkeit dem Podium zu. Mrs. Fitzwarren besaß eine wunderschöne Stimme, aber Genie war in Gedanken noch immer in Satterfields Vorführung verloren. Er hätte eine Karriere auf der Bühne absolvieren können.

Immer wieder stahl Genie sich Blicke in seine Richtung und jeder war länger als der vorige, wobei sie sein Profil in sich aufnahm. Was war nur los?

Sie zwang sich, Miss Fitzwarren zuzuschauen, als deren Stimme anschwoll. Während der ganzen Zeit war sie sich Lords Satterfields Nähe vollkommen bewusst. Vielleicht noch einen weiteren Blick …

Als Genie in seine Richtung schielte, stockte ihr der Atem. Er beobachtete sie und seine dunklen Augen loderten. Hatte er sich auch Blicke auf sie gestohlen?

Sie konnte die Augen nicht abwenden. Wenn sie ihre Hand sinken ließ und er das Gleiche tat, könnten sich ihre Finger berühren …

Was dachte sie da? Genie schwenkte ihre Aufmerksamkeit zu Mrs. Fitzwarren zurück und verschlang die Hände in ihrem Schoß.

Das Lied war zu Ende und Genie überlegte, zu gehen. Allerdings müsste sie an Lord Satterfield vorbei und im Augenblick traute sie sich selbst nicht einmal genug, um überhaupt mit ihm zu sprechen. Das zu tun könnte sie verraten … was verraten?

»Das war entzückend«, bemerkte er und veranlasste Genie damit, den Kopf zu drehen.

Er beugte sich zu ihr und jetzt waren sie sich sehr nahe. Beinahe unerträglich nahe, aber Genie bewegte sich nicht. »Ja, aber ich habe Ihren Auftritt mehr genossen«, entgegnete sie so leise, dass niemand sonst sie hören konnte.

Seine Augen glühten. »Sie schmeicheln mir.«

Genie kämpfte, damit diese Unterhaltung sich auf … irgendetwas richtete. »Wieviel Zeit haben Sie gestern Abend damit verbracht, die Rezitation als Vorbereitung für heute auswendig zu lernen?« Sie stellte fest, dass ihre Stimme kaum lauter als ein Flüstern war.

»Gar keine.« Er sprach ebenfalls mit leiser Stimme. »Ich habe mir vor Jahren die Mühe gemacht, es auswendig zu lernen. Neben einem Sonett oder vier und manch anderen Favoriten unter den Monologen, aus Shakespeares Werken.«

Oh du Liebe Güte, er liebte Shakespeare ebenfalls. »Ist Hamlet Ihr Favorit?«

»In der Tat das ist er.«

»Meiner ist *Viel Lärm um nichts.* Ich bete Beatrice und Benedikt an.«

Seine Lippen krausten sich zu einem kurzen Lächeln. »O Wunder! Hier zeugen unsre Hände gegen unsre Herzen.« Er hob eine Hand an seine Brust. »Komm, ich werde dich nehmen, aber bei diesem Sonnenlicht, ich nehme dich nur aus Mitleid.«

Die Worte der Entgegnung kamen Genie ohne Mühen in den Sinn. »Ich will Euch nicht geradezu abweisen; aber bei diesem Tagesglanz, ich folge nur dem dringenden Zureden meiner Freunde, und zum Teil, um Euer Leben zu retten; denn man sagt mir, Ihr hättet die Auszehrung.«

»Still! Ich stopfe dir den Mund.« Er heftete den Blick auf ihre Lippen.

Sie neigte sich ein wenig zu ihm hin, ehe ihr aufging, wo sie sich befanden, und dass Cecilia wieder auf dem Podium war, um den nächsten Auftritt anzusagen. Ihr Puls raste, als sie langsam zurückwich.

Satterfield tat das Gleiche. »Wenn Lady Cosford sich entschließt, eine weitere Vorführung zu veranstalten, könnten wir diese Szene aufführen.«

Oh, das konnten sie nicht. Sie wurde von Mr. Emerson, der versuchte mit Äpfeln zu jonglieren, vor einer Antwort gerettet. Es war ein absolutes Desaster und bald lachten alle über seine Possen, als die Äpfel vom Podium auf den Boden rollten. Genie war für die Ablenkung dankbar.

Sie war auch darauf bedacht, während der nächsten Pause zwischen den Vorführungen mit der Person zu ihrer Rechten zu sprechen. Mrs. Sheldon war vielleicht ein Jahrzehnt jünger als Genie. Mit dunklem, schwarzglänzendem Haar und durchdringenden grünen Augen war sie eine Schönheit.

»Lord Satterfield und Sie scheinen sich gut zu verstehen«, bemerkte Mrs. Sheldon mit einem herzlichen Lächeln.

Genie wollte nicht, das der Klatsch anfing. »Ebenso gut wie alle anderen. Werden Sie heute etwas vorführen?«

»Ja, ich werde ein Gedicht vortragen.«

»Wie wundervoll.«

»Und Sie?«, erkundigte sich Mrs. Sheldon.

»Nein.« Die weitere Unterhaltung wurde verhindert, als Cecilia Mrs. Hatcliff-Lind ankündigte, die auf dem Pianoforte spielen würde.

Genie warf einen Blick zu Lord Satterfield, der sie mit einem wissenden Lächeln ansah, als die erste Note angeschlagen wurde. Er formte mit den Lippen: *Sehen Sie, es ist in Ordnung.*

Sie konnte ein Grinsen nicht unterdrücken und hätte beinahe zur gleichen Zeit gekichert. Oh, sie mochte ihn. Und wenn sie nicht vorsichtig wäre, würden alle es mitbekommen – wenn sie das nicht bereits getan hatten. Sie war noch nicht bereit, sich zu binden.

Allerdings konnte sie Jeromes Stimme in ihrem Kopf hören. *Versprich mir, dass du wieder heiraten wirst, Genie. Ich kann den Gedanken nicht ertragen, dass du für so lange allein bist.*

Sie hatte geantwortet, *vielleicht werde ich morgen sterben und du wirst dich erholen. Dann bist du es, der heiraten muss.*

Er hatte gelacht und dann hatte er husten müssen und sie hatte sich bei ihm entschuldigt, weil sie ihm Schmerz verursacht hatte. Er hatte bei ihrer Besorgnis abgewunken und ihre Hand ergriffen. *Wenn es mir bestimmt wäre, mich zu erholen – und wenn du von mir genommen würdest –, würde ich versuchen wieder Glück zu finden. Es wäre nicht das Gleiche. Nichts könnte das je sein. Aber ich würde es versuchen. Ich bitte dich aufrichtig, dass du das Gleiche tust. Weil wir beide wissen, dass ich mich nicht erholen werde.*

Obwohl zwei Jahre vergangen waren und Genie mehr Tränen vergossen hatte, als sie zählen konnte, zerrte die Erinnerung noch immer in ihrer Brust. Der stechende Schmerz war weniger geworden, gemildert durch die bitter-süße Freude an die gemeinsame kostbare Zeit, die sie mit ihm erlebt hatte, obwohl sie verkürzt worden war.

Nein, nichts konnte je wieder das Gleiche sein und Genie wollte das auch nicht. Dennoch hatte sie ihm letztendlich versprochen, dass sie es versuchen würde.

Als sie sich einen weiteren schnellen Blick auf Lord Satterfield stahl, fragte sie sich, ob sie bereit war. Sie wusste es ehrlich nicht und darüber hinaus war sie sich nicht im Klaren, wie sie es wissen würde. Vielleicht war das ihre Antwort.

Sobald die Vorführungen endeten, hastete Genie auf ihr Zimmer, wo sie sich mit ihren Unsicherheiten bis zum Abendessen einschloss.

KAPITEL 4

Am folgenden Tag nahm Edmund das Frühstück in seinem Zimmer ein. Er war am Abend zuvor bis spät aufgeblieben und hatte mit ein paar anderen der Gentlemen gezecht. So hatte er sich den Abend nicht vorgestellt, aber als die Herzoginwitwe nach dem Abendessen nicht im Salon war, hatte Edmund seine Pläne geändert. Enttäuscht hatte er Trost in Brandy und den Karten gesucht.

Sie war auch gestern den größten Teil des Tages abwesend gewesen, insbesondere nach den Vorführungen im Ballsaal. Edmund konnte sich nicht an das letzte Mal erinnern, als er sich so entflammt gefühlt hatte – und das war nicht nur physisch gemeint. Allein deshalb, weil er neben ihr gesessen hatte.

Nun, er hatte nicht nur neben ihr gesessen. Sie hatten sich auch über Shakespeare-Zitate unterhalten und sie rezitiert, und Edmund war beinahe vollkommen vernarrt gewesen. Beinahe?

Es bestand unzweifelhaft eine Anziehung, die zudem beiderseitig zu sein schien, und war das womöglich der Grund, warum sie sich in ihrem Zimmer versteckte? Er hoffte nicht. Und dennoch konnte er die Aufregung nicht ignorieren, die ihn durchfuhr, wenn er daran dachte, dass er einen ebenso starken Eindruck auf sie machte wie sie auf ihn.

Er wollte es sicher wissen. Aber das erwies sich als furchtbar schwierig, wenn sie nicht nach unten kam.

Was, wenn sie nicht an ihm interessiert war? Oder wenn sie einfach noch nicht zu einer neuen Romanze bereit war? Vielleicht waren sie beide verdammt, was das Eingehen einer gemeinsamen romantischen Verbindung anbelangte. Da Edmund mit der Absicht zu dieser Party gekommen war, hier eventuell eine Ehefrau zu finden, sollte er andere Damen in Erwägung ziehen.

Er holte resigniert Luft und schlug den Weg zum Ballsaal ein, wo heute Nachmittag Blinde Kuh gespielt würde. Es waren mehrere Gäste versammelt, die sich bereits zu einigen Gesprächsgruppen formiert hatten. Leider konnte Edmund die Herzoginwitwe nicht unter ihnen entdecken.

Edmund ging auf die am nächsten stehende Gruppe zu und wurde unvermittelt von Lady Bradford abgefangen, die sich von den anderen entfernte. Etwa fünf Jahre jünger als Edmund war die verwitwete Komtess eine atemberaubende Blondine von zierlicher Statur mit strahlenden blauen Augen.

»Guten Tag, Lord Satterfield«, begrüßte sie ihn. »Sind Sie bereit für das Blinde Kuh Spiel?«

»Das bin ich. Ich habe es seit Jahren nicht mehr gespielt.«

»Ich schon, aber mit meinen Töchtern.« Sie hatte drei Mädchen und das war alles, was Edmund über sie wusste.

»Wie alt sind sie?«, erkundigte er sich.

»Zwölf, zehn und sieben. Lassen Sie sich bloß gesagt sein, dass eine große Kluft zwischen zwölf und sieben besteht, die fünf Jahre bei Weitem übersteigt«, antwortete sie humorvoll.

»Um ehrlich zu sein, ist es schön, für eine Weile zum Verschnaufen weg zu sein.«

»Da bin ich sicher.« Er konnte sich das natürlich nur vorstellen.

Ein weiterer Gast gesellte sich zu ihnen. Mrs. Makepeace war die jüngste Teilnehmerin der Party und mit nur fünfundzwanzig Jahren war sie lediglich etwas länger als ein Jahr verheiratet gewesen, bevor sie ihren Ehemann verloren hatte. Sie war größer als Lady Bradford mit einer schlanken Figur und dunkelblondem Haar. »Ich habe gerade gehört, dass bei dieser Version von Blinde Kuh Spiel auch *geküsst* wird.« Sie wackelte mit den Augenbrauen.

Lady Bradford grinste. »Wie aufregend. Können Sie sich vorstellen, dass so etwas bei einer anderen Hausparty stattfinden würde?«

Spielerisch kniff Mrs. Makepeace die Augen zusammen. »Sie würden überrascht sein, womit die Leute so davonkommen.«

»Wahrscheinlich. es ist schon einige Zeit her, seit ich an einer Hausparty teilgenommen habe«, bemerkte Lady Bradford. »Und ganz bestimmt niemals an einer wie dieser.«

»Es ist äußerst außergewöhnlich, nicht wahr?« Mrs. Makepeace sah sich entzückt unter den Gästen im Raum um. »Es fühlt sich einfach … entspannter an.«

Lady Bradford nickte. »In der Tat. Die Erwartungen sind klar. Ich fühle mich, als könnte ich ganz ich selbst sein.«

Edmund konnte ihr nicht widersprechen. Er konnte sich auch des Glaubens nicht erwehren, dass es für ihn anders war, weil er ein Mann war. Er hatte sich nie gefühlt, als ob er nicht genau derjenige sein könnte, der er sein wollte. »Ich bin froh, dass Sie beide es genießen.«

Die beiden Frauen schwenkten die Köpfe zu ihm herum. Aber es war Mrs. Makepeace, die fragte: »Tun sie das? Die Party genießen, meine ich.«

In diesem Augenblick trat die Herzoginwitwe in den Ballsaal. Edmunds Puls beschleunigte sich. »Außerordentlich.« Er fand es schwierig, dem Drang zu widerstehen, hinüberzugehen und sie zu begrüßen. Stattdessen erfreute er sich an ihrem eleganten Gang, als sie sich durch den Ballsaal bewegte. Mr. Sterling begrüßte sie mit einem Lächeln und Edmund sah die Szene mit glühendem Verdruss an. Nein, nicht nur Verdruss – Eifersucht.

Lady Bradford und Mrs. Makepeace unterhielten sich weiter, aber Edmund hörte nur mit halbem Ohr zu. Sie stellten Vermutungen darüber an, wie das Küssen vielleicht in das Blinde Kuh Spiel eingewoben werden könnte. Edmund war nur insoweit daran interessiert, als dass er möglicherweise eine Gelegenheit bekommen könnte, die Herzoginwitwe zu küssen.

Eugenia.

Lady Cosford war zurück auf dem Podium, das sie am Vortag für ihre Vorführungen benutzt hatten. »Ich denke, es sind alle hier, wenn ich mich beim Zählen nicht vertan habe.« Sie lachte fröhlich. »Wie Sie wissen, werden wir Blinde Kuh spielen. Weiß irgendjemand *nicht*, wie es gespielt wird?« Alle sahen sich um, aber niemand meldete sich auf die Frage. Edmund konnte nicht anders, als den Blick zu Eugenia zu wenden. Er freute sich, als er feststellte, dass sie das Gleiche bei ihm tat. Er lächelte sie an, aber sie erwiderte sein Lächeln nur halb. Das fand er besorgniserregend.

»Ausgezeichnet«, verkündete Lady Cosford. »Wir werden heute ein kleines Extra zu unserem Spiel hinzufügen. Wenn die Blinde Kuh fündig wird und eine Person richtig identifiziert, dann werden die beiden einen Kuss austauschen.«

Es gab viele verbale Antworten und auch ein paar aus Lachausbrüche.

»Was ist, wenn ich Lord Audlington erwische?«, fragte Sir Godwin.

Lady Cosford schwenkte zu Sir Godwin herum. »Sie können ihn küssen, wie immer sie wollen – es gibt keine Regeln zu der Art von Kuss.« Sie warf ihm ein keckes Lächeln zu.

Sir Godwin legte den Kopf schief. »Wie wäre es damit? Wenn ich auf einen Mann treffe, rate ich absichtlich falsch, damit ich einen neuen Versuch wagen kann?« Mehrere der Gäste lachten.

»Das ist ganz und gar ihr Vorrecht«, antwortete Lady Cosford. »Sie können sich auch dazu entscheiden, stattdessen dem ganze Spiel nur zuzuschauen.«

»Ich werde zuschauen«, verkündete Eugenia und damit waren Edmunds Hoffnungen vollkommen zerschmettert.

Mr. Sterling nickte an ihrer Seite. »Das werde ich auch.« Dann begleitet er Lady Kendal zu einer Gruppe von Stühlen in der Nähe.

Edmund starrte die beiden an, als sie dicht beieinander Platz nahmen und die Köpfe einander zuwandten. Er wollte sich ebenfalls aus dem Spiel heraushalten. Aber bevor er noch die Worte an der Eifersucht vorbeimanövriert hatte, die in seinem Inneren loderte, verkündete Lady Cosford, dass es Zeit war anzufangen, und sie den ersten Namen auswählen würde.

Sie tat einen Griff in eine Schale und zog ein kleines Stück Papier hervor, das sie auseinanderklappte. »Lord Satterfield!«

Verdammt. Jetzt saß er fest.

Lord Cosford kam mit der Augenbinde auf ihn zu. Edmund musste die Knie beugen, damit sein Gastgeber den Stoff um seinen Kopf binden konnte. Eugenia war das Letzte, was er sah, bevor alles schwarz wurde. Sie hatte die Hände auf dem Schoß gefaltet und den Kopf zu Sterling gewandt, während ein Lächeln ihre Mundwinkel umspielte.

Was würde passieren, wenn Edmund es schaffte, sie

dennoch auszuwählen? Er betete im Stillen, eine Möglichkeit zu finden, dass er etwas sehen könnte, um den Weg zu ihrem Stuhl zu erkennen.

»Alles in Ordnung?«, fragte Cosford.

Edmund straffte sich. Er konnte verdammt nochmal absolut nichts sehen. »Ja.« Dieses Wort klang selbst für seine eigenen Ohren kurz angebunden.

Cosford legte die Hände an Edmunds Bizeps und fing an, ihn zu drehen. »Meine Güte Satterfield, was für ein Training praktizieren Sie? Ihre Arme sind sehr muskulös!« Er lachte, als ob Edmunds Fitness eine Art von Scherz wäre.

»Das sagen Sie nur, weil Sie dürr wie ein Stock sind!«, rief jemand aus. Dieser Einwurf wurde mit großem Gelächter quittiert.

Als Edmund herumwirbelte, schien sein ganzes Gleichgewicht aus den Fugen zu geraten. Als er dann endlich stehenblieb, hatte er keinen Anhaltspunkt, welche Richtung zu Eugenia führte. Er murmelte einen Fluch.

»Was ist los?«, erkundigte Cosford sich.

»Mir ist verdammt schwindlig«, antwortete Edmund mürrisch. Er wollte die Sache hinter sich bringen. Dann könnte er beschließen, auszusetzen und sich zwischen Eugenia und Sterling drängen. »Das sollten Sie auch!«

Edmund nahm nicht zur Kenntnis, wer das gerufen hatte und auch nicht das Gelächter, dass darauf folgte. Seine Schultern waren vor Anspannung zusammengezogen. Er zwang sich, tief Luft zu holen und seine Muskeln zu lockern.

Entspanne dich, Edmund. Hab Spaß. Du bist hier, um vielleicht eine Frau zu finden. Es muss nicht Eugenia sein. Du hast nicht einmal gewusst, dass sie hier ist.

Obwohl das stimmte, konnte er die Tatsache nicht ignorieren, dass er es jetzt wusste. Und jede andere der anwesenden Frauen hielt einem Vergleich nicht stand.

Als sich der Boden unter seinen Füßen wieder stabil

anfühlte, setzte Edmund sich in Bewegung. Mit ausgestreckten Armen ertastete er seinen Weg. Ein kurzes Kichern sagte ihm, dass er einer Dame nahe gekommen war. Er drehte sich und tat zwei große Schritte. Seine Finger schlossen sich um Stoff.

»Ich habe Sie!« Er rückte näher und legte die gespreizte Hand an wen immer er gefunden hatte. Er war sicher, dass er einen Ärmel berührte. Als er mit der Handfläche hinabglitt, fühlte er den Saum und dann Haut. Ja es war eine Frau.

Er versuchte, sich zu erinnern, wer so ein Kleid getragen hatte. Noch besser wäre es, wenn er versuchen könnte, die Größe der Frau zu erraten, und wer zu dieser passen könnte. Wen immer er auch erwischt hatte, konnte es keinesfalls Lady Bradford sein – denn ihre kleine Statur hätte sie gewiss verraten.

Edmund rückte noch näher und bewegte seine Hand am Ärmel der Frau zu ihrer Schulter hinauf, um festzustellen, ob dies ihre Rückseite oder die Vorderseite war. Er legte die Finger um ihr Schlüsselbein und tastete sich zu ihrem Hals hinauf, wobei die Fingerspitzen über das Haar in ihrem Nacken – und dann ihrem Genick strichen. Er stand direkt vor ihr. Verfügte sie über irgendetwas, das ihm ihre Identität verraten könnte? Er wollte dies wirklich nicht mehr als einmal spielen. Und wie hatte er vor, sie zu küssen?

Zum Teufel, er wollte nur Eugenia küssen. Und nicht in einem Ballsaal vor aller Augen. Er wollte sie allein, vorzugsweise in einem Schlafzimmer und am liebsten nackt. Als sein Schaft zuckte, rief er sich im Stillen zur Ordnung, nicht an sie zu denken.

Er bewegte die Hand zur Vorderseite der mysteriösen Frau und fand eine Brosche, die an der Stelle angesteckt war, wo ihr Schultertuch mit dem Ausschnitt ihres Kleides zusammentraf. Er lächelte, denn er hatte gerade gesehen, wer das trug. »Mrs. Makepeace.«

»Bemerkenswert!«, war von einer männlichen Stimme in der Nähe zu hören.

»Dann habe ich recht?«, Edmund hob die Hand, um die Augenbinde abzunehmen.

»In der Tat, das haben Sie, Mylord«, antwortete Mrs. Makepeace.

Edmund band den Stoff auf der Rückseite seines Hinterkopfes los und ließ die Binde sinken. Mrs. Makepeace sah mit geteilten Lippen zu ihm auf. »Was für einen Kuss werden Sie einfordern?«, fragte sie mit einem Anflug von Koketterie in ihren haselnussbraunen Augen.

»Was für eine Art Kuss haben Sie anzubieten?« Sie tat einen kleinen Schritt, sodass sie sich beinahe berührten. »Was immer Sie mögen.«

Edmund sah an ihr vorbei zu der Stelle, wo Eugenia saß. Ihr Blick war auf Edmund geheftet. Sie hatte die Hände noch ineinander verschlungen, aber sie schienen angespannter als vorhin. Beinahe ohne nachzudenken senkte Edmund den Mund zu Mrs. Makepeace und berührte ihre Lippen mit den seinen. Er hörte nicht auf, Eugenia anzusehen, und deshalb entging ihm das leichte Weiten ihrer Augen und die schwache Röte nicht, die in ihren Wangen aufstieg. Ihre Lippen teilten sich und Edmund fragte sich, ob ihr Herz ebenso schnell schlug, wie das Seine. Wie sehr er sich wünschte, dass der Mund, den er gerade küsste, der ihre wäre. Er streckte sich und die Witwe wandte den Blick ab. Sie hob eine Hand an ihre Kehle und spreizte die Finger über der Ausbuchtung, als sie sichtbar schluckte.

»Das war entzückend«, flüsterte Mrs. Makepeace.

»Ja, vielen Dank«, antwortete Edmund. »Jetzt glaube ich, dass Sie an der Reihe sind.«

»Vielleicht werde ich Sie finden«, murmelte sie und ihre Augen glitzerten kokett.

»Das wäre kaum gerecht«, bemerkte er mit einem

Schmunzeln. »Ich werde diese Runde aussetzen.« Er stellte fest, dass er ein alkoholisches Getränk dringend nötig hatte. Glücklicherweise waren auf einem Tisch in der Nähe des Podiums Erfrischungen aufgebaut.

»Lassen Sie mich Ihnen zuerst die Augen verbinden.« Edmund hielt den Stoff in die Höhe, als sie sich herumdrehte.

Schnell hatte er den Stoff um ihren Kopf gewunden. »Wie ist es?«

»Ich kann gar nichts sehen«, antwortete sie. »Seien Sie vorsichtig, wenn sie mich herumdrehen. Ich bin manchmal so tollpatschig.«

»Ich werde mein Bestes tun.« Edmund drehte sie langsamer herum, als Cosford ihn gedreht hatte und dann entfernte er sich zu dem Tisch mit den Erfrischungen.

Fast sofort stieß Mrs. Makepeace auf Mrs. Sheldon. »Ich kann feststellen, dass dies eine Frau ist«, stellte Mrs. Makepeace fest. »Darf ich es einfach weiter versuchen, bitte?«

Ihre Bitte wurde mit Gelächter beantwortet und dann sagte Lady Cosford: »Ja, fahren Sie nur fort. Vielleicht sollten wir die Frauen im Augenblick bitten, beiseitezutreten?«

» Was ist, wenn ich Mrs. Makepeace küssen möchte?«, fragte Lady Clinton.

»Ich sage, wir lassen Sie«, entgegnete Mr. Emerson mit einem Grinsen.

Edmund schüttelte den Kopf und goss sich ein Glas Brandy ein. Er wollte gehen und sich neben Eugenia setzen, aber er tat es nicht. Sie sah nicht in seine Richtung, nicht einmal für einen Augenblick. War sie verärgert, dass er an diesem albernen Spiel teilgenommen hatte? Sie hatte irgendeine Art von Reaktion gezeigt, als sie ihm beim Küssen von Mrs. Makepeace zugesehen hatte. Vielleicht hätte er das nicht tun sollen.

Allerdings war er hier, um eine Frau zu finden. Und Mrs.

Makepeace zu küssen war ein Teil dieser Unternehmung. Vielleicht hatte er es aber auch getan, um Eugenia zu provozieren.

Hatte es funktioniert? Er war verdammt entschlossen, das herauszufinden.

KAPITEL 5

Im Anschluss an das lächerliche Blinde Kuh Spiel mit Küssen zerstreuten die Gäste sich in verschiedene Richtungen. Einige gingen Billard spielen, während andere Karten im Salon spielten. Wieder andere zogen sich auf ihre Zimmer zurück - und Genie spekulierte, dass Lord Audlington und Mrs. Sheldon nicht mit der Absicht in den oberen Stock gegangen waren, um sich auszuruhen. Ihr Kuss während des Spiels hatte einen Hauch zu lange gedauert, als dass es wahrscheinlich als akzeptabel gelten konnte.

Wahrscheinlich? Nichts an dem Spiel war anständig gewesen.

Genie bedauerte, nicht teilgenommen zu haben.

Allerdings hatte sie, in dem Augenblick, als Lord Satterfield Mrs. Makepeaces Lippen berührt hatte, der anderen Frau die Augen auskratzen wollen. Dann hatte sie sie zu Boden stoßen und ihren Platz einnehmen wollen.

Ihre Reaktion war unvermittelt gewalttätig und vollkommen verstörend gewesen. Wieder fragte sie sich, was mit ihr geschah? Nachdem sie zur Bibliothek marschiert war, fand Genie ein Buch, und nahm es in ein kleines Wohnzimmer mit, das in einem Winkel des Erdgeschosses, weit vom Billardzimmer und dem Salon entfernt, lag. Sie überlegte, in ihr Schlafzimmer hinaufzugehen, aber Mrs. Sheldons Zimmer lag neben ihrem und sie wollte nicht mit anhören, falls diese dort ein Rendezvous mit Mr. Audlington hatte.

Das Wohnzimmer war gemütlich und bot einen Blick auf den feuchten Rasen, der mit roten und goldenen Blättern übersät war, die vom Wind umhergetrieben wurden. Der Regen hatte aufgehört – zumindest für den Augenblick – und ein paar Sonnenstrahlen stahlen sich durch die grauen Wolken.

Sie machte es sich auf einer Chaiselongue bequem und streckte ihre Beine auf dem Polster aus, wobei sie die Fußknöchel überkreuzte. Nachdem sie das Buch aufgeschlagen hatte, starrte sie auf die erste Seite, ohne zu lesen. Sie konnte nicht aufhören, an Satterfield zu denken. An seine sinnlichen Lippen, seinen eindringlichen Blick, seine muskulösen Arme … Waren sie wirklich muskulös? Sie sehnte sich danach, das selbst herauszufinden.

Mrs. Makepeace würde wissen, wie seine Lippen sich anfühlten. Ihn zu beobachten, wie er sie geküsst hatte, hatte Emotionen in ihr wachgerufen, die sie seit einiger Zeit nicht mehr gefühlt hatte oder vielleicht noch nie.

Ach Mist! Anders, als alle anderen auf dieser Party war sie nicht hergekommen, um einen Ehemann zu finden und auch nicht, um sich auf eine Affäre einzulassen. Ganz gewiss wollte sie keines dieser Dinge mit Lord Satterfield verfolgen. Sie war noch nicht bereit.

Sag das einmal deinem Körper.

Satterfield war zumindest ganz offensichtlich einer Liaison zugeneigt. Er war viel zu bereitwillig gewesen, an diesem albernen Kussspiel teilzunehmen und Mrs. Makepeace auf den Mund zu küssen. Er hätte sie ebenso gut auf die Wange küssen können. Noch besser, ihre Hand.

Missmutig versuchte sie, sich auf die Seite in ihrem Buch zu konzentrieren.

»Ein gutes Buch?«

Sie klappte das Buch zu und sprang auf. *Er* war es.

»Sind Sie mir gefolgt?«

Er schlenderte in das Wohnzimmer und das ließ den Raum sogar noch kleiner wirken als vor ein paar Minuten. »Nein.«

»Was tun Sie dann hier?«

»Ich bin auf der Suche nach einem Augenblick Abgeschiedenheit«, antwortete er entgegenkommend.

»Nun, Sie werden sie hier nicht finden.«

Er zog eine Augenbraue hoch. »Ist das so?«

Sie hatte nicht beabsichtigt so streitbar zu klingen, aber jetzt da sie es indirekt angedeutet hatte, widersprach sie ihm nicht.

»Soll ich gehen?«, fragte er.

Ja. Nein. »Wir können uns das Zimmer gewiss teilen.«

Er trat einen weiteren Schritt auf sie zu und ließ nur einen kurzen Abstand zwischen ihnen. »Sie wirken verärgert.«

»Das bin ich nicht.« Allerdings fühlte sich ihr Gesicht heiß an und ihr Körper bebte. Warum war sie so wütend auf ihn? Ein weiterer Schritt brachte ihn sogar noch näher. Und fachte die Empfindungen ihres Körper zu einem noch fieberhafteren Grad an. »Warum haben Sie bei Blinde Kuh nicht mitgespielt?«

»Ich –« Sie hatte wirklich keine gute Antwort. »Ich wollte niemanden küssen.« Das entsprach nicht ganz der Wahrheit. Sie wollte niemanden außer ihn küssen. Oh Gott, sie wollte ihn küssen?

Er trat einen letzten Schritt auf sie zu und stand nun

direkt vor ihr. Sie könnte die Hände heben und sich selbst vom Umfang seines Bizeps überzeugen.

»Das ist ein Jammer«, antwortete er leise. »Ich war am Boden zerstört, als sie ausgesetzt haben.«

Am Boden zerstört? Genie teilte die Lippen, als sie darum kämpfte, genügend Luft einzuatmen, um ihren rasenden Puls zu bezähmen.

»Und dann haben Sie sich mit Sterling zusammengesetzt und ich fürchte, dass ich ziemlich eifersüchtig war. Das hat mich angetrieben, mich auf eine kindische Weise zu verhalten. Ist es zu verwegen von mir, zu hoffen, dass auch Sie eifersüchtig waren?«

Nein, weil sie es war. »Ich habe Ihnen gesagt, dass ich nicht wütend war.«

Er machte große Augen und seine Nasenflügel flatterten leicht. Genie schwelgte in dem Gefühl, ihn überrumpelt zu haben, und fühlte sich erkühnt. Sie stellte sich auf die Zehenspitzen und hob die Hand, um sie um seinen Nacken zu legen und seinen Kopf nach unten zu ziehen. Dann berührte sie mit ihren Lippen die seinen.

Mit einem leisen Stöhnen schlang er die Arme um sie. Sie ließ das Buch zu Boden fallen und legte ihre andere Hand auf seinen Bizeps. Sie drückte und befriedigte ihre Neugier, so gut sie konnte, in Anbetracht der Schichten von Kleidung, die der trug. Oh ja, er war recht gut geformt.

Und seine Lippen waren köstlich. Sie hatte beinahe vergessen, wie köstlich ein einfacher Kuss sein konnte und wie ihr Körper davon erwachte, wenn die Flammen der Erregung aufzuflackern begannen.

Er umschlang ihren Rücken und zog sie eng an sich. Den Kopf geneigt, leckte er mit der Zunge an ihren Lippen entlang. Genie öffnete sich für ihn und lud ihn in sich ein, indem sie ihre Zunge in einer fröhlichen Jagd an seiner entlangstreifen ließ.

Leidenschaftliche Sinneswahrnehmungen durchzuckten sie. Dies schien verboten und zugleich verzweifelt notwendig zu sein. Sie sollte das nicht wollen. Sie konnte dies nicht wollen … noch nicht. Sie riss ihren Mund von seinem los und sank wieder auf ihre Füße. Ihr Atem kam stoßweise und schnell. »Ich – es ist zu früh.«

»Ist es das?« Er ließ sie nicht los. »Warum?«

»Weil …« Sie hatte keine Antwort. Wieder vernahm sie Jeromes Stimme, die ihr riet, glücklich zu sein. Er würde wollen, dass sie dies genoss. Dennoch verspürte sie einen Zwiespalt. »Es fühlt sich merkwürdig an.«

Er nahm die Hände von ihr. »Ich bedauere, das zu hören. Ich denke, es fühlt sich überaus wundervoll an.«

Sie nahm die aufblitzende Enttäuschung in seinem Blick wahr und den Kampf in seinem Inneren, um seine Verletzung nicht zu zeigen. »Es geht nicht um Sie«, beeilte sie sich, zu sagen. »Ich fühle mich … zu Ihnen hingezogen. Ich war eifersüchtig, als Sie Mrs. Makepeace geküsst haben.«

»Würde es helfen zu wissen, dass ich mir dabei vorgestellt hatte, Sie zu küssen?«

»Ja.« Sie sollte beschämt sein, das zuzugeben, doch stattdessen lächelte sie. Er ergriff ihre Hand. »Herzogin.« Er sah ihr in die Augen. »Eugenia.«

Sie strich mit dem Daumen an seiner Hand entlang. »Genie.«

»Genie.« Er sprach ihren Namen wie eine mündliche Liebkosung aus und löste damit einen Schauder aus, der sich über ihre Schultern zog. »Ich werde so langsam vorgehen, wie Sie möchten. Ich bin nicht an Mrs. Makepeace oder irgendeiner anderen interessiert.«

Ein Gefühl der Freude flammte in ihr auf. Sie sah auf ihre verschlungenen Hände hinab. Dann sah sie wieder zu ihm auf und legte ihre Handfläche an seine Wange. »Ich bin nicht hierhergekommen, um eine Verbindung einzugehen … oder eine Affäre.«

»Ich schon. Nun, um vielleicht eine Verbindung einzugehen«, stellte er klar. »Es ist wohl an der Zeit für mich, eine Frau zu nehmen. Das hat meine Mutter mir jedenfalls während des letzten Jahrzehnts gesagt.« Er brachte ein Lächeln zustande.

»Ich weiß nicht, ob ich dafür bereit bin.« Sie fuhr mit dem Daumen an seiner üppigen Unterlippe entlang. »Ich bin allerdings zu einem weiteren Kuss bereit. Und Sie?«

»Mehr als bereit.«

Sie erhob sich erneut auf die Zehenspitzen, als er sie an sich zog und sein Mund sich auf ihren senkte. Sie verwob die Finger in seinem Haar und legte sie um seinen Kopf, als sie sich leidenschaftlich an ihm festhielt. Er bewegte seine Hände an ihrem Rücken auf und ab und dann tiefer, bis er eine ihrer Pobacken umfasste. Sie presste sich an ihn und ihr Geschlecht pulsierte vor Verlangen. Vielleicht wäre eine Affäre willkommen …

Als sie sich voneinander trennten, atmeten sie beide schwer. Er lehnte die Stirn an ihre. »Ich habe die Tür nicht zugemacht.«

»Ach.« Sie sollte entsetzt sein, aber sie konnte sich nicht einmal zu einem Mindestmaß an Schrecken oder Reue durchringen. Sie umklammerte seine Frackaufschläge und streifte einmal mehr mit den Lippen über seine. »Ich werde nach oben gehen und mich für das Abendessen bereitmachen. Bitte folgen Sie mir nicht. Dies ist … wundervoll. Es ist auch mehr, als ich erwartet hatte.«

Er nickte einmal. »Ich verstehe. Ich bin ein geduldiger Mann, Genie.«

Sie sah zu ihm auf. »Ich mache keinerlei Versprechungen.«

»Und ich habe keine Erwartungen.« Er lächelte breit. »Nur alle Hoffnung dieser Welt.«

~

Nach dem Dinner an diesem Abend zogen sich die Frauen wie gewöhnlich in den Salon zurück. Genie nahm in einem Sessel Platz, der zusammen mit einem kleinen Sofa und ein paar weiteren Sesseln in einer Gruppe stand. Lady Bradford, Mrs. Grey und Lady Clinton gesellten sich zu ihr, während die anderen Damen sich in der Nähe des Kamins zusammentaten.

Genie kannte Lady Bradford – Lettie – recht gut und war flüchtig mit Mrs. Grey bekannt. Sie hatte Lady Clinton nur ein paar Mal getroffen. Lady Clinton und Mrs. Grey setzten sich zusammen auf das Sofa, während Lettie sich in einem Sessel niederließ, der schräg zu Genies stand.

Lady Clinton, die mehrere Jahre jünger als Genie war, besaß dunkelrotes Haar und große, braune Augen, und sah sich unter allen in ihrem Kreis befindlichen Damen um. »Lady Cosford hat so ein wundervolles Werk mit dieser Party vollbracht. Ich kann kaum glauben, dass sie bereits halb vorbei ist. Glauben Sie, dass eine Chance besteht, sie zu verlängern?«

»Vermissen Sie Ihre Kinder so sehr wie ich?«, fragte Mrs. Grey sardonisch. Sie war wahrscheinlich sogar noch jünger als Lady Clinton, was Genie zu der Erkenntnis führte, dass sie sehr gut zu den ältesten Gästen gehörte, wenn sie nicht sogar *die* Älteste war. Sie beide lachten und Lettie stimmte ein.

Genie lächelte, aber sie konnte sich nicht durchringen, mit den anderen zu lachen. Sie hatte keine eigenen Kinder – nicht mehr. Sie hatte natürlich ihren Stiefsohn, Titus, aber er war weit über das Alter hinaus, um von ihr abhängig zu sein.

Ihre Tochter Eliza wäre sechzehn, wenn sie noch am Leben wäre. Manchmal dachte Genie über die Dinge nach, die sie tun würden.

»Entschuldige bitte, Genie«, sagte Lettie mitfühlend. Sie wusste, dass Genie Eliza im Alter von drei Jahren durch eine Krankheit verloren hatte.

»Es ist schon in Ordnung. Es ist eine nette Party.« *Nett.* Das Wort beschrieb Lord Satterfields Kuss nicht hinreichend. Würde sie jetzt wirklich weiterhin als »Lord Satterfield« an ihn denken? War er nicht Edmund oder unter einem anderen Namen bekannt?

Mrs. Grey drehte sich mit neugierigen blauen Augen zu Genie. »Euer Gnaden, warum haben Sie vorhin nicht Blinde Kuh gespielt?«

Genie überlegte, ein wenig zu schwindeln – dass sie es nicht mochte, die Augen verbunden zu bekommen oder sie das Gefühl hasste, schwindlig zu sein, doch stattdessen war sie ehrlich. »Ich bin noch nicht ganz für eine Beziehung bereit.«

»Küssen ist keine Beziehung, insbesondere nicht auf dieser Party«, warf Lady Clinton ein, die ihre Halskette zurechtrückte, damit das bernsteinfarbene Kreuz genau in der Ausbuchtung ihrer Kehle lag. »Insbesondere, wenn es Sir Nathaniel ist, der das Küssen übernimmt.« Sie verdrehte die Augen, als sie sich auf die Art und Weise bezog, wie er sie geküsst hatte. Als er auf sie getroffen und ihre Identität richtig erraten hatte, hatte er ihr einen keuschen Kuss auf den Handrücken gedrückt.

Alle lachten und Mrs. Grey flüsterte: »Es hätte viel schlimmer sein können. Mr. Howell hätte versuchen können, Ihnen seine Zunge in den Rachen zu drängeln.«

»Ich hatte mir gedacht, dass er das versuchte«, bemerkte Lettie kopfschüttelnd.

»Ich bin ihm versehentlich auf den Fuß getreten. *Fest.*«

Mrs. Grey lächelte sittsam. »Glücklicherweise hat er Hausschuhe getragen anstelle von Stiefeln.«

»Ich verstehe Ihre Zurückhaltung«, entgegnete Lady Clinton. »Ich habe es auch nicht eilig, mich wieder zu verheiraten. Zweimal sollte vielleicht genügen.«

Genie hatte vergessen, dass die Viscountess zweimal verheiratet gewesen war. »Würden Sie ein drittes Mal erwägen?« Sie war nicht sicher, ob sie das riskieren würde. Der Gedanke daran, einen weiteren Ehemann zu verlieren, erfüllte sie mit Schrecken.

»Ehrlich gesagt, weiß ich es nicht.« Lady Clinton ließ ihre Stimme sinken. »Meine zweite Ehe war keine Liebesverbindung. Meine Jungen hatten einen Vater gebraucht und seine Tochter eine Mutter.« Sie zuckte mit den Schultern. »Es war gut genug, und er hat mir meinen dritten Sohn geschenkt, den ich anbete.« Ihre Augen leuchteten vor Freude auf. »Aber ich würde das nicht noch einmal tun, nicht nachdem ich weiß, wie viel besser es ist, in seinen Ehemann verliebt zu sein.«

Mrs. Grey strich sich eine der hellbraunen Locken von den Schläfen. »Dann haben Sie Ihren ersten Ehemann geliebt?«

»Mehr als alles andere«, antwortete Lady Clinton leise und ihre Lippen formten sich zu einem schwachen Lächeln. »Wenn ich das noch einmal haben könnte, würde ich es ein drittes – und ein viertes – Mal tun. Aber ich weiß nicht, ob jemand solch ein Glück haben kann. Einmal ist wundervoll, zweimal ist … beinahe unmöglich.«

Genies Brust zog sich zusammen. Sie empfand das ganz genauso. Sie hatte Jerome so sehr geliebt. Und er hatte sie geliebt. Seine Erfahrung war genau das Gegenteil von Lady Clintons gewesen. Seine erste Heirat war arrangiert gewesen und es fehlte ihr jegliche Zuneigung. Als er erneut geheiratet hatte, hatte er sichergestellt, seine Braut zu lieben.

»Ich weiß, was Sie meinen«, antwortete Genie und sah sie mit einem zustimmenden Blick an. »Ich bin auch nicht sicher, ob das möglich ist.«

»Nun, ich würde mich einfach gern verlieben«, bemerkte Lettie mit einem Lachen. »Ich habe meinen Ehemann gemocht, aber es war keine großartige Emotion im Spiel gewesen.« Sie drehte sich zu Mrs. Grey. »Wie steht es mit Ihnen?«

»Ich habe ihn geliebt.« Mrs. Greys Stimme war leise. »Ich glaube nicht, dass er das Gleiche empfunden hatte. Zumindest nicht für mich. Seine Geliebte könnte eine andere Erfahrung gemacht haben.«

Lady Clinton streckte die Hand aus und fasste Mrs. Greys Hand. »Männer können schrecklich sein. Mein Ehemann hatte auch eine Geliebte, aber es war mir egal. Tatsächlich hatte ich eine eigene Affäre erwogen, bevor er gestorben ist.« Sie sah sie alle mit einem gerissenen Lächeln an, und das hellte die allgemeine Stimmung wieder auf.

Mit Ausnahme von Genie, die sich immer noch fühlte, als ob sie Blei geschluckt hätte. Sie wollte Edmund nicht täuschen.

Sie erhob sich abrupt. »Bitte entschuldigen Sie mich. Ich werde mich für den Abend zurückziehen. Ich werde Sie dann alle morgen sehen.« Sie lächelte und dann ging sie zu ihrer Cousine, um ihr schnell eine gute Nacht zu wünschen, ehe sie aus dem Salon hastete. Sie wollte nicht hier sein, wenn die Gentlemen eintrafen.

Auf dem Weg zu ihrem Zimmer waren die Küsse, die sie und Edmund früher am Tag ausgetauscht hatten, in den Vordergrund ihrer Gedanken gerückt. Sie hatte seit dem Nachmittag an wenig anderes gedacht. Beim Abendessen hatten sie auf der gleichen Seite des Tisches gesessen – allerdings mit einigen Stühlen Abstand dazwischen, sodass sie ihn nicht hatte sehen können. Das war wahrscheinlich zum

Besten, da sie nicht glaubte, dass sie sich davon hätte abhalten können, ihn den ganzen Abend zu betrachten.

Sie zwang sich, darüber nachzudenken, ob sie wieder heiraten wollte. Vielleicht? Insbesondere, wenn es Kinder gäbe, denen sie eine Mutter sein könnte. Edmund hatte keine, denn er war nie verheiratet gewesen.

Warum dachte sie darüber nach, ihn zu heiraten? Er hatte es nicht erwähnt. Er hatte nur darauf hingewiesen, dass er sie wieder küssen wollte. Vielleicht war er nur während ihres Aufenthalts hier an einer Affäre interessiert.

Wäre das … schlecht?

Genie hatte keine Antwort. Hoffentlich hätte sie morgen eine. Wie Lady Clinton gesagt hatte, war die Party bereits halb vorüber.

Ihr rannte die Zeit davon.

KAPITEL 6

Als Edmund gestern nach dem Abendessen bei seinem Eintreffen im Salon feststellte, dass Genie sich bereits zurückgezogen hatte, hatte ihn die Befürchtung beschlichen, dass er die Dinge ruiniert hatte. Allerdings hatte sie diesen ersten Kuss eingeleitet und bereitwillig an dem anderen teilgehabt. Glücklicherweise hatte er sie beim Frühstück gesehen und sie war so charmant wie gewöhnlich. Nein, nicht wie gewöhnlich. Sie war einen Hauch zu rätselhaft gewesen oder vielleicht war es so, dass Edmund nach einem Betragen und einer Haltung Ausschau hielt, das nicht existierte. Denn er wollte seine Sehnsucht – sein Begehren – reflektiert sehen.

Sie hatten vorhin Gesellschaftsspiele gespielt und waren nun im Begriff, zu einem Spaziergang an den Swift River aufzubrechen, weil das Wetter trockener geworden war. Als sie sich direkt hinter dem Haus versammelten, fanden sich die Gäste in Gruppen zusammen. Irgendwie schien festzustehen, dass sich ein paar Paare zusammengefunden hatten. Mrs. Fitzwarren und Sir Godwin und auch Mrs. Sheldon und Lord Audlington schienen Bindungen eingegangen zu sein. Ob sie dauerhaft blieben, müsste sich erst noch herausstellen.

Edmund behielt seinen Blick auf die Tür geheftet und wartete auf Genies Erscheinen. Er war so konzentriert, dass er übersah, wie Mrs. Makepeace auf ihn zukam. »Ich bin so erfreut über das aufgeklarte Wetter, damit wir ins Freie gehen können«, sagte sie.

»In der Tat.« Er sah sie mit einem Lächeln an, während er immer noch versuchte, seine Aufmerksamkeit irgendwie auf die Tür zu richten.

»Ich freue mich schon auf den Tanzwettbewerb später. Genau in dem Moment, wenn ich denke, dass Lady Cosford unmöglich mit einer neuen Aktivität aufwarten könnte, tut sie das.«

Endlich trat Genie ins Freie. Allerdings folgte ihr Sterling unmittelbar auf den Fersen und es war klar, dass sie sich drinnen getroffen haben mussten und nun zusammen herauskamen. *Verdammt.*

»Sind wir alle bereit?«, rief Cosford an der Seite seiner Frau aus. »Auf unserem Weg werden wir am neuen Zierbau Halt machen. Er ist noch nicht fertig, aber auf bestem Wege dorthin. Dann werden wir zum Fluss weitergehen, wo wir ein paar Erfrischungen einnehmen. Gehen Sie uns bloß nicht verloren!« Er grinste und als er sich dann herumdrehte, bot er Lady Cosford seinen Arm an. Die beiden führten die Prozession an.

Edmund konnte keine Möglichkeit erkennen, wie er vielleicht Genie begleiten könnte, wie er gehofft hatte. Resigniert bot er Mrs. Makepeace seinen Arm.

»Danke«, entgegnete sie und legte eine Hand um seinen Unterarm. Sie begannen ihren Spaziergang durch den Garten, der vor fünfzig Jahren von Capability Brown entworfen worden war. »Ich würde es lieben, diesen Garten im Sommer zu sehen.«

»Das habe ich – nicht dieses Jahr – und es ist bezaubernd«, antworte Edmund, als sie durch den Rosengarten schritten.

Sie gingen für eine Minute schweigend nebeneinanderher, ehe sie fragte: »Genießen Sie die Party?«

»Ja, und Sie?«

»Tatsächlich mehr, als ich erwartet hatte.«

»Woran liegt das?«

»Ich hatte befürchtet, die Jüngste hier zu sein.« Mrs. Makepeace lächelte. »Vermutlich bin ich das, aber ich fühle mich nicht, als würde ich nicht dazugehören. Alle waren schon einmal verheiratet.« Sie sah ihn von der Seite an. »Nicht ganz alle. Die Frauen, meine ich. Sie sind unverheiratet, nicht wahr?«

»Ich war bisher nicht verheiratet, nein.«

»Und Sie sind hier, weil Sie das ändern wollen, oder …« Sie ließ den Rest ihrer Frage in der Luft hängen.

Oder war er wegen einer Affäre hier? Oder vielleicht mehr als einer Affäre? Er glaubte nicht, dass irgendjemand hier das versuchen würde, jedoch hatte er so seine Bedenken bei Howell. Edmund wählte seine Worte sorgfältig. »Ich war einer Heirat nie abgeneigt. Ich habe einfach noch nicht die richtige Frau getroffen.«

»Es ist bewundernswert, dass Sie auf eine Liebesverbindung warten. Ich hoffe, Sie werden fündig.«

Edmund hatte den Verdacht, dass dem bereits so war.

Er lenkte die Unterhaltung auf die Herbstfarben und bald trafen sie am Zierbau ein. Er war entworfen, um als ein verfallener griechischer Tempel anzumuten und die Struktur war vielleicht halb fertig gestellt.

»Werden Sie hier einen Einsiedler wohnen lassen?«, fragte Lord Pritchard laut. »Wenn dem so ist, wird der junge Dryden hier sich vielleicht um den Posten bewerben.«

Dryden war der Jüngste unter den anwesenden Gentlemen. Ein wenig schüchtern, hatte er kürzlich ein Vermögen geerbt. Er war in der Hoffnung hergekommen, den Heiratsmarkt in der nächsten Saison zu umgehen, auf dem er mit absoluter Sicherheit von Aufmerksamkeit überwältigt würde.

»Wieviel bezahlen Sie?«, rief Dryden Cosford zu.

»An Sie? Nichts!«, entgegnete Cosford mit einem Lachen. »Sie können mich bezahlen!«

Dies wurde mit Lachsalven und Heiterkeitsausbrüchen belohnt.

Lady Bradford und Mr. Emerson gesellten sich zu Edmund und Mrs. Makepeace. »Ich habe Mr. Emerson gerade erzählt, dass sich all die unverheirateten Gentlemen als Cosfords Einsiedler bewerben sollten«, bemerkte Lady Bradford mit einem Lachen.

Emerson schüttelte den Kopf mit einem Schmunzeln. »Und ich habe ihr erklärt, dass nur, weil wir nicht verheiratet sind, das nicht gleich bedeutet, dass wir alleine in einer falschen Ruine wohnen wollen.«

»Genau«, stimmte Edmund zu. »Wo wäre der Spaß daran?« Er suchte die Versammlung mit Blicken ab und fand Genie, die näher am Zierbau stand. Verdammt, sie war noch immer mit Sterling zusammen.

»Ich frage mich, ob sie sich zusammentun«, bemerkte Lady Bradford, die dicht zu Edmund trat, während Emerson sich mit Mrs Makepeace unterhielt.

Edmund war nicht sicher, ob die Komtess gesehen hatte, wohin sein Blick ging. Er würde so tun, als hätte sie das nicht. »Von wem sprechen Sie?«

»Die Herzoginwitwe und Mr. Sterling. Hatten Sie nicht zu den beiden hingesehen?« Sie pausierte nur kurz, bevor sie fortfuhr – glücklicherweise, denn auf diese Weise musste er ihre Frage nicht wirklich beantworten. »Es scheint, als würden das einige tun, was sinnvoll ist, da wir die Halbzeit der Party erreicht haben.«

»Lady Cosford dürfte sich sehr versiert fühlen«, stellte Edmund fest.

»Ehrlich gesagt ist das eine ausgezeichnete Idee für eine Party – keine albernen Fräulein mit übereifrigen Müttern.« Lady Bradford lachte. »Ich sollte vorsichtig sein. In nicht allzu ferner Zukunft könnte ich eine dieser übereifrigen Mütter sein.«

Lord und Lady Cosford setzten sich erneut in Richtung Fluss in Bewegung und Edmund bot seinen Arm abermals einer Frau an, die nicht Genie war. Er setzte die Unterhaltung mit Lady Bradford fort, wenngleich Genie einen Großteil seiner Gedanken vereinnahmte. Wenn der Zweck dieser Party darin bestand, jemanden zu treffen, mit dem man seine Zeit verbringen wollte – ob zeitweise oder dauerhaft – war Edmund bereits am Ziel.

Aber war Genie das auch? Sie hatte sich gestern Abend früh zurückgezogen und heute hatte sich bislang noch keine Gelegenheit ergeben, mit ihr zu sprechen. Bedauerte sie, ihn geküsst zu haben? Er hoffte nicht. Diese Küsse waren alles gewesen, wovon er geträumt hatte und mehr.

Am Fluss war ein Tisch mit einer breiten Auswahl an Speisen und Getränken aufgestellt. Edmund interessierte sich für nichts davon. Seine hauptsächliche Aufmerksamkeit richtete sich auf Genie und dafür zu sorgen, dass sie an *seinem* Arm zum Haus zurückkehrte.

Er schaffte es, nicht direkt auf sie zuzugehen. Auf seinem Weg zu ihr, plauderte er mit den anderen Gästen. Ärgerlicherweise war Sterling *immer* noch an ihrer Seite.

Aber gar nicht ärgerlich war das freudige Aufleuchten in ihren Augen, als sie Edmund erblickte. Er konnte nicht anders, als zur Antwort zu lächeln.

»Guten Tag, Lord Satterfield«, begrüßte sie ihn.

»Guten Tag, Herzogin.« Er sah zu Sterling hinüber, um ihn anzusprechen. »Sterling. Ich glaube, Lady Bradford hat auf ein Wort mit Ihnen gehofft.« Edmund wusste nicht, woher diese Lüge gekommen war, und es kümmerte ihn auch nicht.

Sterling drehte sich zu Genie und ergriff ihre Hand. »Vielen Dank für Ihre entzückende Gesellschaft. Ich hoffe, Sie später zu sehen.« Er drückte ihr einen Kuss auf den Handrückten und dann nickte er Edmund zu, ehe er sich entfernte.

Edmund hoffte, er würde direkt in den Fluss marschieren.

»Sie starren ihn an«, flüsterte Genie.

Zwinkernd lenkte Edmund seine Aufmerksamkeit auf sie. »Habe ich das?«

Genie verzog den Mund zu einem schlauen Lächeln. »Ich denke, Sie wissen, dass Sie das getan haben. Hat Lady Bradford tatsächlich mit ihm reden wollen?«

»Vielleicht?« Edmund zog eine Schulter hoch, als er näher zu ihr herantrat. »Ich bin sicher, dass sie das tun wird, sobald er bei ihr eintrifft.« Er war erleichtert zu sehen, dass Genie nicht ärgerlich auf ihn war, weil er Sterling fortgeschickt hatte. Tatsächlich schien sie zu flirten. »Es stört Sie nicht, dass er gegangen ist?«

Sie schüttelte den Kopf. »Wie war Ihr Spaziergang mit Lady Bradford und Mrs. Makepeace?«

»Erträglich.«

Genie zuckte mit den Schultern.

»Wie war Ihrer mit Sterling?«

»Ebenfalls erträglich.« Sie holte Luft. »Nein, das ist nicht gerecht. Es war tatsächlich nett. Er ist bemerkenswert charmant. Er hat von seinen Kindern erzählt.«

»Mrs. Makepeace und Lady Bradford haben beide Vermutungen über die Verbindungen angestellt, die sich bilden würden oder nicht. Lady Bradford deutete an, dass Sie und Sterling sich vielleicht verbinden würden.« Er stellte die Frage nicht, aber er hielt die Luft an, und hoffte, dass sie die Aussage anfechten würde.

»Ich verbinde mich mit niemandem«, antwortete sie darauf, was sowohl eine gute wie eine schlechte Antwort war.

»Ich hatte sehr gehofft, dass Sie das vielleicht tun würden.« Er sah ihr dabei in die Augen und seine Stimme war leise.

Sie legte den Kopf ein wenig schief, um den Mund näher an sein Ohr zu bringen. Für jemanden, der in ihre Richtung schielte, würde es wahrscheinlich so aussehen, als ob sie eine intime Unterhaltung führten. Doch das taten sie ja auch.

»Nur, weil ich in dieser Woche einem kleinem ... Genuss frönen könnte, bedeutet das nicht, dass ich Teil eines Paares bin.«

Sein Herz fing an zu rasen. Sagte sie etwa ...? »Wenn es Sie interessiert, wäre ich an einem kleinen Genuss überaus interessiert.« Ihre Augen weiteten sich beinahe unmerklich und er wollte sich unmissverständlich ausdrücken. »Mit Ihnen. Und nur mit Ihnen.«

»Ich verstehe.« Ihre Zunge lugte hervor und sie befeuchtete ihre Lippen. Edmund versteifte sich vollkommen und drehte sich dem Fluss zu.

»Werden Sie nicht zu den Erfrischungen kommen?«, fragte Lady Cosford, als sie sich näherte.

»Kommen Sie, es gibt ein spezielles Ale, das Cosford vom Brauer hat machen lassen«, lud Lady Cosford mit einem strahlenden Lächeln ein und sie hatten keine andere Wahl, als sie zu begleiten. Es wäre unhöflich gewesen, es nicht zu tun.

Allerdings hatte Edmund eine lästige Erektion, mit der er

fertig werden musste. »Ich werde gleich dort sein. Ich werde nur für einen Augenblick den Fluss betrachten.«

»Es ist eine wunderschöne Aussicht«, stellte Genie fest. »Wir haben uns gerade darüber unterhalten.« Auf keinen Fall hatten sie sich darüber unterhalten, dass sie beide eine Affäre haben wollten. Das meinte sie, nicht wahr? Gott, er hoffte das so.

Lady Cosford nickte. »Wir lieben es, unsere Zeit hier zu verbringen. Habe ich erwähnt, dass es Lavendelkekse gibt? Ich weiß, wie sehr du sie magst, Genie.«

»Das tue ich wirklich.« Sie hakte sich bei ihrer Cousine unter und warf Edmund einen langen Blick zu, ehe sie davonging.

Edmund stieß die Luft aus, als sein Körper endlich anfing, auf das Drängen seines Verstandes zu reagieren. Später hätte er reichlich Gelegenheit, sich gehen zu lassen. Das hoffte er.

Er war sich fast vollkommen sicher, dass Genie das gemeint hatte – dass sie eine Liaison anfangen wollte. Aber war das alles? Er wollte mehr.

Geduld.

Ja, Geduld. Er hatte so lange gewartet und sie war es so sehr wert.

～

Als die Uhr in Genies Zimmer Eins schlug, erschien es ihr endlich spät genug, um aufzubrechen. Als sie aus ihrem Schlafzimmer trat, zögerte sie. Was, wenn er noch nicht in seinem Zimmer war? Wie spät pflegten die Gentlemen aufzubleiben?

Sie hätte das mit ihm planen sollen!

Allerdings hatte sie sich nicht verpflichten wollen. Sie hatte zu große Angst, dass sie ihre Meinung ändern würde. Selbst jetzt schwankte sie.

Geh einfach. Du willst das. Und es ist nichts falsch daran, ihn zu wollen. Ihn zu *begehren.*

Scharf sog sie die Luft ein und rief sich den Weg zu Edmunds Zimmer in Erinnerung. Sie hatte die Karte so eingehend angestarrt, dass es unmöglich für sie wäre, zu vergessen, wo sein Zimmer lag. Glücklicherweise befand es sich auf derselben Seite des Hauses. Sie hoffte nur, dass sie auf ihrem Weg dorthin niemandem begegnete.

Deshalb lief sie schnell und fand sich weitaus eher an seiner Tür, als sie erwartet hatte. Wieder zögerte sie.

Du bist so weit gekommen. Bleib jetzt nicht stehen!

Sie hob die Hand, um an die Tür zu klopfen. Was, wenn sein Kammerdiener öffnete?

Vor Schreck erstarrt, drehte sie sich fast wieder um. Doch das hartnäckige Pochen zwischen ihren Beinen ließ sie ausharren. Während des gesamten Abendessens und dem unglaublich unterhaltsamen Tanzwettbewerb hatte sie ihn beobachtet – und er hatte sie beobachtet. Es hatte den Anschein gehabt, als ob eine wortlose Kommunikation zwischen ihnen stattgefunden hätte und eine beiderseitige Begierde zwischen ihnen aufkeimt war.

Was, wenn sie sich irrte?

Klopf. An. Die. Tür.

Genie stieß ihre Fingerknöchel geschwind gegen das Holz, bevor sie sich die Sache noch ausreden konnte. Dann kniff sie die Augen zu und betete, dass er es sei – und nur er –, der die Tür öffnete. Oh Gott, was wäre, wenn er einen weiteren *Gast* hätte?

Sie machte genau in dem Augenblick Anstalten, sich auf dem Absatz umzudrehen, als sich die Tür öffnete. Während sie den Kopf zur Tür herumriss, erkannte sie, dass es in der Tat nur Edmund war.

Überraschung blitzte auf seinem Gesicht auf und er

öffnete die Tür weiter. »Gott sei Dank bist du es. Komm herein.«

Sie bewegte sich nicht sogleich. Er ergriff ihre Hand und zog sie sanft hinein, ehe er die Tür hinter ihr zumachte.

Er sah sie mit einem entschuldigenden Lächeln an. »Ich glaube nicht, dass du gesehen werden willst, wie du dort draußen stehst. Für den Fall, dass jemand zufällig vorbeikommt.«

»Nein, das würde ich nicht wollen. Danke. Es tut mir leid. Ich bin … Ich weiß nicht, was ich sagen soll. Oder tun. Oder … irgendetwas.«

»Fangen wir mit einem Guten Abend an, sollen wir?« Er drückte ihr die Hand. »Guten Abend, Genie. Ich bin so erfreut, dich zu sehen. Überrascht, aber erfreut.«

»Bist du das wirklich? Überrascht, meine ich. Ich dachte …« Sie stieß die Luft aus. »Ich weiß nicht, was ich gedacht habe. Meine Gedanken ändern sich mit jedem Augenblick.«

Er nahm ihre andere Hand und sah ihr in die Augen. »Warum setzen wir uns nicht einfach und reden. Hättest du gern einen Brandy? Port? Madeira?«

»Du hast all diese Dinge hier?«

»Nein, aber ich könnte sie besorgen.«

»Das wird nicht nötig sein. Ich werde nehmen, was immer verfügbar ist.

Er nickte. »Würdest du gern am Kamin sitzen?« Er zeigte auf eine Stelle, wo ein kleines Sofa vor dem niedrig brennenden Feuer aufgestellt war.

»Ja, danke.« Genie ging darauf zu, um sich zu setzen, und ihre Beine zitterten vor Nervosität. Sie drehte den Kopf, um zu sehen, wo er hingegangen war, um ihre Getränke einzuschenken. Das Bett stand an der Wand gegenüber vom Kamin und lauerte dort groß und einschüchternd.

Das war ein Fehler.

Nein, das ist es nicht. Setz dich!

Genie ließ sich auf dem Sofa nieder und sagte sich, dass sie überaus töricht war. Sie war so aufgeregt wie eine frischgebackene Braut. Sie dachte an ihre Hochzeitsnacht zurück und versuchte, sich in Erinnerung zu rufen, ob sie derart nervös gewesen war. Nein, das war sie nicht gewesen.

Warum also war sie es jetzt? Lag es daran, dass sie unverheiratet waren? Oder vielleicht war das keine Nervosität, sondern Vorfreude.

Edmund erschien vor ihr. »Hier. Es ist Brandy.« Er gab ihr ein Glas und sie nahm wahr, was sie im Nebel ihrer Auflösung nicht registriert hatte. Er trug eine Hose zu einem offenen Hemd, das sein dunkles Haar auf der Brust offenbarte – wahrscheinlich mehr Haar, als er auf dem Kopf hatte. Absurderweise fand sie das amüsant, was wahrscheinlich auf ihren augenblicklichen Zustand von Umnachtung zurückzuführen war.

Er setzte sich neben sie auf das Sofa und nippte an seinem Brandy. »Um deine Frage zu beantworten. Ja, ich bin wirklich überrascht, dich hier zu haben.«

Genie trank einen Schluck, um ihre Nerven zu stärken – wenn das überhaupt möglich war. »Du hast klargemacht, dass du an einer Liaison interessiert bist. Ich bin nicht … uninteressiert.«

Er lachte leise. »Ich hatte vielleicht auf mehr Enthusiasmus gehofft.«

Sie errötete. »Ich bin enthusiastisch. Ich bin auch nervös.« Sie trank einen großen Schluck Brandy. »Ich dachte, dies sei eine normale Hausparty. Als ich erfahren habe, dass sie dazu gedacht war, Witwen die Gelegenheit zu bieten, eine Verbindung oder eine Affäre einzugehen, hatte ich gehen wollen. Aber das Wetter hatte dies verhindert und ich konnte nicht. Dann habe ich dich getroffen.« Ihr Blick verband sich mit seinem. »Ich habe nicht erwartet …« Sie wusste nicht, was sie als Nächstes sagen sollte.

»Du hattest nicht erwartet, dich zu mir hingezogen zu fühlen?« Er klang hoffnungsvoll.

»Ja. Ich hatte nicht erwartet, mich zu irgendjemandem hingezogen zu fühlen.« Sie sah zum Feuer. »Ich habe meinen Ehemann innig geliebt. Ich vermisse ihn schrecklich, und ich nehme an, das für immer zu tun.«

Für einen langen Moment herrschte Stille, ehe er fragte: »Willst du damit in Frage stellen, ob es in Zukunft einen Platz für jemand anderen gibt?«

Sie lenkte den Blick wieder zurück auf ihn. »Ja. Genau. Ich nehme nicht an, noch einmal eine Liebe zu finden.«

Er lächelte traurig. »Nun, das ist recht entmutigend – für dich und für mich.«

Oh, du meine Güte. Er hatte offenbar auf etwas … gehofft. Sie streckte die Hand aus und legte die ihre auf seine.

»Warum bist du heute Abend hergekommen?«, fragte er.

Ein Zittern durchfuhr sie. Sie straffte sich und schob ihre Unsicherheit beiseite. Wenn sie ehrlich zu sich selbst war, wusste sie, was sie wollte. »Weil ich seit unserem Kuss gestern an wenig anderes gedacht habe.« Sie schüttelte den Kopf. »Nein, es war bereits vorher. Als ich dir bei deiner Vorführung von Shakespeare zugesehen habe, war ich von der Tiefe deiner Emotion gerührt. Du hast etwas, das ich unwiderstehlich finde. Den ganzen Vormittag, als ich mit Sterling zum Fluss gegangen bin, habe ich dich mit Mrs. Makepeace und dann Lady Bradford beobachtet. Ich habe mir ausgemalt, wie ich sie beiseitestoße und ihren Platz einnehme. Heute Abend beim Abendessen war ich frustriert, dass wir immer noch nicht nebeneinandergesetzt wurden. Danach war ich beim Tanzwettbewerb sogar noch mehr verärgert, weil wir noch nicht einmal als Tanzpaar aufgestellt wurden. Also bin ich nun hier.«

Seine Augen blitzten vor Hitze und Heiterkeit. »Herzogin, ich bin erstaunt. Und geschmeichelt. Am meisten bin ich allerdings ermutigt. Hier sind wir, zwei Menschen, die sich zueinander hingezogen fühlen, voneinander fasziniert sind, denn ich empfinde dasselbe für dich. Allein. In einem Schlafzimmer. Was sollen wir in dieser Sache unternehmen?« Er sah sie auf solch eine provozierende Art an – er verschlang sie mit seinem Blick, als dieser von ihrem Gesicht über ihren Körper tieferwanderte.

Erkühnt nahm sie sein Glas und erhob sich, um es mit ihrem auf den Kaminsims zu stellen. Dann drehte sie sich mit dem Gesicht zu ihm und knöpfte ihren Morgenmantel auf. Überraschenderweise zitterten ihre Finger nicht.

Genie zog das Kleidungsstück aus und drapierte es über die Sofalehne. Dann legte sie ihr Knie auf das Sofa und beugte sich zu ihm hinüber. »Soll ich bleiben?«

Seine Augen verdunkelten sich beinahe zu einem Pechschwarz. »Ja, bitte.« Die Worte waren stark und schwer und hallten in Genies Magengrube wider.

Sie hielt sich mit einer Hand an der Rückenlehne des Sofas fest und senkte den Kopf, um ihn zu küssen, wobei sie mit dem Mund sanft über seinen streifte. Sie spielten einen Augenblick und ihre Lippen und Zungen suchten und neckten einander, sie berührten sich und zogen sich wieder zurück.

Er hob eine Hand und legte sie um ihren Nacken. Dann zog er ihren Kopf zu seinem und führte ihre Lippen zusammen, ehe er seine Zunge in ihren Mund tauchte und sie ebenso verschlang wie mit seinem Blick. Die Empfindungen pochten in ihr. Es war so lange her, seit sie dies gefühlt hatte.

Er vergrub die Finger in ihrem Haar, dessen größter Teil in einem Zopf an ihrem Rücken herabhing. Sie drückte sich wieder an ihn und ihre Brüste pressten sich gegen seine Brust. Er zog einen Daumen an ihrem Ohr entlang, als er sie mit langen, innigen Bewegungen seiner Zunge an ihrer küsste. Sie legte ihre andere Hand auf seine Schulter und packte ihn, als die Wellen der Wollust in ihr aufbrausten.

Die Hitze seines Körpers sickerte durch das Gewebe seines Hemdes. Sie hob die Hand und schob sie unter den Stoff. Das Gefühl seiner Haut an ihrer war mehr als verführerisch. Sie wollte mehr … sie brauchte mehr.

Er umklammerte ihre Taille und stieß sie zum anderen Ende des Sofas zurück, womit er ihre Positionen irgendwie umkehrte. Als er sich über ihr erhob, starrte er sie mit nackter Lust an.

»Genie, ich habe noch nie eine Frau so sehr begehrt, wie ich dich begehre. Macht dir das Angst? Mich erschreckt es.«

Sie fürchtete sich nicht. Nicht vor ihm. Nicht vor diesem hier. Sie schüttelte den Kopf und hob die Hand. »Komm zu mir, Edmund.«

Er griff nach dem Saum ihres Nachthemds und zog es über ihre Taille. Sie hob die Hüften und gemeinsam zogen sie ihr das Kleidungsstück aus. Als sie nackt vor ihm lag, konnte sie nicht anders, als sich zu fragen, ob sie genug wäre. Sie war nicht mehr jung.

Er stieß ein scharfes Zischen aus. »Du bist so wunderschön. Genau genommen bist du perfekt.«

Sie stieß ein zittriges Lachen aus. »Das kann kaum stimmen.«

Von ihr gefesselt legte er eine Hand um ihre Brust. »Es stimmt. Du bist in jeder Hinsicht perfekt für mich.« Er fuhr mit dem Daumen über ihre Brustwarze und sandte damit einen Ausbruch der Empfindungen zu ihrem Geschlecht.

Sie warf den Kopf in den Nacken und schloss die Augen, während sie sich seiner Berührung hingab. »Ja.« Sie hatte sich nie gescheut, um das zu bitten, was sie wollte oder zu inszenieren, was sie begehrte.

Er wiederholte die Aktion mit der anderen Brust – und legte die Hand darum, ehe er sanft in ihre Brustwarze kniff.

Sie stöhnte leise. »Mehr.«

Dann kniff er sie. Sie zuckte zusammen und ihr Körper hob sich vom Sofa, als sie aufschrie. Sein Mund schloss sich um sie und er neckte sie mit den Lippen und der Zunge, ehe er sie fest saugte. Genie legte die Hände um seinen Kopf und drückte ihn an sich. Er umfasste auch ihre andere Brust und trieb sie zu einem Ausbruch von Begierde an, der sich zwischen ihren Beinen bündelte. Sie bewegte die Hüften und es geschah wirklich aus deren eigenem Antrieb, sehnsüchtig nach seiner Berührung.

Er schien zu verstehen, was sie wollte, denn seine Hand bewegte sich an ihrem Brustkorb tiefer und über ihren Bauch, während seine Finger ihre Haut streichelten, als er zum Ansatz ihrer Oberschenkel wanderte. Er berührte ihr Geschlecht und mit seiner Hand drückte er sanft auf den Eingang, ehe er mit den Fingern an ihren Schamlippen entlangglitt. Er zog fest an ihrer Brustwarze, als er einen Finger in sie schob. Genie hob sich seinem Stoß entgegen und keuchte. Er hob den Kopf und küsste sie erneut, als er ihr Wimmern mit seinem Mund aufnahm, während er immer wieder mit dem Finger in sie stieß.

Sie bewegte die Hüften und hob sie bei jedem Stoß. Dann war sein Mund von ihrem verschwunden. Er küsste sie an ihrem Kiefer und ihrem Hals entlang, und leckte und nippte erneut eine Spur, die sich bis zu ihren Brüsten zog und dann noch tiefer.

Nein, er konnte nicht vorhaben … Ja, das hatte er vor. Er leckte ihre Klitoris und dann saugte er, wobei er einen scharfen Stich der Lust auslöste, der direkt durch ihren Rumpf schoss. Sie hielt seinen Kopf und versuchte zu verhindern, vollkommen auseinanderzufallen. Noch nicht.

Doch er war in seinen Bemühungen unbarmherzig. Sein Mund und seine Finger bewegten sich in sie hinein und wieder heraus, womit er sie zu Höhen der Lust erhob, an die sie sich nicht mit Sicherheit erinnern konnte. Sie schrie auf, als die Empfindung sie überwältigte. Er leckte sie und stieß die Zunge tief in ihr Geschleckt und sie taumelte in die dunkle Intensität ihres Orgasmus. Ihr Körper erschauderte, als ihre Muskeln sich verkrampften. Wieder und wieder schrie sie auf, denn sie war unfähig, sich selbst zu finden, als sie durch Zeit und Raum stürzte.

Er hörte nicht auf, bis sie aus der Dunkelheit auftauchte. Dann schwang er sie in die Arme und trug sie zum Bett. Sie schaffte es, sich soweit zu erholen, um auf dem Bett auf die Knie zu kommen. Sie streckte die Hand nach ihm aus und zog ihm das Hemd aus der Hose. Er hob die Arme, damit sie es über seinen Kopf ziehen konnte.

Jetzt war er vor ihr entblößt und sie konnte erkennen, dass er genauso muskulös war, wie andere während der Party behauptet hatten. Dunkles Haar bedeckte den Mittelteil seines Oberkörpers und rahmte seine Brustwarzen ein. Er war das Maskulinste, was sie je zu Gesicht bekommen – oder gefühlt hatte. Sie fuhr mit den Händen über seinen Körper und ergötzte sich an seiner Härte und Hitze. Sie strich mit den Handflächen an seinem Brustkorb empor und dann umfasste sie seinen Nacken und zog seinen Kopf herunter, damit sie ihn küssen konnte.

Sie schmeckte sich selbst auf seiner Zunge, und das fachte ihr Verlangen nur noch an. Wie lang war diese Nacht? Nicht lang genug rechnete sie sich aus. Nicht für all die Facetten, wie sie ihn erforschen und im Gegenzug von ihm entdeckt werden wollte.

Er fing an, seinen Schritt aufzuknöpfen, aber sie senkte die Hände, um diese Aufgabe zu beenden und stieß ihn beiseite. Als die Hose geöffnet war, stieß sie sie an seinen Hüften hinab. Er half ihr – und sie gestattete es –, was bedeutete, dass sie ihn berühren konnte. Sie schlang eine Hand um seinen Schaft. Er war samtig weich und steinhart, als sie ihn von den Hoden bis zur Spitze streichelte. Der Drang war stark, ihren Mund um ihn zu legen, doch sie war zu begierig, ihn in sich zu fühlen.

Sie flüsterte neben seinem Ohr. »Soll ich mich auf den Rücken legen? Oder du? Oder soll ich mich knien?«

Er stöhnte zur Antwort. »Du bist unvorstellbar. Ja, ja und ja. Ich will in dir versinken, bis ich nicht mehr weiß, wo ich anfange und du aufhörst. Am Morgen werde ich mich nicht mehr erinnern, wie es sich anfühlt, ohne dich zu sein, und ich möchte es auch nicht.«

Seine Worte entflammten sie. Sie bewegte ihre Hand um ihn und entlockte seiner Kehle ein weiteres Stöhnen.

»Genie, schau mich an.« Er hielt ihren Hinterkopf mit seiner Hand. »Was wünschst du dir?«

»Ich will dich in mir. Jetzt. Mir ist egal, wie.« Sie streckte die Beine aus und setzte sich auf die Bettdecke, ehe sie an die Bettkante rutschte, damit sie die Spitze seines Schafts gegen ihr Geschlecht drücken konnte.

»Dann sollst du mich jetzt haben.« Er machte schmale Augen und stieß sie auf das Bett zurück, sodass sie flach auf dem Rücken lag. Dann schob er sie weiter auf die Matratze, sodass er über sie kletterte. Sie schloss die Augen, als er ihre Schamlippen und Klitoris mit den Fingern streichelte und in sie drang. Sein Schaft drückte sich an sie. »Schau mich an, Genie.« Sie schlug die Augen auf. »Schau mich an, wenn wir uns vereinen. Sag mir, dass du das willst.«

»Das ist es. Ich will das. Ich will *dich*.«

KAPITEL 7

Edmund wünschte, dieser Augenblick würde niemals enden. Seit Beginn der Party hatte er sich nicht die Hoffnung gestattet, dass sein lange gestorbener Traum in Erfüllung gehen würde. Nun, da es soweit war, fühlte er sich ehrfürchtig und überwältigt. Dass sie, seine Göttin, endlich hier war, brachte ihn beinahe um seine Fassung.

Er schmiegte die Hand um ihr Gesicht, als er sich in sie einführte und tief in ihre Öffnung glitt. Ein tiefer, sinnlicher Laut entwich seiner Kehle, als er spürte, wie sie sich um ihn spannte und ihn willkommen hieß. Und wenn er einhundert Jahre alt werden würde, würde es nie wieder einen Augenblick wie diesen geben. Und das wollte er auch nicht. Dies war, was er ersehnt hatte und mehr.

Der Augenblick brannte sich in seine Erinnerung – ihre dunklen Wimpern streiften über ihre Wangen, als sie die Augen in ihrer Ekstase schloss. Ihre rosa Lippen teilten sich und ein leises Stöhnen entwich ihrem Mund. Sie war das Schönste, was er je gesehen hatte. Und sie war die Seine.

Edmund bewegte sich mit ihr und zog sich zurück, ehe er aufs Neue zustieß. Anfangs ging er langsam und methodisch vor, wobei sein Körper den ihren und sie den seinen kennenlernte. Sie passten perfekt zusammen – zumindest in seiner Vorstellung. Sie hob sich unter ihm und ihre Körper trafen in einem himmlischen Rhythmus zusammen.

Sie schlang die Beine ganz um ihn und klammerte sich mit den Händen an seinem Rücken fest. »Ja, ja«, murmelte sie wieder und wieder. »Schneller bitte.«

Er entsprach ihrem Wunsch und drang in einem schnelleren Rhythmus in sie ein. Er wünschte, es würde für immer andauern, doch er wusste, dass dies unmöglich war. »Genie«, murmelte er, überwältigt von Begierde und Emotion. Er küsste sie und ihre Zungen und ihr Stöhnen vermischten sich, als ihre Körper sich im Einklang bewegten.

Plötzlich spannten sich ihre Muskeln an und sie schrie auf. Ihre Füße gruben sich in seinen Rücken, als ihr Geschlecht sich um ihn krampfte. Seine Hoden spannten sich an und er konnte seinen Orgasmus kaum zurückhalten.

»Soll ich mich zurückziehen?«, brachte er gerade so über die Lippen. Er hatte beabsichtigt, diese Frage schon früher zu stellen, doch dann hatte er sich hinreißen lassen.

»Nein«, krächzte sie. »Komm Edmund. Komm mit mir.«

Nur diese Aufforderung hatte er gebraucht. Er drang noch ein paarmal tief in sie, während sein Orgasmus sich aufbaute. Dann überkam es ihn und er rief ihren Namen, als er sich in ihr erlöste.

Er hatte keine Vorstellung, wieviel Zeit verstrichen war, bevor er sich erneut bewegte. Sie hielt ihn zärtlich und ihre Lippen streiften über seine Wangen und seinen Mund. Er küsste sie sanft, ehe er sich aus ihrem Körper zurückzog und auf die Seite rollte. Als er wieder zu Atem gekommen war, zog er die Bettdecke zurück und deckte sie zu, ehe er sich zu ihr legte.

Er umfing sie mit den Armen und küsste sie auf die Schläfe. »Das war großartig.«

»Ja, es war außerordentlich … bezaubernd.« Sie küsste seine Kehle und schmiegte sich an ihn. »Ich hatte nie erwartet, das zu haben. Nicht noch einmal.«

Er wusste, dass sie Kendal geliebt hatte, sogar, bevor sie ihm das erzählt hatte. Er stellte sich auch vor, dass es schwierig sein musste, ohne ihn zu leben. Er versuchte, sich vorzustellen, was er tun würde, wenn er sie verlieren würde. Nein, das war nicht das Gleiche. Sie waren nicht verheiratet. Sie waren nicht verliebt.

Soweit er wusste.

Er hegte seine Gefühle für sie natürlich schon seit Langem. Er hatte sich nie vorgestellt, dass er vielleicht die Gelegenheit bekommen könnte, sie zu erforschen, oder dass sie seine Liebe erwiderte. Und immer noch konnte er sich nicht ganz davon überzeugen. »Ich bin voller Ehrfurcht, dass du das mit mir teilen würdest.«

Sie zog sich zurück, sodass sie einander ansahen. »Wie kommt es, dass du nicht verheiratet bist? Du bist freundlich und charmant. Intelligent, gutaussehend, überaus begabt auf dem Gebiet der körperlichen Künste –«

»Körperlichen Künste?« Er lachte und dann küsste er sie. »Das ist wundervoll.«

»Was sollte ich anderes sagen? Du bist talentiert mit deinem Mund? Und anderen Dingen?« Sie errötete und dann lachte sie. »Ich schwöre es, ich bin nicht prüde. Es ist nur einige Zeit her und wie ich sagte, habe ich mir nie träumen lassen, dies noch einmal zu tun. Ganz abgesehen davon, es sehr genossen zu haben.« Sie erbleichte. »Ist das schlecht?«

Er küsste sie innig. »Nein. Sicherlich hätte dein Ehemann sich gewünscht, dass du dein Leben weiterlebst und wieder Glück findest. Das würde ich mir für meine Frau wünschen.«

»Jerome wollte das. Er hat mir in der Tat ein Versprechen

abgenommen.« Sie sah ihn eindringlich an. »Du hast meine Frage nicht beantwortet. Warum bist du nicht verheiratet?«

Edmund konnte sich nicht ganz dazu durchringen, ihr die Wahrheit zu sagen. Weil er diese Wahrheit nie ganz anerkannt hatte und das immer noch nicht tat – nicht ganz. »Ich habe mich nie dazu bewogen gefühlt. Du hast dich in Kendal verliebt, nicht wahr?« Auf ihr Nicken entgegnete er. »Ich hatte nicht so ein Glück, mich in jemanden zu verlieben, der meine Gefühle erwiderte.«

»Es tut mir leid.« Sie runzelte die Stirn und dann sah sie ihn mit aufrichtigem Mitgefühl, aber keinem Mitleid, an. Da war ein Unterschied. »Du bist zur Party gekommen und hast gehofft, dass sich das vielleicht ändern könnte?«

»Das stimmt. So sehr meine Mutter mich auch in Bezug auf eine Heirat und der Zeugung eines Erben drängelt, hat sie Recht. Ich habe eine Verpflichtung. Vielleicht ist es Zeit, meine romantischen Bedürfnisse hinter mir zu lassen, und darauf zu vertrauen, dass die Liebe sich schon einstellen wird.«

»Das geschieht nicht immer. Meine älteste Schwester hasst ihren Ehemann. Sie haben das Bett seit zwanzig Jahren nicht geteilt. Er hat eine dauerhafte Geliebte und meine Schwester hat sich vor Kurzem – endlich – selbst auf eine Affäre eingelassen. Ich freue mich für sie, aber insgesamt ist es ein trauriger Zustand.«

»Vermutlich versuche ich, genau das zu vermeiden. Ob Verpflichtung oder nicht, fürchte ich, dass eine lieblose Ehe nicht tolerierbar wäre.«

Sie sah ihn mit solch einer Wärme an, dass sein Herz anschwoll. »Du hast romantische Bedürfnisse, nicht wahr?«

Er lachte. »Meine Mutter nennt mich hoffnungslos romantisch und betrachtet dies als einen Nachteil.«

»Da widerspreche ich. Jede Frau, die gesegnet ist, sich in dich zu verlieben, wird über alle Maßen glücklich sein.«

Edmund kam nicht umhin wahrzunehmen, dass sie nicht wie eine Frau sprach, die eventuell verliebt war. Aber es war sicherlich noch zu früh dafür – zumindest für sie. »Es ist sehr freundlich von dir, das zu sagen.«

Sie zog eine Grimasse. »Ich bin dir nicht hilfreich auf der Suche nach einer Frau. Ich lenke dich ab. Ich hätte heute Abend nicht herkommen sollen.«

Er schmiegte eine Hand um ihr Gesicht. »Nein. Du bist die einzige Frau auf dieser Party, an der ich interessiert bin.«

Irgendetwas – Verständnis vielleicht – flackerte in ihrem Blick auf. »Du willst einen Erben?«

»Das ist meine Pflicht«, antwortete er einfach. Er wollte Kinder, nahm er an, denn er erfreute sich an seinen Nichten und Neffen. »Vielleicht haben wir gerade eines gemacht.« Er zwinkerte ihr zu.

Sie machte große Augen und zog die Brauen tief in die Stirn, als sie sich zurückzog. Sie setzte sich abrupt auf und hielt sich die Bettdecke vor ihre Brust. »Das ist unmöglich. Ich kann keine Kinder mehr bekommen.«

Edmund setzte sich mit ihr auf. Nicht mehr? Sie hatte Kinder gehabt? Er erinnerte sich nicht, weil er ihrer Ehe absichtlich keine Aufmerksamkeit geschenkt hatte, obwohl er mit ihrem Ehemann befreundet war. »Du hast Kinder? Das war mir nicht bewusst.«

»Ich hatte eine Tochter«, antwortete sie leise und hielt dabei den Blick auf den Kamin gerichtet. »Eliza. Sie ist gestorben, als sie drei Jahre alt war.«

»Erzähl mir von ihr.«

Genies Blick hellte sich auf. »Sie war heiter und lustig, und sie lachte immer so schnell. Sie liebte es, ihrem älteren Halbbruder überallhin zu folgen. Titus war so gütig mit ihr. Er las ihr Geschichten vor, insbesondere, nachdem sie krank geworden war.« Ihr Ausdruck verblasste und Edmund streichelte mit den Fingerspitzen sanft über ihr Rückgrat. »Nach ihr hatte ich noch drei Fehlgeburten – weit vor der Zeit – und in den letzten fünf Jahren meiner Ehe bin ich nicht mehr schwanger geworden. Der Arzt sagte, dass ich über das Alter zum Kinderkriegen hinaus wäre.«

Er runzelte die Stirn. »Ärzte können sich irren.«

Sie riss den Blick zu ihm herum. »Ich habe vor langer Zeit die Hoffnung auf weitere Kinder aufgegeben und möchte dich bitten, nicht von solchen Dingen zu sprechen. Es ist nicht nett.«

Von ihrem offensichtlichen Herzschmerz gequält, ergriff er ihre Hand. »Ich hatte nicht unfreundlich sein wollen.«

»Ich bin zweiundvierzig, Edmund«, sagte sie ruhig. »Ich kann dir keinen Erben schenken.«

Er wünschte, er könnte ihr antworten, keinen zu wollen … keinen zu brauchen. Doch Tatsache war allerdings, dass er eine Verpflichtung hatte. Beunruhigt streichelte er mit dem Daumen über ihre Hand.

Sie holte tief Luft und sah ihn an. »Du solltest wissen, dass der Verlust meiner Tochter sogar noch schmerzhafter als der von Jerome war. Ich vermisse ihn schrecklich, aber du hast mir gezeigt, dass es ein Leben nach ihm gibt. Mein Stiefsohn, Titus, hat mir gezeigt, dass ich eine Mutter sein kann, selbst wenn ein Kind nicht mein eigenes Fleisch und Blut ist. Wenn ich wieder heirate, hoffe ich, den Kindern meines Ehemannes eine Mutter sein zu können.«

Ihre Worte schnitten tief in ihn hinein. Sie war nicht an einer Ehe interessiert, zumindest nicht mit ihm. Seinen Traum zu verwirklichen und ihn in der gleichen Nacht zerstört zu sehen, war ein Schlag, den er nicht hatte vorhersehen können.

Edmund rollte sich hinüber und stand vom Bett auf. Er tappte zum Kleiderschrank hinüber und nahm seinen Hausmantel. Dann schlang er ihn um seinen inzwischen kalten Körper und band sich im Herumdrehen den Gürtel um die

Mitte. Sie hatte sich ebenfalls vom Bett erhoben und war zum Sofa gegangen, wo sie ihr Nachthemd über ihre makellose Figur zog.

Sie stieß die Füße in die Hausschuhe, die sie irgendwann vorhin von den Füßen geschoben hatte und dann legte sie ihren Morgenrock an. Er wollte sie aufhalten, sie bitten, zu bleiben. Er hatte sich eine ganze Nacht ausgemalt, in der sie den Körper des anderen kennenlernten, sich Vergnügen verschafften und sich einander glückselig hingaben.

Aber dem sollte nicht sein. Nicht, nach den Eröffnungen ihrer schonungslosen Wahrheiten.

Dennoch hatten sie eine wundervolle Erfahrung miteinander geteilt. Er trat vor sie hin, als sie ihren Morgenrock fertig zuknöpfte. Mehrere Haarsträhnen hatten sich aus ihrem Zopf gelöst und kräuselten sich an ihrer Wange und ihren Schläfen.

Er befingerte eine dieser Locken und sah sie mit einem halben Lächeln an. »Die heutige Nacht war wundervoll. Es liegen noch zwei weitere Nächte vor uns. Ich würde mich glücklich schätzen, wenn du sie mit mir verbringen würdest.«

Sie starrte ihn mit leicht geöffneten Lippen an. »Ich weiß nicht. Dies war … außergewöhnlich. Ich werde die Erinnerung für immer wie einen kostbaren Schatz bewahren.« Sie schmiegte die Handfläche an seine Wange und erhob sich auf die Zehenspitzen, um ihn zu küssen.

Edmund schlang die Arme um sie und zog sie eng an sich. Er nahm ihren Mund in Besitz und drängte seine Zunge gegen ihre, um sie hoffentlich daran zu erinnern, wie gut sie zusammenpassten und wie gut sie miteinander waren.

Als er sie losließ, schnappte sie nach Luft. Für einen langen Augenblick legte sich ihr Blick intensiv auf ihn. »Gute Nacht, Edmund.«

»Gute Nacht, Genie.«

Sie drehte sich um und er folgte ihr, um ihr die Tür zu öffnen und sie wieder zu schließen, nachdem er beobachtet hatte, wie sie davonging. Beinahe wäre er ihr nachgegangen und hätte sie angefleht, zurückzukehren. Nein, er hätte sie bitten wollen, sich noch einmal zu überlegen, was sie sich wünschte. Bestand irgendeine Möglichkeit, dass sie ihn begehrte? Nicht nur für jetzt, sondern für immer?

Er konnte sich das nicht vorstellen, nicht, wenn sie Kindern eine Mutter sein wollte. Er hatte keine und offenbar konnte sie keine bekommen.

Er dauerte sehr lange, bis er einschlief.

~

Während des Frühstücks am folgenden Morgen hatte Lord Cosford angekündigt, dass sie am Nachmittag ausreiten würden, wenn das Wetter trocken bliebe. Dies hatte eine aufgeregte Stimmung ausgelöst. Nun, da die meisten Gäste sich im Anschluss an das Frühstück im Salon versammelt hatten, herrschte eine angespannte Energie, als ob es alle kaum abwarten konnten, vor die Tür zu kommen.

Oder vielleicht handelte es sich auch einfach nur um Genies innere Aufgewühltheit. Nach ihrem Besuch bei Edmund in der Nacht zuvor hatte sie kaum geschlafen.

Sie entdeckte ihn an der anderen Seite des Raumes. Den ganzen Tag lang hatte sie ihn bereits verstohlen im Auge behalten und er schien das Gleiche zu tun. Jedes Mal, wenn ihre Blicke sich trafen, wandte sie den Ihren ab. Tat er das ebenfalls? Und würden sie sich für die restliche Dauer der Party aus dem Weg gehen? Morgen wäre der letzte volle Tag, also nahm sie an, dass das möglich wäre.

Wahrscheinlich war es auch zum Besten. Warum fühlte sie sich dann traurig?

Sie ging los, um sich einen Keks von einem Teller auf dem Tisch in der Ecke zu nehmen. Auf Blickton bestand niemals ein Mangel an Speisen oder Getränken.

»Eine gute Wahl. Diese sind meine Favoriten.« Edmunds Stimme sandte einen köstlichen Schauder über ihr Rückgrat.

Genie drehte sich herum, um ihn anzusehen, als er einen der Kekse nahm. »Meine ebenfalls. Aber andererseits mag ich auch alles mit Lavendel. Und Zitrone.« In den Keksen waren beide Aromen vermengt.

Ihn so nahe zu sehen, ließ Genies Brust anschwellen und dann spannte sie sich abrupt an. Wenngleich sie die vergangene Nacht in Ehren halten würde, konnte sie nicht anders, als zu glauben, dass sie besser nicht stattgefunden hätte.

»Ich möchte mich entschuldigen«, sagte sie leise.

Seine dunklen Brauen zogen sich auf seiner breiten Stirn zusammen. »Für gestern Nacht. Ich hätte nicht in dein Zimmer kommen sollen. Es war eine schlechte Idee von mir.«

Seine Züge entspannten sich und sein Mundwinkel zuckte kurz. »Ich habe es für überaus brillant gehalten.«

Sie kämpfte ein Erröten zurück und holte tief Luft. »Wir hätten diese Dinge vorher besprechen sollen. Ich hatte nicht die Absicht, dich zu verleiten …« Ihn wozu verleiten? »Zu irgendetwas. Ich habe überhaupt nicht nachgedacht.« Nicht an ihn. Sie hatte an *ihre* Sehnsüchte, *ihre* Befürchtungen gedacht. Sie hatte nur an sich gedacht. »Ich habe mich selbstsüchtig benommen.«

»Mein Körper ist da anderer Ansicht«, entgegnete er trocken.

Obwohl sie seinen Sinn für Humor zu schätzen wusste, war sie nicht sicher, ob er hier angemessen war. Nicht, wenn sie versuchte, sich für etwas zu entschuldigen, was sich als eine unvergessliche Nacht entpuppt hatte. »Ja, es war vergnüglich. Allerdings musst du die Wahrheit sehen – du brauchst einen Erben. Ich kann dir keinen geben.«

»Mein Cousin, obwohl er verschieden ist, hat einen Sohn. Er ist noch sehr jung, aber er wird erben, falls ich keine Kinder habe. Ich kenne ihn – oder seine Mutter – überhaupt nicht. Allerdings scheint es, unabhängig davon, ob ich einen Erben habe oder nicht, so zu sein, dass du einen Ehemann bevorzugst, der bereits Kinder hat.«

Ihr versetzte es einen Stich in die Brust. »Ich weiß noch nicht einmal, ob ich heiraten will.«

»Es ist ein Dilemma.« Sein Tonfall war ruhig und vielleicht auch traurig. »Ich verstehe. Nichts ändert allerdings etwas daran, wie sehr ich die vergangene Nacht genossen habe. Oder wie gern ich das noch einmal tun würde.«

Ihr Blick schoss zu seinem. »Bitte sag das nicht.« Weil sie es auch wollte. Dennoch wäre es nicht sinnvoll, ohne Herzschmerz zu verursachen.

»Warum? Ist etwas verkehrt daran, Vergnügen zu suchen? An dem Wunsch, zusammen zu sein?«

Ehe sie antworten konnte, gesellte sich Lord Rotherham zu ihnen. Er war groß gewachsen, mit blondem Haar und leuchtend grünen Augen. Er fragte, welchen Keks er aussuchen sollte.

Edmund zeigte auf ihren gemeinsamen Favoriten. »Diese. Es sei denn, Sie würden lieber etwas weniger Köstliches probieren wollen, für den Fall, dass Sie die Kekse am Ende zu sehr mögen.« Er warf ihr einen zynischen Blick zu, ehe er sich vom Tisch entfernte und sie mit Rotherham allein ließ.

Als sie erkannte, dass sie ihm stirnrunzelnd nachsah, blinzelte sie und glättete ihre Gesichtszüge, ehe sie ihre Aufmerksamkeit auf den attraktiven Earl richtete. Er blitze sie mit seinem beinahe immer-vorhandenen schalkhaften Lächeln an, ehe er an dem Keks knabberte.

»Oh, das ist gut«, stellte er mit dem Bissen im Mund fest.

Er schluckte. »Ich liebe den Geschmack von Zitronen. So herb und süß zugleich. Ich glaube, Howell sagt, dass er diese Eigenschaft bei einer Dame sucht.«

»Und wonach suchen Sie?«, fragte Genie, vorsätzlich flirtend. Ihre Beweggründe waren zwiefältig. Erstens wollte sie alle davon ablenken, dass Edmund und sie ein Paar wären. Es hatte ein bisschen Geraune gegeben und sie wollte es ersticken. Sie wollte nicht mit irgendjemandem in Verbindung gebracht werden. Zweitens wollte sie Edmund davon abbringen, irgendetwas zwischen ihnen voranzutreiben. Die vergangene Nacht war wundervoll gewesen, aber sie war ein einzigartiges Vorkommnis und würde sich nicht wiederholen.

»Vermutlich ist an süß und herb nichts verkehrt, wenngleich ich würzig als bessere Beschreibung gewählt hätte.« Er sah sie mit leicht zusammengezogenen Augen an. »Wie würden Sie Ihren Geschmack in Bezug auf Gentlemen beschreiben?«

Genies Blick flackerte ungewollt zu Edmund. Sie wollte diese Frage nicht unbedingt beantworten. Glücklicherweise gesellte sich Mr. Sterling zu ihnen.

»Wir unterhalten uns über die Kekse«, bemerkte Genie. »Ich mag die Sorte mit Lavendel und Zitrone. Haben Sie einen Favoriten?«

»Mandel. Lavendel ist furchtbar.« Sterling zog ein Gesicht, als er nach einem Mandelkeks griff. »Meine älteste Tochter würde Ihnen zustimmen. Wir debattieren häufig über den wahren Verwendungszweck von Lavendel. Ich beharre darauf, dass es lediglich ein Duft ist. Als Aroma ist es eine Zumutung. Sie streitet unablässig mit mir darüber.«

Rotherham lachte, als er einen der Kekse mit Lavendel-Zitronengeschmack nahm. »Das klingt ganz wie meine Töchter. Manchmal denke ich, dass sie mir nur widersprechen, um auf der Gegenseite zu sein.«

»Ja!«, stimmte Sterling zu und seine dunkelblauen Augen blitzten vor Heiterkeit.

Genie lachte nicht mit ihnen. Wie könnte sie, wenn sie alles darum geben würde, eine Tochter mit einer gegenteiligen Meinung zu haben? »Sie klingen alle so charmant.«

»Ihr Sohn ist jetzt erwachsen, aber sicherlich war er irgendwann einmal schwierig?«, fragte Sterling, ehe er einen weiteren Bissen von seinem Mandelplätzchen nahm.

»Mein Stiefsohn, ja.« Für einige Jahre, bevor sein Vater starb, war Titus ein schrecklicher Rabauke gewesen. Das war etwas ganz anderes, als über Aromen zu streiten. »Ich denke, es ist immer schwierig, Eltern zu sein.« Es war eine besondere Schwierigkeit, die zugleich voller Freude und Schmerz war. Sie würde ihre drei Jahre mit Eliza selbst dann nicht tauschen, wenn sie gewusst hätte, welchen Herzschmerz sie erdulden müsste.

»Das stimmt«, bemerkte Rotherham. »Warum, glauben Sie, sind auf dieser Party so viele Leute, die sich wieder verheiraten wollen?« Er lachte. »Dies allein durchzustehen ist zu schwer.«

Genie wusste das nicht aus Erfahrung, aber Jerome hatte das Gleiche gesagt, ehe sie geheiratet hatten. Er hatte sich so schnell wie möglich wieder verheiraten wollen – wegen Titus. Dennoch war ihm daran gelegen gewesen, die Liebe beim zweiten Mal zu finden und er war überglücklich, als er Genie kennengelernt hatte, die sowohl seine Bedürfnisse als auch seine Sehnsüchte erfüllte.

Sie sah zwischen den beiden Männern hin und her. »Was ist wichtiger für Sie – eine Mutter für Ihre Kinder zu finden oder eine Frau für sich selbst?«

Sterling, der augenscheinlich an ihr interessiert war, aber der auch selbstabwertende Bemerkungen darüber gemacht hatte, bloß ein Mister zu sein, während sie eine Herzoginwitwe und Tochter eines Viscount war, gestikulierte mit dem

Keks zwischen seinen Fingern. »Idealerweise finde ich beides.« Er schob sich den letzten Bissen Keks in den Mund.

Rotherham schien für einen Augenblick nachzudenken. »Ehrlich gesagt? Ich bete meine Töchter an. Ihre Mutter zu verlieren war hart. Jemanden zu finden, mit dem sie hoffentlich eine enge Beziehung eingehen können, ist genau das, was mich glücklich machen wird. Also ist das meine Antwort.« Er aß seinen Keks zu Ende.

Genie konnte nicht anders, als bei seinen Worten dahin zu schmelzen. »Das ist entzückend«, bemerkte sie leise. Vielleicht war er nicht *zu* jung für sie?

Moment, war sie plötzlich auf der Jagd nach einem Ehemann? Oder suchte sie nach einer Möglichkeit, Mutter zu sein? Es wäre am besten, wenn sie beides wollte – wie Sterling gesagt hatte. Sie sah ihn an. »Ich denke, Sie haben die richtige Idee. Kendal und ich hatten das Glück, beides zu haben.«

»Sie waren gern eine Stiefmutter?«, fragte Sterling.

»Das war ich. Kendal – mein Stiefsohn – bedeutet mir alles.«

Beide Männer sahen Genie an, als ob sie sie in dieser Rolle sehen könnten. Plötzlich fühlte sie sich unbehaglich.

»Die Sonne ist herausgekommen!«, rief Cecilia laut. Alle drehten die Köpfe zu den Fenstern. »Bereiten wir uns auf den Ausritt vor. Wir werden uns in einer Stunde bei den Ställen versammeln.«

Ungeduldig, ihre Reitkleidung anzuziehen und ins Freie zu kommen, verließen die Gäste allmählich den Salon. Genie musste zugeben, dass sie sich auf ein wenig frische Luft im Gesicht freute. Vielleicht könnte sie die Kompliziertheiten der Party für eine Weile vergessen.

Bevor sie losgingen, versicherten ihr beide Männer, wie sehr sie sich darauf freuten, sie bei dem Ritt zu sehen. Als Genie auf die Tür zumarschierte, trat Cecilia zu ihr.

»Ich dachte, du und Satterfield würdet vielleicht eine Verbindung eingehen, aber dann habe ich dich ein paar Mal mit Sterling beobachtet. Und ich habe gerade mitangesehen, wie du mit Rotherham geflirtet hast.« Cecilia grinste. »Genau das hatte ich mir für dich erhofft, als ich dich eingeladen hatte. Ich hoffe wirklich, dass dir einer von ihnen zusagt.«

Einer hatte das, zumindest auf eine besondere Weise, getan. Genie verdrängte die Gedanken an Edmund und seine … Fähigkeiten aus ihrem Verstand. »Ich habe dir noch nicht ganz vergeben, dass du mir den wahren Anlass der Party im Voraus verschwiegen hast. Aber ich amüsiere mich.« Sie lächelte, um dem ersten Teil ihrer Worte die Spitze zu nehmen.

Cecilia sah sie mit einem betretenen Blick an. »Ich hätte es dir sagen sollen, aber habe ich mich geirrt zu glauben, dass du nicht gekommen wärst?«

Genie seufzte. »Wahrscheinlich nicht. Wie auch immer, würde ich dich gern bitten, dass du mich nicht zu eifrig verkuppeln willst. Nur weil ich mich amüsiere, bedeutet das nicht, dass ich bereit bin, wieder zu heiraten.«

»Einverstanden, aber es gibt jede Menge Gentlemen, unter denen du wählen kannst. Sterling wäre eine gute Verbindung. Es macht dir nichts aus, dass er keinen Titel hat, oder doch?«

»Natürlich nicht.«

Cecilia wedelte mit der Hand und sagte: »Das hatte ich auch nicht geglaubt.«

»Es scheint, als ob deine beziehungsstiftenden Bemühungen Früchte tragen würden. Nach allem, was ich so höre, haben sich mindestens ein Paar oder zwei gefunden.« Genie mochte Klatsch nicht, doch bei einer Party von dieser Größe war es unmöglich, die Kommentare zu ignorieren, die gemacht wurden.

Cecilia klatschte in die Hände. »Das hoffe ich! Ich fragte mich, ob ich eine jährlich wiederkehrende Veranstaltung daraus machen sollte. Warum nicht?«

»In der Tat, warum nicht?« Genie sah ihre Cousine mit hochgezogener Augenbraue an. »Vorausgesetzt, du machst für jeden Gast klar, was er zu erwarten hat.«

Lachend hakte Cecilia sich bei Genie unter. »Ja, ja. Lass uns jetzt unsere Reitkleidung anziehen und allen zeigen, wie erfolgreich unser Großvater darauf bestanden hat, dass wir Reiten lernen.«

Genie lachte zusammen mit ihr und erinnerte sich an die Sommer, die sie zusammen auf dem Anwesen ihres Großvaters verbracht hatten. »Danke, dass du mich eingeladen hast. Ich bedaure nicht, gekommen zu sein.«

Und sie bedauerte auch nicht, Edmund gestern Abend besucht zu haben. Es wäre vielleicht besser gewesen, wenn sie das nicht getan hätte, aber Genie würde für immer dankbar sein, es gewagt zu haben.

KAPITEL 8

*N*icht einmal ein rascher Ritt über Blicktons ausgedehnte Parklandschaft konnte die Frustration lindern, die in Edmund brodelte. Dass Genie sich bei ihm für die Geschehnisse von gestern Nacht entschuldigt hatte, bereitete ihm schrecklichen Verdruss. Er bedauerte nichts – es gab nichts zu bedauern.

Dann musste er mitansehen, wie sie mit dem verdammten Rotherham lachte und lächelte, der weitaus besser aussah, als einem Mann zustand, *und* mit Sterling, der ihr schon die ganze Woche hinterherlief. Das war genug, um einen Mann in den Suff zu treiben. Oder seinem inneren Schweinehund zu erliegen und die hübsche Dame von ihrem Pferd zu stibitzen und mit ihr in die Wildnis zu reiten. Der letzte Plan barg trotz seiner Abgebrühtheit einen verführerischen Reiz.

Nichtsdestotrotz kehrte Edmund mit den restlichen Gästen in den Stallhof zurück und verweilte dann bei den Gentlemen, während die Damen ins Haus gingen. Er sah Genie nach, wie sie davonging und ihr Hinterteil schwenkte, womit sie ihn verlockte, seine innere Wildheit preiszugeben.

Er rief sich in Erinnerung, wie er seine Hand unter sie geschoben hatte, als er sich zwischen ihren Oberschenkeln gelabt und seine Finger um ihr weiches Fleisch geschlossen hatte, worauf er prompt hart wurde.

Verdammt.

Er wandte sich ab und unterdrückte einen finsteren Blick.

Die Männer unterhielten sich darüber, welche der Frauen die besten Reiterinnen waren. Mrs. Sheldon, war mit Abstand allen überlegen, aber Genie und ihre Cousine, die Gastgeberin, waren beide ausgezeichnet. Die arme Mrs. Wynne-Hargest hatte Schwierigkeiten gehabt, aber Sir Nathaniel war freundlich genug gewesen, ihr Beistand zu leisten. Und zwar in einem Ausmaß, dass jetzt geraunt wurde, die beiden wären ein Paar. Er zögerte und weigerte sich, eine etwaige Verbindung zu bestätigen oder zu leugnen.

Cosford warf einen wissenden Blick zu Rotherham. »Ich dachte, Sie könnten es vielleicht auf Mrs. Dunthorpe abgesehen haben, aber nach heute glaube ich, dass es die Herzoginwitwe sein könnte.«

Rotherham verdrehte die Augen. »Geben Sie es auf, Cosford. Niemand wird herkommen und herausposaunen, mit wem er schläft, oder wen er umwirbt oder irgendetwas anderes.« Darauf brauste ein Chor der Zustimmung auf.

»Abgesehen davon ist es offensichtlich, dass Ihre Gnaden an Sterling interessiert ist«, warf Howell ein, der den neben ihm stehenden Sterling anstieß.

Edmunds Gereiztheit erreichte den Siedepunkt und er marschierte von der Gruppe weg. Nicht auf das Haus zu, sondern in Richtung der Stallungen, wo er beim Aufräumen des Sattelzeugs helfen wollte. Wenn er beunruhigt war, wendete er sich stets körperlicher Arbeit zu, um sich zu entspannen und sein Gleichgewicht wiederzufinden. Oder Sex.

Weil seiner Meinung nach keine Hoffnung auf Letzteres bestand, würde er sich der körperlichen Arbeit zuwenden.

Anfangs versuchten die Stallknechte, sein Hilfsangebot abzulehnen, doch schließlich überzeugte er sie und sie ließen ihn bleiben. Er zog seinen Frack aus und stürzte sich in die Arbeit, wobei er jeden Moment, und dazu noch die Kameradschaft unter den Knechten und Stallburschen, genoss. Es war nicht gerade sehr schicklich für einen Earl, sich auf diese Weise zu betätigen, aber das war ihm egal. Sein eigenes Stallpersonal wusste, dass sie mit ihm rechnen mussten und hießen ihn in der Tat willkommen.

Nach einiger Zeit fühlte er sich erfrischt. Er verabschiedete sich von den Knechten, nahm seinen Frack und schlenderte zurück in den Hof, der glücklicherweise verwaist war. Bei dem Versuch, seinen Frack anzuziehen, ehe er zum Haus hinaufging, fiel ihm etwas im Gras Glitzerndes ins Auge.

Er beugte sich hinab, um das Objekt aufzuheben – ein Ohrring. Den er erkannte. Das Schmuckstück aus Gold und Karneol gehörte Genie.

Sein Puls beschleunigte sich bei der Aussicht, ihn ihr zurückzugeben. Hätte sie ihn doch bloß nicht gebeten, darüber zu schweigen, wie sehr er die vergangene Nacht genossen hatte. Er war sich vollkommen sicher, dass sie sie ebenfalls genossen hatte. Doch es schien, als würde sie es bedauern.

Er schloss die Faust um den Ohrring und straffte sich. Als er zum Haus blickte, war er überrascht, dass das Objekt seiner Überlegungen direkt auf ihn zukam.

Genie wurde langsamer, als sie sich ihm näherte. Sie sah sich suchend auf dem Boden um. »Ich habe einen Ohrring verloren.«

Er streckte die Hand aus und öffnete die Faust. »Diesen?«

Sie sog die Luft ein. »Ja. Danke.«

Erneut schloss er die Hand darum. »Ich könnte ihn als Pfand behalten.«

Ihr Blick schnellte zu ihm und sie machte große Augen. »Wofür?«

»Bedauerst du, was letzte Nacht passiert ist?« Er musste es erfahren und dennoch glaubte er nicht, es ertragen zu können, wenn sie ja sagte.

Sie brauchte einen Augenblick für ihre Antwort, aber sie war das Warten wert. »Nein.« Vorsichtig trat sie auf ihn zu. »Und dennoch möchte ich sie nicht wiederholen.«

»Warum nicht?«

»Edmund, bitte tu das nicht. Es ist am besten, wenn wir einfach weitermachen, als wäre nichts gewesen.«

Er nahm ihre Hand und drehte sich, um sie mit sich hinter die Stallungen zu ziehen. Er musste nicht im eigentlichen Sinne ziehen, da sie sich nicht zur Wehr setzte.

Als sie außer Sicht vom Haus waren, ließ er ihre Hand los und drehte sich, um sie anzuschauen. »Warum? Sag mir, warum du so tust, als ob nichts zwischen uns wäre.«

»Das habe ich!« Ihr Blick loderte vor Feuer. »Wir wollen nicht das Gleiche. Wir können einander nicht glücklich machen. Nicht über diese Party hinaus.«

Sie wollten *nicht* das Gleiche. Sie wollte Kinder und er hatte keine. Er brauchte einen Erben und sie konnte ihm keinen schenken. Das war der Unterschied – sie wollte und er brauchte. Aber wollte er ein Kind? Das könnte vielleicht so sein, dachte er, aber im Augenblick konnte er nicht über die starken Gefühle hinaussehen, die er für sie hegte.

Er *wollte* jeden Augenblick mit ihr, den er erhaschen konnte. Selbst wenn es der Letzte sein sollte. »Warum machen wir dann nicht das Beste aus der Party, solange wir hier sind? Komm heute Nacht zu mir.«

»Nein.«

Er fluchte. Er griff nach ihrer Hand und legte den Ohrring hinein. »Dann nimm das und geh.«

Sie starrte das Schmuckstück an. Zitternd hob sie es an ihr Ohr und schob es durch das winzige Ohrloch, ehe sie den Ohrring befestigte. Aber sie ging nicht. Sie stand dort und ihre Brust hob und senkte sich, als sie ihn anstarrte. Er erkannte den Konflikt in ihren Augen – die Begierde, den Schmerz. »Genie, mein Liebling, warum kämpfst du dagegen?« Zärtlich streichelte er über ihren Kiefer und dann schmiegte er die Hand um ihre Wange.

»Ich kann nicht die Frau sein, die du brauchst.«

Sein Herz schmerzte angesichts der Bedrängnis in ihrer Stimme. »Du bist die Frau, die ich *will*.« Und er wusste in diesem Augenblick, trotz der kurzen Dauer ihrer Bekanntschaft und des starken Konflikts, der scheinbar ihrer Zukunft im Wege stehen würde, dass sie das war.

Sie legte die Hände auf seine Schultern und küsste ihn. Edmund schlang den Arm um ihre Taille und zog sie an sich. Er drückte den Mund auf ihren und stellte sicher, dass sie wusste, wie sehr er sie wollte. Sie brauchte. Und mehr als alles andere begehrte.

Er warf seinen Frack und seinen Hut beiseite und dann nippte er an ihrer Unterlippe, ehe er eine Spur aus Küssen über ihren Kiefer zog und bis zu ihrem Ohr über ihre Haut leckte. Er zog seine Lippen über ihren Nacken, wobei er ihren Geschmack und ihren Duft kostete.

»Edmund, ich –«

Er zog den Kopf hoch und sah ihr in die verschleierten Augen. »Was? Sag mir, was du willst. Wenn ich weitermachen soll, werde ich das tun. Wenn ich deine Röcke heben und dich mit meinem Liebesakt um den Verstand bringen soll, werde ich das tun. *Sag es mir,* Genie.«

»Nimm mich. Jetzt. *Bitte.*« Sie grub die Finger in seinen Nacken und die Schultern.

Er dirigierte sie rückwärts, bis sie auf die Außenwand des Stalls stieß. Sie waren auf einer Seite etwas durch einen Busch versteckt, doch wenn zufällig jemand von der anderen Seite kam, würden sie gesehen werden.

»Sei dir sicher, dass du das willst – hier. Jetzt.« Er packte ihre Hüften und presste sich an sie.

Sie wimmerte. »Ja.« Sie zog an ihren Röcken und hob sie.

Es gab nichts, worauf sie sich hätten stützen können. Er würde sie hochheben müssen, aber er wusste, dass er das konnte. Zum Teufel, er könnte die ganze Welt auf seinen Schultern tragen, wenn das bedeuteten würde, noch einmal die Ekstase mit ihr zu teilen.

Er legte eine Hand an und hob ihre Röcke bis zur Taille. »Halte sie«, instruierte er sie, bevor er sie ein weiteres Mal küsste. Sie umklammerte seinen Kopf und ihre Zunge tanzte wild mit seiner. Edmund schob eine Hand zwischen ihre Beine und streichelte ihr seidiges Fleisch. Sie war weich und feucht. Bereit. Und er war unerträglich hart für sie. Er spielte mit ihr, drückte ihre Klitoris und schob seine Finger in ihre Scheide. Sie krampfte sich um ihn und keuchte in seinen Mund.

Dann waren ihre Hände an seinem Schritt und sie knöpfte seine Hose auf um seinen Schaft zu befreien. Sie legte die Hand um ihn und streichelte ihn wieder und wieder vom Ansatz bis zur Spitze, bis er fürchtete, sich in ihrer Hand zu erlösen.

»Genug«, krächzte er. »Halt dich an mir fest.«

Sie schlang die Hände um seinen Nacken und er hob sie gegen die Stallwand. »Schling deine Beine um mich.« Sie tat, was er ihr sagte. »Braves Mädchen.«

Mit einem leisen Lachen antwortete sie: »Ich bin kein Mädchen.«

»Nein, das bist du nicht. Du bist die begehrenswerteste Frau, die ich je kennengelernt habe.« Er umfasste seinen

Schaft und dirigierte ihn an ihre Öffnung. Er hielt ihren Hintern, als er sich in ihr versenkte und ganz in ihr verschwand.

An sie gelehnt atmete er aus und schloss die Augen. Sie fühlte sich so verdammt gut um ihn an, so richtig. Er glaubte nicht, dass irgendetwas in seinem Leben je so perfekt gewesen war und irgendwie wusste er, dass nichts je wieder so sein würde.

»Genie«, flüsterte er und küsste ihre Schläfe, ihre Wange, ihre Lippen.

Sie grub die Fersen in seinen Rücken. »Edmund, bitte. *Beweg dich.*«

»Sag mir, was du willst, Genie.« Er küsste sie heftig und schnell. »Soll ich langsam vorgehen?« Auf eine schwindelerregend verführerische Weise kreiste er mit den Hüften an ihren. Ihm rauschte das Blut in den Ohren, was ihn drängte, schneller zu werden. »Oder soll ich dich um den Verstand lieben, wie ich gesagt habe?«

Sie warf den Kopf in den Nacken und stöhnte leise, ehe sie sich vorbeugte und sein Ohrläppchen mit den Zähnen packte. »Fest. Schnell. Lass mich kommen, Edmund.«

Edmund erlöste sich beinahe. Wo war die zögerliche, beinahe schüchterne Witwe? Es war ihm egal. Er war verrückt nach dieser Genie – nein, er wollte jeden Aspekt von ihr. Er umklammerte ihren Hintern und schob die andere Hand an ihren Hinterkopf, wobei er die Finger unter ihrem Hut in ihrem Haar vergrub. »Schau mich an, Genie.«

Sie richtete den Blick auf ihn und er war in dem Verlangen verloren, das in ihren Tiefen aufflammte. Wieder und wieder drang er in sie und wurde immer schneller, bis er in einem rasenden Rhythmus in sie stieß.

Ihre Augen wurden zu Schlitzen und sie schrie auf.

»Schhh.« Er küsste sie und nahm ihr Stöhnen und Wimmern in sich auf. Jeder Laut feuerte seine Bewegungen an, und trieb ihn an den Abgrund. Sein Orgasmus bahnte sich an. Er war so nahe. Er riss den Mund von ihrem los und brachte ihn an ihr Ohr. »Komm mit mir, Genie. *Jetzt.*«

Ihre Muskeln spannten sich um ihn an und er verspürte einen Schauder. Nur das brauchte er, um sich gehen zu lassen. In einem Wirbel aus Verlangen und Leidenschaft erlöste er sich mit einem tiefen Stoß in ihr, während er es irgendwie fertigbrachte, seine himmlische Befriedigung nicht herauszuschreien.

Er hielt sie fest, als ihre Körper sich in Wonne und Verzweiflung gemeinsam bewegten. Und endlich schwand ihre Spannung, als die Erlösung sie überkam. Er hielt sie still, die Wange an ihre gepresst, während er Atemzug um Atemzug einsog, um sein rasendes Herz zu besänftigen.

Er küsste ihren Kiefer und ließ sie langsam zu Boden. Sie löste die Beine von seiner Taille und stand gegen den Stall gelehnt. Ihre Röcke sanken herab und bedeckten sie erneut. Edmund brachte sich in Ordnung, indem er seinen Schaft zurück in seine Unterwäsche schob und seinen Schritt zuknöpfte.

Genie sah zum Haus. »Das war gefährlich.«

»Vielleicht war es deshalb so köstlich.« Edmund konnte nicht anders, als zu lächeln. »Das und du.«

Sie drehte den Kopf, um ihn mit großen Augen und herrlich geröteten Wangen anzusehen. Er wollte sie für den Rest seiner Tage ansehen.

»Das ändert nichts.« Sie fuhr sich mit den Händen über die Röcke, um sie glattzustreichen, wobei sie einen tiefen Atemzug tat.

Die Frustration, die er mit der Arbeit im Stall – und damit, sie zu lieben – vertrieben hatte, stieg erneut in ihm auf. »Du kannst nicht leugnen, dass etwas zwischen uns ist. Willst du das wirklich ignorieren?«

»Wir müssen.« Sie sah ihn inständig an. »Edmund, das reicht nicht.«

»Wenn du dich auf den Sex beziehst, aber da ist mehr zwischen uns und du weißt das. Ich fühle mich, als ob ich jeden Moment, in dem du nicht in meiner Sicht bist, den Atem anhalte. Die Erwartungsfreude verwüstet mich, bis du den Raum betrittst und die Welt erleuchtest.«

Ihr Blick wurde weich und sie teilte die Lippen. »Edmund. Aber angesichts dessen, was wir wissen, ist dies eine Torheit.«

Er fühlte sich, als ob sie ihn in die Magengrube geboxt hätte. »Das ist es für mich nicht.«

Sie zog die Stirn kraus, bis sich kleine Sorgenfalten abzeichneten. »Es tut mir leid.« Dann drehte sie sich um und eilte zum Haus zurück.

Er überlegte, ihr zu folgen, doch er tat es nicht. Dies war etwas, was er nicht erzwingen konnte. Vielleicht erwiderte sie seine Gefühle nicht. Er hatte zwanzig Jahre auf sie gewartet. In Wahrheit hatte er sie schon vor langer Zeit, nachdem sie Kendal geheiratet hatte, abgeschrieben. Er hatte sich nie vorgestellt, einmal solch eine Chance zu haben, und ganz bestimmt war er nicht mit der Absicht zu dieser Party gekommen, sie zu treffen, einmal ganz abgesehen davon, sie zu erobern.

Dies war die Verwirklichung eines Traums aus seiner Jugend und nichts weiter. Er hatte einen anderen Weg eingeschlagen und sollte dabei bleiben – er sollte eine Frau finden, die seinen Bedürfnissen entsprach. Das bedeutete einen Erben.

Es waren mehrere geeignete Frauen hier. Frauen ohne Kinder, die noch schwanger werden könnten und Frauen mit Kindern, die ihre Fähigkeit unter Beweis gestellt hatten, ihm geben zu können, was er brauchte.

Das klang so kalt und abgebrüht, aber so waren die

Dinge, insbesondere für einen Mann seines Standes. Aus Liebe zu heiraten war ein Luxus, den die meisten sich nicht leisten konnten. Warum sollte er nur glauben, etwas Besonderes zu sein?

Edmund ging, um seinen Frack aufzuheben und zog ihn über. Dann stülpte er sich den Hut grob auf den Kopf. Er ignorierte den hohlen Schmerz, der sich in seinem Inneren ausbreitete, und marschierte mit der Absicht auf das Haus zu, eine ganze Flasche Brandy zu trinken, wenn er musste. Was immer nötig war, um Genie zu vergessen.

~

Am nächsten Morgen litt Edmund unter leichten Kopfschmerzen und verspätete sich zum Frühstück. Bei seinem Eintreffen befand sich der einzige freie Platz zwischen Lady Bradford und Mrs. Grey. Sofort bereute er seinen Entschluss, nach unten gekommen zu sein.

Lady Bradford warf ihm einen neugierigen Blick zu und flüsterte: »Sind Sie immer noch betrunken?«

»Nein.« Als sie gestern Abend zu seinem Zimmer gekommen war – auf der Suche nach einer Affäre –, war er reichlich abgefüllt gewesen.

»Nun, Sie sehen schrecklich aus.«

»Vielen Dank.« Er schob das Essen, das er von der Anrichte genommen hatte, mit der Gabel auf seinem Teller hin und her.

Cosford erhob sich an der Stirnseite des Tisches. »Es ist mir ein Vergnügen, heute Morgen eine Ankündigung zu machen.« Er sah nach links zu einem Paar, das dort saß. »Es ist mir eine große Ehre, die Verlobung von Lord Audlington und Mrs. Sheldon bekanntzugeben!«

Applaus und Jubel brandeten um den Tisch auf.

Rotherham hob sein Glas Ale. »Einen Trinkspruch auf das verlobte Paar!«

Alle hoben die Gläser und riefen: »Hurra!«

Edmund nippte an seinem Ale, als die Geräusche von jedermanns Reaktionen seinen Kopf zum Pochen brachten. »Ich frage mich, wer der Nächste sein wird?«, warf Lady Cosford vom anderen Ende des Tisches in der Nähe von Edmund ein.

Er sah zu Genie, die auf der anderen Seite des Tisches neben Lord Audlington saß, der seine Verlobte mit verliebtem Blick ansah. Genie starrte auf ihren Teller.

»Ich setze mein Geld auf Mrs. Fitzwarren und Sir Godwin«, verkündete Lord Pritchard mit einem Grinsen.

»Na, na«, antwortete Lady Cosford mit geschürzten Lippen. »Lassen Sie uns nicht spekulieren. Es ist unbeschreiblich … heikel.«

»Ich werde die Wette annehmen«, bemerkte Mrs. Hatcliff-Lind, mit einem rücksichtslosen Glitzern im Blick und einem Lächeln, das ihre Lippen umspielte.

»Ausgezeichnet!« Pritchard drehte sich zu seinem Gastgeber um. »Cosford, werden Sie die Wetten annehmen?«

Lady Cosford winkte ab. »Nein, nein, das können wir nicht tun!«

Cosford hustete. »Sie haben Ihre unbeugsame Gastgeberin gehört.« Er schielte zu Pritchard und der Blick, den die beiden austauschten, besagte, dass die Wetten auf jeden Fall stattfanden, allerdings im Geheimen.

»Nun, wenn Wetten angenommen werden, würde ich auf Sie und Lady Bradford wetten«, flüsterte Mrs. Grey zu seiner Rechten.

Edmund schwenkte den Kopf zu ihr, um sie anzusehen. »Was?«

»Ich werde nicht die Einzige sein«, sagte sie und der Blick

aus ihren blauen Augen bohrte sich in seinen. »Jemand hat Lady Bradford gestern Nacht vor Ihrem Zimmer gesehen.«

Zur Hölle und zum Teufel nochmal. Sie war zu seinem Zimmer gekommen, aber er hatte sie weggeschickt. Er war viel zu betrunken gewesen, um eine Dame in sein Bett einzuladen. Noch wichtiger war allerdings, dass er niemanden außer Genie wollte.

Sein Blick schweifte zu ihr. Mit vor Missbilligung gekrausten Lippen beobachtete sie ihn eingehend. Verdammt. Hatte sie die Gerüchte über Lady Bradford gehört?

Im Stillen fluchend nahm Edmund sein Ale und trank einen großen Schluck. Es war unwichtig, was sie gehört hatte oder was sie dachte. Sie war sehr deutlich gewesen – sogar nachdem sie gestern diesen wundervollen Liebesakt hinter dem Stall genossen hatten.

Er erhob sich abrupt vom Tisch und verließ das Esszimmer. Er musste diese infernalische Party noch einen weiteren Tag erdulden und dann konnte er zu seinem Leben zurückkehren. Dasjenige, das Genie nicht einbezog und in dem das auch nie der Fall sein würde.

KAPITEL 9

Einen Monat später, Lakemoor, Witwenhaus

Genie legte den Brief beiseite und sah in den grauen Nachmittag hinaus. Der trostlose Himmel passte zu ihrer Stimmung. Ein weiterer Stapel Briefe von Freunden – und einem möglichen Verehrer. Keiner der Briefe war von Edmund. Seit der Hausparty war noch keiner von ihm eingetroffen.

Erwartete sie wirklich von ihm, dass er schrieb? Trotz der Intimität, die sie geteilt hatten, hatten sie die Dinge mit einer gewissen Endgültigkeit zwischen ihnen belassen. Außerdem war sie früher abgereist.

Nach ihrem Stelldichein hinter den Stallungen hatte sie an jenem Abend das Dinner irgendwie hinter sich gebracht, wenngleich sie nicht hatte aufhören können, an Edmund zu denken – sein Lächeln, seine heitere Natur, die Art der Gefühle, die er in ihr weckte. Nach dem Dinner wurde getanzt, was zu einem Missgeschick geführt hatte, bei dem

Lettie Edmund in die Arme gefallen war. Die beiden hatten gelacht und sich scheinbar für eine bisschen länger als nötig aneinander festgehalten. In Verbindung mit dem Gerücht von Letties Besuch in seinem Zimmer in der vergangenen Nacht, hatte Genie sich selbst überzeugt, dass es zum Besten wäre, wenn er Lettie bewarb. Oder eine andere.

Irgendjemanden außer ihr.

Sie sah auf den letzten Brief, den sie gelesen hatte. Er war von Mr. Sterling. Er hatte ihr seit der Party dreimal geschrieben und in diesem Brief fragte er, ob er sie besuchen dürfte. Er war freundlich, warmherzig und überschwänglich – vielleicht ein bisschen übertrieben – mit seiner Schmeichelei, und ganz offensichtlich wünschte er sich eine Frau. Oder noch wichtiger, eine Mutter für seine Kinder.

Sie hatte halb erwartet, auch von Lord Rotherham zu hören, doch das war nicht geschehen. Vielleicht befand er sie letztendlich für zu alt. Insbesondere, weil er mit zwei Töchtern immer noch einen Erben brauchte. Wie Edmund.

Eine Bewegung draußen erregte Genies Aufmerksamkeit. Ihr Stiefsohn Titus schritt auf dem Weg zur Eingangstür am Witwenhaus entlang. Sie erhob sich und hörte, wie der Butler ihn einen Augenblick später begrüßte.

Sie setzte ein Lächeln auf, als Titus kurz darauf in der Tür des Salons erschien und bat ihn, einzutreten. »Möchtest du Tee?«

Er schüttelte den Kopf. »Nein, vielen Dank. Ich bin gerade von einem Ausritt zurück und dachte, dass ich vorbeikommen sollte. Liest du deine Post?« Er sah zu dem Schreibtisch hinter ihr, der vor dem Fenster stand.

Sie sah über ihre Schulter. »Ja.«

Titus runzelte die Augenbrauen. Es war ein Anblick, der ihn so sehr wie sein Vater aussehen ließ, dass Genie jedes Mal unweigerlich einen Stich in ihrem Herzen verspürte. Mit schwarzem Haar, wachen grünen Augen und einer großgewachsenen, sportlichen Figur galt er als ein außergewöhnlich gutaussehender Mann. Mit vierundzwanzig Jahren, einem Herzogtitel und zahlreichen Besitztümern war er eine gesuchte Verbindung auf dem Heiratsmarkt. Oder das wäre er jedenfalls, wenn er sich in irgendwelche Situationen begeben würde, die einer jungen Dame den Eindruck vermitteln könnten, dass er an einer Heirat interessiert sein könnte.

Das war er nicht.

»Hoffentlich wirst du mir meine Unverschämtheit verzeihen«, sagte er. »Du bist … anders, seit deiner Rückkehr von dieser Hausparty. Ich habe es darauf zurückgeführt, dass du Vater vermisst. Ich stelle es mir nicht leicht vor, mit anderen verheirateten Paaren an einer gesellschaftlichen Veranstaltung teilzunehmen.«

Genie hatte ihm überhaupt nichts über die Party erzählt. Ein paar Tage nach ihrer Rückkehr war er zu einer Reise zu einem seiner anderen Anwesen aufgebrochen und für zwei Wochen fort gewesen. »Tatsächlich waren unsere Gastgeber das einzige verheiratete Paar unter den Anwesenden.«

Seine Augenbrauen schossen hoch. »Wirklich?«

Genie nahm in ihrem Lieblingssessel Platz und bedeutete ihm, sich zu setzen. Er ließ sich auf ein Sofa fallen und streckte die langen Beine vor sich aus.

»Meine Cousine hat die Party als eine Möglichkeit für Witwen und Witwer und auch unverheiratete Gentlemen ausgerichtet, gesellig zu sein.«

Er sah sie verwirrt an. »War das eine beziehungsstiftende Unternehmung?«

»In gewisser Weise – aber nicht alle Verbindungen waren notwendigerweise dazu bestimmt, von Dauer zu sein. Wenn du verstehst, was ich meine.«

Titus dehnte die Lippen zu einem Lächeln. »Das tue ich.

Teuflisch brillant.« Er ernüchterte und zog die Beine hoch. »Es hat dir nicht gefallen?«

»Sie hatte mir den Anlass nicht im Voraus verraten, worüber ich enttäuscht war. Ich schätze es nicht, überrascht zu werden. Tatsächlich wollte ich umgehend abreisen, doch der Regen hatte die Straße weggespült.«

»Ich kann nicht glauben, dass du mir das nicht vorher erzählt hast.«

Sie hatte nicht die Absicht gehabt, es vor ihm geheim zu halten. Im Allgemeinen waren sie sehr offen zueinander. Doch die Party hatte sie auf vielerlei Weise überrascht und sie versuchte noch immer auszutüfteln, wie sie vorgehen sollte.

»Ich bin nicht sicher, was ich sagen soll.« Sie verschränkte die Hände im Schoß. »Vermutlich wollte ich nicht, dass du denkst, ich wäre über deinen Vater hinweg.«

»Bist du das?« Er seufzte. »Unwichtig – das geht mich nichts an. Ich hoffe, dass du es tatsächlich bist. Er wollte es so.«

Sie hatte sich nie mit Titus darüber unterhalten. »Wie weißt du das?«

Er sah sie mit einem verlegenen Blick an. »Du weißt, dass er mir Briefe hinterlassen hatte. In einem davon ging es um dich. Er drängte mich, dich zu ermuntern, wieder zu heiraten. Er führte an, dass du viel zu jung bist, um allein zu bleiben.« Er pausierte einen Moment und stützte seinen Ellbogen auf die Sofalehne. »Ich neige dazu, einer Meinung mit ihm zu sein, aber es liegt einzig und allein an dir. Ich werde unterstützen, was du dir wünscht – jederzeit.«

Genie fühlte solche eine Liebe für diesen Jungen – nein, Mann. Vermutlich würde er für sie immer der süße Fünfjährige bleiben, den sie als Sohn aufzuziehen versprochen hatte, als sie seinen Vater heiratete.

»Hast du … jemanden kennengelernt?«, fragte Titus und riss Genie damit in die Gegenwart zurück.

Es bestand kein Grund, ihm nicht die Wahrheit zu sagen. »Das habe ich. Allerdings haben wir nicht zusammengepasst.« Abermals sah sie zum Schreibtisch. »Ein anderer Gentleman von der Party hat mir geschrieben. Es besteht die Möglichkeit, dass *wir* vielleicht harmonieren könnten.« Als sie diese Worte aussprach, weckte dies allerdings ihren Zweifel an dieser Möglichkeit. Der Gedanke an Peter Sterling übte nicht den gleichen Rausch der Erwartungsfreude auf sie aus wie der Gedanke an Edmund. Sie erkannte, dass sie ihn schrecklich vermisste – seine verstohlenen Blicke in ihre Richtung, sein tiefes Lachen, seine Fürsorge und seine Besorgnis für ihr Wohlergehen.

Er legte den Kopf schief. »Verzeih mir bitte noch einmal, aber du klingst nicht sehr enthusiastisch.«

»Ich bin nicht ganz sicher, ob ich bereit bin, wieder zu heiraten. Jetzt oder vielleicht niemals. Ich bin nicht sicher, ob ich mich überwinden kann, Lakemoor zu verlassen … oder dich.« Sie sah ihn mit einem zittrigen Lächeln an.

Er beugte sich vor. »Du musst Entscheidungen treffen, die für dich am besten sind. Ich komme schon zurecht.« Er wandte den Blick ab und dann sah er sie wieder an. »Du hast mich nicht um Rat gebeten, aber ich hoffe, du wirst verfolgen, was dich glücklich macht. Wenn jemand Freude verdient hat, dann du.«

»Danke.« Sofort dachte sie an Edmund. Die Zeit, die sie zusammen verbracht hatten, waren die glücklichsten Momente seit Jeromes Tod gewesen.

Ihr Butler erschien im Türrahmen. Er sah Genie an. »Euer Gnaden, ein Gentleman ist angekommen, um Euch zu besuchen.«

Ihre Atmung geriet ins Stocken und ihr Herzschlag beschleunigte sich. Nein, es würde nicht Edmund sein. Doch

wie sehr sie sich wünschte, dass er es wäre. In diesem
Moment ging ihr auf, dass sie sich überaus heftig in ihn
verliebt hatte. Möglicherweise. Wie konnte sie sicher sein,
wenn sie jemals nur einen einzigen anderen Menschen
geliebt hatte?

Weil die Empfindung ähnlich war. Sie vermisste Edmund.
Sie dachte die ganze Zeit an ihn. Sie sehnte sich danach, ihn
wiederzusehen. Und jetzt war ein Gentleman angekommen,
von dem sie fieberhaft hoffte, dass er es sei, obwohl sie
wusste, dass er es nicht war.

Der Butler fügte hinzu: »Mr. Peter Sterling.«

Genies Magen sackte in sich zusammen. »Führen Sie ihn
herein.«

Titus war im Begriff, sich zu erheben. »Soll ich gehen?«

»Nein, bleib, wenn es dir nichts ausmacht. Er wird einen
langen Weg hinter sich haben. Kann er heute Nacht im
Herrenhaus übernachten?«

»Natürlich.« Er ließ sich auf das Sofa zurücksinken.

Mr. Sterling trat in das Wohnzimmer. Seine dunkelblauen Augen richteten sich auf sie und er lächelte herzlich.
Dann fiel sein Blick auf Titus und er schien für einen Augenblick zu erstarren.

»Willkommen, Mr. Sterling«, begrüßte Genie ihn.
»Kommen Sie herein und leisten Sie uns Gesellschaft.
Gestatten Sie mir, Ihnen meinen Stiefsohn, den Herzog von
Kendal vorzustellen.«

Mr. Sterling verbeugte sich. »Euer Gnaden, ich bin
erfreut, Ihre Bekanntschaft zu machen.«

»So wie ich die Ihre«, entgegnete Titus. »Bitte nehmen
Sie Platz.« Er zeigte auf einen freien Sessel neben Genie.

Mr. Sterling ging zu dem Sessel hinüber und nahm
langsam Platz. »Ich bitte um Entschuldigung für mein unan-
gemeldetes Eintreffen.« Er sah Genie an. »Vielleich haben
Sie meinen Brief erhalten?«

»In der Tat, gerade heute. Ich wollte Ihnen antworten, dass ich über Ihren Besuch erfreut wäre.« Was könnte sie sonst sagen, nun, da er hier war? Sie warf einen Blick zu Titus und erkannte den leicht verstimmten Blick, der sie abermals an Jerome erinnerte.

Mr. Sterlings Miene verzog sich zu einer kurzen Grimasse. »Ich habe es darauf ankommen lassen. Ich bin so froh, dass es die richtige Entscheidung war.«

»Sie sind einen sehr weiten Weg gekommen. Kendal wird Ihnen ein Zimmer im Herrenhaus richten lassen.«

»Das wäre sehr willkommen, vielen Dank.« Mr. Sterling nickte in Titus' Richtung.

»Ich werde aufbrechen und mich darum kümmern.« Titus erhob sich. »Das Dinner wird um sechs serviert.« Er warf Genie einen fragenden Blick zu und sie antwortete mit einem kaum wahrnehmbaren Kopfschütteln. Das war nicht der Mann, den sie wollte. Und sie *wollte* einen Mann.

»Ich sehe Sie später«, bemerkte Titus, ehe er sich entfernte.

Genie sog tief die Luft ein. Sie musste Mr. Sterling sagen, dass sie an einer Brautwerbung oder einer Ehe nicht interessiert war.

»Ist es für Sie wirklich in Ordnung, dass ich hergekommen bin?«, fragte Mr. Sterling.

»Ja. Wie Sie sich vorstellen können, habe ich nicht viele Besucher hier.« Das entsprach gewiss der Wahrheit und wenngleich sie Mr. Sterling nicht heiraten wollte, hatte sie seine Gesellschaft und ihre Gespräche auf Blickton genossen.

»Sie können sich wahrscheinlich vorstellen, warum ich gekommen bin. Es ist eine schrecklich lange Reise, nur um einen Besuch abzustatten.«

Das war es in der Tat, da er einige Tagesritte vom Lake District entfernt wohnte. Im Hinblick darauf, warum er gekommen war … ja, sie konnte es vermuten. Aber sie wollte nicht. »Warum sind Sie gekommen?«

Er runzelte leicht die Stirn. »Ich fand, dass wir auf Blickton gut harmoniert haben. Ich habe unsere gemeinsame Zeit sehr genossen. Ich dachte, Sie empfinden das Gleiche.«

Die Tatsache, dass er weiter darüber redete, was er fühlte und dachte, ohne zu *fragen* – und stattdessen Vermutungen anstellte, rieb an ihren Nerven, doch sie schob das Gefühl beiseite. Sie wusste bereits, dass er nicht der Richtige für sie war.

»Die Hausparty war überaus angenehm. Weil Sie von so weit hergekommen sind, fühle ich mich zu dem Glauben verleitet, dass Sie unsere Beziehung fortsetzen möchten.«

Er strahlte. »Das tue ich in der Tat. Ich – meine Güte, das ist schwieriger als ich vorausgesehen habe. Ich habe dies nur einmal zuvor getan und damals war ich recht jung und töricht. Ich muss zugeben, dass ich mich in diesem Augenblick ziemlich töricht fühle.« Er lachte nervös. »Oder bange.« Er glitt von seinem Sessel und ging vor ihr auf ein Knie. »Euer Gnaden, ich würde mich geehrt fühlen, wenn Sie meine Frau würden. Ich gelobe, für den Rest meiner Tage für Sie zu sorgen, und ich weiß, dass meine Kinder Sie ebenso ins Herz schließen werden wie ich.«

Seine Kinder. Genie konnte den Anfall von Sehnsucht nicht ignorieren, der mit dem Gedanken einherging, seinen Kindern eine Mutter zu sein. Das konnte sie mit Edmund nicht tun. Und er brauchte Kinder. Oder zumindest ein Kind – einen Erben.

Sie konnte sich eine Zukunft mit Edmund nicht vorstellen. Es war unwichtig, ob sie ihn liebte. Er brauchte einen Erben und sie konnte ihm keinen geben. Das war der Anfang und zugleich das Ende davon.

Aber hier war ein Mann, der sie liebte – mit vier Kindern, die eine Mutter brauchten. Es wäre ein schönes Leben. Sie hatte einmal aus Liebe geheiratet und das war mehr als viele Menschen erleben durften.

Sie lächelte ihn an. »Ich bin von Ihrem Antrag so überwältigt, Mr. Sterling. Wäre es in Ordnung, wenn ich heute Abend darüber nachdenke und Ihnen morgen eine Antwort gebe? In der Zwischenzeit werden wir mit meinem Stiefsohn dinieren und gemeinsam den Abend verbringen. Wenn das für Sie akzeptabel ist.«

Seine Schultern sackten herab, ehe er sich entspannte und sich ein erleichtertes Lächeln über seine Züge breitete. »Mehr als akzeptabel. Sie sind eine Frau von überschäumend guter Laune und Charme.«

Wie könnte sie das kritisieren?

KAPITEL 10

»Sie sind früh auf«, stellte Cosford fest, als Edmund das Speisezimmer von Rotherhams Jagdhütte in der Nähe von Lancaster betrat. »Insbesondere in Anbetracht der Aktivitäten gestern Abend.« Er schmunzelte, bevor er an seinem Kaffee nippte.

Edmund füllte seinen Teller an der Anrichte und setze sich dann zu Cosford an den Tisch. »Ich habe mich nicht so sehr betrunken wie Sie – oder Rotherham.«

Ein Diener kam herbei und bot Kaffee oder Ale an. Edmund nahm beides.

»Ich glaube nicht, dass irgendjemand sich so betrunken hat wie Rotherham«, entgegnete Cosford und stöhnte. »Er ist ein bisschen in schlechter Verfassung gewesen, nicht wahr?«

»War er das?« Edmund hatte das nicht bemerkt. Wahrscheinlich, weil er selbst in schlechtem »Zustand« gewesen war. Ein Zustand, in dem er nach einer Frau lechzte, die er nicht haben konnte. Und wenn er nicht lechzte, schwankte er zwischen Ärger über die Art und Weise, wie Genie Blickton ohne ein Abschiedswort verlassen hatte, und der

Trauer um das, was er kurz gehabt – und wieder verloren hatte.

»Vermutlich haben Sie der Sache keine Aufmerksamkeit geschenkt.« Cosford schnitt sich ein Stück Schinken ab. »Sie waren zu sehr in ihre eigene Melancholie verstrickt.«

»Ich bin nicht melancholisch.« Edmund dachte, er hätte gute Arbeit geleistet, um seine Zerstreuung zu verstecken.

Cosford schluckte seinen Bissen vom Schinken. »Sie vergessen, dass die Party in meinem Haus stattgefunden hat. Und dass meiner Frau nichts entgeht. Nun, beinahe nichts. Außerdem ist sie die Cousine von Genie – Entschuldigung, der Herzoginwitwe.«

Zur Hölle. Hatte Genie Lady Cosford irgendetwas erzählt? »Worauf sind Sie aus, Cosford?«

Cosford zuckte mit einer Schulter und nahm seinen Kaffee in die Hand. »Ich weiß, dass Sie, abgesehen von Lady Bradford, noch von einer anderen Dame Besuch hatten. Ich war nicht ganz sicher, wer es war, doch dann hatte einer der Stallburschen Sie und Genie nach unserem Ritt gesehen.« Er musste nicht sagen, was der Junge gesehen hatte, und sie beide wussten das.

Edmund schob sich etwas Ei von seinem Teller in den Mund und vermied, Cosford anzuschauen.

»Als Genie früh abgereist war«, fuhr Cosford fort, »haben wir angenommen, dass etwas zwischen Ihnen in die Brüche gegangen war. Cecilia war sehr beunruhigt.«

Was hatte Genie ihnen erzählt? »Ich wusste nicht, dass sie abreist«, bemerkte Edmund, der nach dem Ale griff und einen tiefen Schluck nahm.

Cosford zog die Augenbrauen bis zu seiner Stirn hoch. »Das haben Sie nicht gewusst?« Er hielt den Kopf schräg. »Sie hatte uns an jenem Vormittag nach dem Frühstück überrascht, als sie uns eröffnete, dass sie abreisen würde. Cecilia hatte gehofft, dass ihre Cousine eine Verbindung finden würde. Meine Frau glaubt, dass ihre Cousine nicht glücklich ist, es sei denn, sie hat jemanden, um den sie sich kümmern kann, und ihr Stiefsohn ist natürlich alt genug, um ohne sie zurecht zu kommen.«

Edmund wusste nicht, was er dazu sagen konnte. Er würde es lieben, wenn Genie sich um ihn kümmern würde – und er um sie.

»Sie hatte so viel Kummer«, sagte Cosford kopfschüttelnd. »Aber das wissen Sie vermutlich.«

Das tat er. Sie hatte ihre Tochter verloren, ihren Ehemann und die Hoffnung auf weitere eigene Kinder. Edmund hatte die Trauer in ihrer Stimme vernommen, als sie ihm von Eliza erzählt hatte.

Edmund versuchte, zu essen, doch sein Appetit schwand. Stattdessen trank er Kaffee.

»Wie dem auch sei, scheint es, als ob Sie beide nicht harmonieren. Doch jetzt, wo ich Sie hier sehe, frage ich mich, ob Sie das vielleicht gehofft hatten.«

»Ich hatte es für eine Möglichkeit gehalten, aber das ist es nicht.«

Cosford seufzte, als er nach einer Scheibe Toast griff. »Das ist nur gut so. Sterling hat Cecilia gestanden, dass er vorhat, um Genies Hand anzuhalten. Er war überschwänglich in seiner Dankbarkeit für Cecilia, die beiden auf der Party zusammengebracht zu haben.«

Die Eifersucht brandete in Edmund auf und versengte ihn mit einer Reue, die er noch nicht kannte. Vor zwanzig Jahren hatte er Genie gesehen und akzeptiert, dass sie nicht füreinander bestimmt waren. Sie war der Edelstein der Saison gewesen, dem es bestimmt war, eine gute Partie zu machen und er hatte am Anfang seiner großen Tour gestanden. Als er sie auf der Hausparty wiedergetroffen hatte, schien das Schicksal ihm eine zweite Chance geboten zu haben.

Bis es offensichtlich wurde, dass sie andere Absichten verfolgten. Es war überaus ungerecht. Die Verliebtheit, die er vor zwanzig Jahren für sie verspürt hatte, war zu einer wahren Liebe erblüht, und er war fast sicher, dass sie zumindest angefangen hatte, das Gleiche zu empfinden. Oder vielleicht war es auch nur eine überwältigende gegenseitige Anziehung – die schnell aufflammte und ebenso schnell zu Asche verglomm.

Es gab nur eine Möglichkeit für ihn, das in Erfahrung zu bringen. Er musste ihr genau erklären, wie er sich fühlte, und was er wollte. Wenn sie nicht das Gleiche empfand, würde er zumindest das für sicher wissen.

Und was, wenn sie ihn liebte, aber nicht genug, um auf Kinder zu verzichten? Was würde mit seiner Grafschaft passieren?

»Ich habe einen Erben.«

»Wie war das?«, fragte Cosford blinzelnd.

Edmund erkannte, dass er seine Gedanken laut ausgesprochen hatte. »Die Herzoginwitwe und ich haben entschieden, dass wir nicht zusammen passen, weil ich einen Erben brauche.« Sie wollte auch wieder Mutter sein und ein Witwer mit Kindern könnte das bieten. Edmund würde diese Überlegung allerdings nicht mit Cosford teilen.

»Sie sagten gerade, dass Sie einen hätten.«

»Das tue ich tatsächlich.« Nein, der Junge war nicht sein Spross und er müsste für das Kind planen, der voraussichtliche Erbe zu sein. Könnte er akzeptieren, niemals ein eigenes Kind zu haben? Wenn es ein Leben mit Genie bedeutete, dann ja.

Nichts davon löste allerdings das Problem von Genies Wunsch nach weiteren Kindern.

Cosford sah ihn mit einem vielsagenden Blick an. »Sterling hat vor, sich bald zu erklären.«

Edmund schob seinen Stuhl zurück und erhob sich. Ganz

gleich, ob sie ihn akzeptieren würde oder nicht, musste er Genie die Wahrheit über seine Gefühle für sie gestehen. »Dann ist es am besten, wenn ich mich auf den Weg mache. Ich werde sofort aufbrechen und meine Kutsche nachkommen lassen.« Er hatte sein eigenes Pferd mitgebracht und würde es nehmen, um so schnell wie möglich nach Lakemoor zu gelangen.

Cosford lehnte sich auf seinem Stuhl zurück und grinste. »Cecilia wird erfreut sein. Sie hatte die Hoffnung auf Sie – vor Sterling – gesetzt.«

»Wir werden sehen, was Genie sich erhofft.« Edmund konnte nicht glauben, was für ein Dummkopf er gewesen war. Dieses Mal würde er sie nicht verlieren.

Er betete, dass es nicht zu spät wäre.

~

Nach einem bezaubernden Abend mit Peter – Mr. Sterling hatte darauf bestanden, dass sie ihn beim Vornamen nannte – war Genie zerrissener denn je. Bis spät in die Nacht war sie unfähig gewesen, einzuschlafen. Doch dann war sie mit einer bemerkenswerten Klarheit erwacht: Wenn sie Edmund liebte, warum würde sie dann erwägen, einen anderen zu heiraten? Weil Peter Kinder hatte? Genie hatte das auch. Sie besaß einen Stiefsohn – einen Sohn –, den sie mehr liebte als alles andere.

Edmund hatte das allerdings nicht. Würde er eine Zukunft mit ihr erwägen, in dem Wissen, dass sie ihm kein Kind schenken konnte? Sie würde ihm keinen Vorwurf machen, wenn er dazu nicht imstande wäre. Selbst so glaubte sie nicht, dass sie mit sich selbst leben könnte, wenn sie ihm nicht sagte, wie sie sich fühlte.

Was bedeutete, dass sie ihn sehen musste. Sofort. Jetzt, da sie wusste, was sie wollte und was sie tun musste, konnte sie nicht abwarten. Leider lag sein Besitz mindestens zwei Tagesreisen entfernt, sofern das Wetter mitspielte.

Zuerst musste sie allerdings Peter ihre Antwort auf seinen Heiratsantrag geben. Er wäre in Kürze hier. In der Zwischenzeit instruierte sie ihre Zofe, für eine Reise zu packen, und bat ihren Butler, im Stall Bescheid zu geben, ihre Kutsche vorzubereiten.

Bei Peters Eintreffen begrüßte sie ihn, wie auch am Tag zuvor, im Salon. Er küsste ihre Hand und sah sie erwartungsvoll an. »Ich möchte Sie nicht auf eine Entscheidung drängen, aber ich bin über die Maßen hoffnungsvoll.«

»Ich habe Ihnen gesagt, ich hätte heute eine Antwort und die habe ich.« Sie drehte sich dem Sitzbereich zu und zeigte auf das Sofa. »Sollen wir uns setzen?«

Sie bewegte sich auf ihren Sessel zu und er ging zum Sofa. Ihm schien aufzugehen, dass sie sich nicht neben ihn setzen würde, denn er schielte zum Sofa und dann auf ihren Sessel, ehe er die Stirn runzelte.

Genie setzte sich und er folgte, wobei er langsam auf das Sofa sank. Sie ging in Gedanken noch einmal durch, was sie sagen wollte, aber die Worte flatterten von ihrem Verstand. »Mr. Sterling – Peter. Ich fürchte, ich muss Ihren wundervollen Heiratsantrag ablehnen.«

Sein Stirnrunzeln kehrte zurück und vertiefte sich. »Wenn er wundervoll ist, warum lehnen Sie ihn dann ab?«

Oh liebe Güte, würde er schwierig werden? Nein, sie würde ihm den Vorteil des Zweifels einräumen. Er wäre natürlich enttäuscht. »Weil ich einen anderen liebe.« Das war die Wahrheit und sie wusste keinen Grund, weshalb sie lügen sollte. »Es ist nicht Ihr Fehler, das versichere ich Ihnen. Wenn nicht wegen … dieser anderen Person, hätte ich Ihren Heiratsantrag, glaube ich, angenommen.«

Ja, das hätte sie getan. Cecilia hatte recht – sie war nicht gern allein.

Er presste die Lippen zusammen und seine Augen verdunkelten sich, als er den Blick zum Fenster abwandte. Nach einer ganzen Weile antwortete er: »Ich verstehe. Ich bin enttäuscht.«

»Das tut mir leid.«

»In Ihren Briefen haben Sie recht ermutigend geklungen«, entgegnete er mit einem Anflug von Vorwurf.

Verdammt, offensichtlich *würde* er sich als schwierig erweisen. Sie wollte aufbrechen!

»Ich dachte, wir würden vielleicht harmonieren, aber gestern habe ich erkannt, dass ich tiefe Gefühle für jemand anderen hege. Ich hätte Ihnen das in meinem nächsten Brief mitgeteilt – anstatt Sie einzuladen mich zu besuchen, was Sie ohnehin getan haben.« Sie ließ ihren eigenen Vorwurf in der Luft zwischen ihnen hängen.

»Ja, und es war eine beachtliche Reise.«

»Es tut mir leid, dass Sie Ihr Kommen bedauern.«

»Das ist es nicht.« Er holte Luft und stieß sie gleich wieder aus. Dann schien er … die Lippen zu schürzen. »Ich bedaure, dass Sie meine Zuneigung nicht erwidern.«

Zuneigung? Immer noch keine Erwähnung von Liebe. Genie war unglaublich erleichtert, dass sie seinen Heiratsantrag nicht angenommen hatte. Sie erkannte an, dass der Glauben, sie könnte zweimal aus Liebe heiraten, dumm war, aber sie glaubte nicht, aus einem anderen Grund heiraten zu können. Sie dachte an Lady Clintons Worte über ihre beiden unterschiedlichen Ehen – eine aus Liebe und eine aus Vernunft – und wusste, dass sie das nicht tun konnte.

»Sie haben jemanden verdient, der das tut.« Genie erhob sich ungeduldig, um den Besuch zu beenden. Sie sah keinen Grund, die Sache noch in die Länge zu ziehen.

Er erhob sich langsam. »Nun, ich bin von Ihrer Antwort schockiert.« Er sah sie an und kniff dabei ein Auge zusammen. »Sind Sie sicher?«

»Das bin ich.«

»Was, wenn dieser Mann Ihre Liebe nicht erwidert? Mein Angebot würde immer noch stehen.«

Oh, er war *wirklich* schwierig! »Das ist überaus freundlich von Ihnen, aber ich werde meine Entscheidung nicht ändern«, entgegnete sie entschlossen. »Ich weiß es zu würdigen, dass sie den ganzen weiten Weg hergekommen sind, und ich bedauere, dass die Dinge nicht anders liegen.«

Sie krümmte sich innerlich, weil dem nicht so war. Vorher hatte sie das getan, aber jetzt war sie sehr erpicht darauf, Mr. Sterlings Rücken zu sehen, wenn er ging.

Er zögerte einen Augenblick und dann sagte er endlich: »Guten Tag, Euer Gnaden.«

»Ich wünsche Ihnen eine sichere Reise, Mr. Sterling.« Genie sah ihm nach, als er den Salon verließ.

Ohne einen weiteren Augenblick verschwenden zu wollen, stürmte Genie aus dem Zimmer. Sie würde so bald wie möglich aufbrechen. Jetzt, da sie wusste, was sie wollte, konnte sie es nicht erwarten, ihren Herzenswunsch zu verfolgen.

Hoffentlich empfand Edmund das Gleiche, aber sie würde sich dazu durchringen, es zu verstehen, wenn die Hindernisse zwischen ihnen zu groß wären. Sie betete, dass es nicht an dem war - und sie die Dinge auf Blickton nicht vollkommen verpatzt hatte. Es war durchaus möglich, dass sie das getan hatte. Dafür konnte sie niemandem außer sich selbst die Schuld geben.

~

Ein Knecht rannte auf Edmund zu, als er auf die Vorderseite des prachtvollen Herrenhauses von Lakemoor, des Herzogs von Kendal, zuritt. Die Nachmittagssonne schien durch die Wolken und badete das braune

Gestein in diesigem, aber warmen Licht. Er war dankbar für das milde Wetter, das ihm eine rasche Reise erlaubt hatte, insbesondere, weil er auf den letzten Meilen über die Felder geritten war.

»Bitte kümmern Sie sich gut um ihn«, sagte Edmund zum Knecht. »Wir haben einen anstrengenden Ritt hinter uns.« Er streichelte seinem Pferd die Nase und murmelte einige Worte des Dankes und der Zuneigung.

Der Bursche nickte. »Das werde ich, Sir.«

Edmund drehte sich herum und schritt auf die Tür zu, die der Butler offenhielt. »Der Earl of Satterfield, um den Herzog zu besuchen«, sagte Edmund, als er seinen Hut und die Handschuhe ablegte.

Der Butler nahm seine Accessoires. »Ich glaube nicht, dass er Euch erwartet, Mylord.«

»Das tut er nicht. Wie dem auch sei - ich bin hier.«

»Natürlich. Kommt mit mir.« Der Butler führte Edmund zu einem großen, gediegen eingerichteten Raum. »Wenn Ihr bitte hier warten wollt, werde ich Seine Gnaden informieren, dass Ihr eingetroffen seid.«

Erwartung wallte in Edmund auf. Die Beunruhigung hatte ihn zu einem aufreibenden und schnellen Ritt getrieben und jetzt, da er hier war, konnte er es kaum abwarten, Genie zu sehen, aber er war auch besorgt. Sie könnte ihn noch immer ablehnen.

Als er im Raum auf und ab ging, fiel sein Blick auf ein Gemälde über dem Kaminsims. Er hielt die Luft an, sowie auch seine Füße. In ihrer Jugend auf die Leinwand gebannt, starrte Genie zu ihm zurück und ein warmes Lächeln umspielte ihren üppigen Mund. Aber sie war nicht allein. Neben ihr – und nur ein bisschen hinter ihr – stand ihr Ehemann. Sein Blick lag auf ihr, so wie es sein sollte. Der Künstler hatte die Liebe in seinem Blick perfekt eingefangen.

Wie könnte Edmund sich damit messen?

»Willkommen, Lord Satterfield.«

Edmund wandte sich von dem wunderschönen Portrait ab und blickte den jungen Herzog an, der in den Raum schritt. »Vielen Dank, dass Sie mich empfangen.« Sie beide hatten sich natürlich zuvor schon einmal getroffen. Edmund hatte sich ihm offiziell vorgestellt, als Kendal den Platz seines Vaters im House of Lords eingenommen hatte. Er hatte ihm seine Hilfe und Führung angeboten, falls Kendal sie brauchen sollte. Edmund hatte seine Unterstützung auf eine Weise zur Verfügung stellen wollen, wie Kendals Vater das für ihn getan hatte.

Und jetzt stahl Edmund die Ehefrau seines früheren Mentors. Das war absurd. Er konnte sie nicht stehlen. Nicht von einem toten Mann. Er blickte zu dem Gemälde zurück und sagte im Stillen: *Ich liebe sie. Ich werde für sie sorgen. Wenn sie mich haben will.*

Da war natürlich keine Antwort, sondern nur ein Mann, der seine Geliebte für alle Zeiten ansah.

»Wie kann ich Ihnen zu Diensten sein?«, erkundigte sich Kendal. »Sollen wir uns setzen? Wünschen Sie eine Erfrischung? Ich weiß nicht, von wie weit sie gekommen sind, aber mein Butler sagte, sie seien auf einem Pferd hergeritten, das aussah, als ob es einige Meilen hinter sich hätte.«

»In der Tat. Ich komme aus der Nähe von Lancaster. Ich wollte vor der Dunkelheit eintreffen.«

Kendal lächelte. »Das haben Sie mit einiger Zeit Vorsprung geschafft.« Er nahm in einem der Sessel Platz und bedeutete Edmund mit einer Geste, sich zu setzen.

Aber Edmund wollte nicht. Er wollte Genie sehen. Der einzige Grund, warum er nicht auf direktem Wege zum Witwenhaus gegangen war, bestand darin, dass er nicht genau wusste, wo es lag. Und vor allem auch, damit er mit Kendal sprechen konnte, bevor er sie sah.

»Vergeben Sie mir bitte, wenn ich mich nicht setze.

Beschämenderweise bin ich wohl ein bisschen in Eile. Ich bin hier, um die Herzoginwitwe zu sehen.«

»Oh?« Kendal legte den Kopf in den Nacken, um zu Edmund aufzuschauen. »Sie kennen meine Stiefmutter?«

»Ja. Wir waren erst kürzlich zusammen auf Blickton.«

»Der beziehungsstiftenden Hausparty.« Seine Lippen bebten, als ob er versuchte, nicht zu lachen. »Sagen Sie mir bloß, dass Sie über den Anlass im Bilde waren, bevor Sie hingegangen sind?«

»Das war ich, ja.«

»Also hatten Sie gehofft, eine Frau zu finden?« Er kniff die Augen kurz zusammen. »Oder vielleicht etwas anderes?«

»Ich bin mit der Absicht hingegangen, eine Frau zu finden. Ich bin vierzig und ohne Erben.«

»Dann wird es höchste Zeit.« Kendal nickte. »Vermutlich werde ich am selben Scheideweg angelangen. Ich habe jedoch noch weitere sechzehn Jahre Zeit.«

»Warten Sie, solange Sie müssen, aber nehmen Sie meinen Rat an – lassen Sie diejenige, die Sie wirklich wollen, nicht entwischen.«

»Sie sprechen wie ein Mann, der einen Fehler gemacht hat«, bemerkte Kendal leise. Er erhob sich. »Warum kommen Sie her, um meine Stiefmutter zu besuchen?«

»Um ihr einen Heiratsantrag zu machen. Es ist meine sehnliche Hoffnung, dass sie annimmt. Ich wollte mit Ihnen sprechen – um Ihre Unterstützung und Ihren Segen zu erhalten, wenn sie geneigt sind, ihn mir zu erteilen. Und auch, um Ihnen zu sagen, dass es mir ein Privileg sein würde, Sie zu meiner Familie zu zählen. Sie sind der wichtigste Mensch in Genies Leben, also würde ich hoffen, dass wir eine Beziehung entwickeln könnten. Ich habe natürlich nicht vor, Ihr Vater zu sein. Aber ich würde liebend gern ganz gleich welche Rolle übernehmen, die Sie für akzeptabel erachten.«

Kendal machte den Mund auf und dann schloss er ihn wieder. Er runzelte die Stirn. Dann sah er zu dem Gemälde seines Vaters und Genie. »Ich vermisse ihn sehr. In den letzten paar Jahren, bevor er starb, war ich kein sehr guter Sohn. Ich habe ihn enttäuscht.«

»Das glaube ich nicht. Sie haben ihn frustriert – zumindest war das mein Eindruck. Aber er war immer überaus stolz auf Sie.«

Kendal lenkte seine Aufmerksamkeit auf Edmund zurück. »Sie haben ihn gut gekannt?«

Edmund zog eine Schulter hoch. »Gut genug. Wir haben bei den Lords in Komitees zusammengearbeitet und gelegentlich im Club etwas getrunken. Wie ich Ihnen sagte, als Sie anfangs seinen Sitz eingenommen hatten: Er hat mich angeleitet, als ich den Lords beigetreten bin. Er war ein guter Mann.«

»Das war er in der Tat«, antwortete Kendal leise. »Wie auch Sie das zu sein scheinen. Erwidert meine Stiefmutter Ihre Zuneigung? Ich vermute, dass Sie ihr große Hochachtung entgegenbringen, aber das haben Sie nicht gesagt.«

»Ich liebe sie mehr, als ich mit Worten beschreiben könnte.« Edmund lächelte. »Die Chance, sie zu meiner Frau machen zu können, ist eine Gelegenheit, die ich mir nicht entgehen lassen werde – wenn sie mich haben will.«

»Ironischerweise sind Sie nicht der erste Anwärter, der ihr heute einen Heiratsantrag macht. Nein, nicht heute, denn ich vermute, dass Sterling tatsächlich schon gestern um ihre Hand angehalten hatte.«

Edmonds Herzschlag setzte für einen Augenblick aus. »Sterling ist hier?«

»War. Er ist früher am Tag gegangen, wie auch meine Stiefmutter.«

Oh Gott, er war zu spät. Ein sengender Schmerz durchfuhr ihn und raubte ihm den Atem. Er wandte den Blick zum Fenster, aber er sah nichts.

»Ich sollte etwas klarstellen«, bemerkte Kendal. »Sie hat Sterling abgewiesen und er ist gegangen. Kurze Zeit danach ist sie abgereist, um dem Mann nachzujagen, den sie bevorzugt.« Edmund blinzelte. Er sah zu Kendal zurück. »Und wer ist das?«

»Das hat sie nicht gesagt und ich habe sie nicht gedrängt. Sie hat mir allerdings gesagt, dass sie nach Staffordshire reisen würde. Dort ist Ihr Sitz gelegen, nicht wahr?«

»Ja, aber ich bin nicht da.« Es war lächerlich, das zu sagen, aber mehr brachte er nicht zustande. Sie hatte Sterling mit seinen vier Kindern abgewiesen! Und es hatte den Anschein, als sei sie auf dem Weg zu ihm – dem Mann, den sie bevorzugte. Es gab nur eine Sache zu tun, so müde er war. Nein, nicht müde. Er fühlte sich plötzlich energiegeladener, als er sich in seinem ganzen Leben gefühlt hatte. »Wann ist sie abgereist?«

»Vor ein paar Stunden. Sie könnten sie zu Pferd wahrscheinlich einholen, aber es wird dunkel sein, bevor Sie sie erreichen. Ich vermute, dass Sie es bis zum Einbruch der Nacht nach Lancaster geschafft hat.«

Edmund lachte beinahe laut los. Wenn er nur die Jagdhütte nicht verlassen hätte! Aber wie hätte er dann gewusst, dass er sie in der Nähe von Lancaster finden würde? »Ich werde dort hingelangen.«

»Sie werden ein ausgeruhtes Pferd brauchen«, stellte Kendal fest, der auf die Tür zu ging. »Ich habe genau das richtige, das sie schnell dorthin befördert.«

»Vielen Dank.«

Kendal blieb in der Tür stehen und drehte sich zu ihm um. »Ich wäre erfreut, wenn ich Sie zur Familie zählen könnte.«

Edmund lächelte ihn an, doch er nickte nur zur Antwort.

»Wie auch immer, es liegt bei meiner Stiefmutter.« Er drehte sich herum und setzte seinen Weg aus dem Zimmer fort.

Ja, so war es. Edmund folgte ihm schnell, denn er war begierig, das herauszufinden.

KAPITEL 11

*D*er Regen hatte gerade eingesetzt, nachdem Genie im Bell und Whistle in Lancaster eingetroffen war. Sie verfluchte den Himmel und bat ihn, den Regen aufhören zu lassen. Nasse, schlammige Straßen würden ihre Reise um mindestens einen Tag verlängern. Sie wollte bei Edmund ankommen, *jetzt*.

Was, wenn er am Ende eine der anderen Frauen von der Party auserkoren hatte? Vielleicht überlegte er jetzt sogar, Mrs. Makepeace zu heiraten oder Genies Freundin Lettie. Nein, Lettie hätte ihr davon erzählt. Sie hatte ihr kürzlich geschrieben, ohne Edmund dabei zu erwähnen.

Mrs. Makepeace war allerdings eine weitere Möglichkeit. Oder eine der anderen Frauen, die auf Blickton gewesen waren. Sie konnte nicht sagen, was sich nach ihrer verfrühten Abreise zugetragen hatte. Doch eigentlich konnte sie das, weil Cecilia ihr geschrieben hatte. Da war keine Erwähnung von Edmunds Verbindung – oder seinem Interesse – zu irgendjemandem.

Genies Magen grummelte und erinnerte sie daran, dass es einige Zeit her war, seit sie in der Kutsche etwas geknabbert hatte. Ihre Zofe war nach unten gegangen, um sich nach dem Abendessen zu erkundigen. Hoffentlich bekäme sie bald etwas zu essen. Dann würde sie schlafen und sich danach auf die Weiterreise zu Edmund machen.

Ein Klopfen an der Tür ihres Zimmers ließ sie aufschrecken. Warum würde ihre Zofe nicht einfach hereinkommen?

Genie eilte, um die Tür zu öffnen – eine Frage auf den Lippen. »Warum–«

Die Worte erstarben ihr auf der Zunge, als sie die willkommene – aber ziemlich durchgeweichte – Gestalt von Edmund wahrnahm.

»Meine Güte, Edmund! Du bist durchgeweicht!« Sie zog ihn in das Zimmer und führte ihn an den Kamin.

»Guten Abend, Genie. Es ist auch schön, dich zu sehen.«

Sie vernahm den Humor in seiner Stimme. »Du musst dich aufwärmen.« Als sie die Hände nach seinem Umhang ausstreckte, um ihm beim Ausziehen zu helfen, erstarrte sie. Es konnte nur einen Grund geben, warum er hier war, nicht wahr? »Wie hast du erfahren, dass ich hier bin?«

Er nahm seinen Hut ab und ließ ihn in die Ecke segeln. In seinem recht feuchten Zustand flog er nicht sehr weit. Seine Handschuhe, die er bereits von den Händen gezogen hatte, folgten dem Hut.

Edmund schüttelte seinen Umhang von den Schultern und streifte ihn ab. »Zufällig war ich während der vergangenen Tage in Rotherhams Jagdhütte – sie ist recht nahe.«

»Oh.« Also war dies ein Zufall? Sie nahm seinen feuchten Umhang und hing ihn an einen Haken neben der Tür. Als sie sich umwandte, sah sie, dass er sich in einem Sessel am Feuer niedergelassen hatte, und die Stiefel auszog.

»Heute Morgen bin ich nach Lakemoor geritten. Ich bin heute Nachmittag angekommen. Unglücklicherweise warst du nicht dort.«

Ihr Herzschlag beschleunigte sich, als sie seine Stiefel

auflas und sie neben das Feuer stellte. »Warum bist du gekommen?«

Edmund nahm ihre Hand. »Du glaubst, ich brauche einen Erben, aber das tue ich nicht wirklich. Ich habe einen und ich werde ihn ausbilden, ein Earl zu sein.«

»Aber –«

Er drückte ihre Finger. »Ich brauche keine eigenen Kinder, nicht wenn das bedeutet, auf dich verzichten zu müssen. Ich hoffe Titus wird es nicht stören, einen Stiefvater zu haben.«

Genies Kehle schnürte sich zu. Plötzlich war sie sich nicht sicher, ob sie sprechen konnte. »Du willst mich so, wie ich bin?«

»Ja. Die Frage ist, ob du mich willst, kinderlos wie ich bin.«

»Ich bin Mutter gewesen und Ehefrau. Alles andere – vor allem du – ist ein Geschenk, bei dem ich nicht sicher bin, ob ich es verdient habe.«

Er erhob sich und liebkoste ihre Wange. »Warum würdest du das glauben? Jeder hat Liebe verdient, sogar ein zweites Mal.« Er streichelte mit dem Daumen über ihren Kiefer. »Ganz besonders du. Du hast so viel verloren.«

Der Schmerz in ihrer Brust brannte für einen kurzen Augenblick, ehe er sich in etwas Helles und Schönes verwandelte. »Ich habe auch eine ganze Menge gewonnen. Ich habe einen wundervollen Stiefsohn. Ich nehme an, dass er dir gesagt hat, wo du mich findest?«

»Er vermutete, dass du für die Nacht in Lancaster Halt machen würdest. Ich bin erfreut festzustellen, dass er recht hatte. Er sagte, du wärst auf dem Weg, um den Gentleman aufzusuchen, den du bevorzugst oder etwas Ähnliches. Ich hoffe inständig, dass ich das bin.«

Sie nickte und presste sich an ihn. »Ja.«

Edmund legte die Arme um sie. »Er hat mir auch von

Sterling erzählt. Der arme Kerl.« Bedauernd schüttelte er den Kopf.

»Tut er dir wirklich leid?«

»Nicht im Mindesten. Gott, Genie wenn ich daran denke, dass du vielleicht ja gesagt hättest ...« Er spannte seinen Griff an. »Warum hast du es nicht getan?«

Sie schlang die Arme um seinen Nacken. »Weil ich dich liebe. Weil ich einmal aus Liebe geheiratet habe, bin ich zu dem Schluss gekommen, dass ich es ohne die gleiche tiefe Emotion nicht tun kann.«

»Du kannst mich nicht lieben, wie du Jerome geliebt hast«, entgegnete er leise und vielleicht mit einem Anflug von Traurigkeit.

Genie schmiegte die Hand um seinen Hinterkopf. »Nicht auf die gleiche Weise. Nein, aber ebenso leidenschaftlich. Bist du sicher, dass du kein eigenes Kind möchtest?«

»*Du* bist, was ich brauche.« Er sah ihr in die Augen und kräuselte die Lippen zu einem ironischen Lächeln. »Ich war ein Dummkopf, weil ich dir das auf Blickton nicht gesagt hatte. Zweimal ein Dummkopf eigentlich. Ich hatte dich bereits gesehen, als ich zwanzig war, und ich war sofort verliebt. Aber ich war ein junger Kerl und im Begriff, den Kontinent zu bereisen und du warst der Star der Saison. Ich dachte nicht, dass ich eine Chance gehabt hätte, dich zu gewinnen.«

»Du hast es nicht einmal versucht?«

Er stieß ein leises, scharfes Lachen aus. »Ich habe es dir gesagt. Ich war ein Dummkopf. Als du dann bei der Hausparty ankamst, war ich vor Überraschung und Freude überwältigt. Es war, als ob das Glück mir eine zweite Chance geboten hätte. Da hätte ich dir sagen sollen, weshalb ich jetzt hier bin: Dass ich dich liebe ... dich immer geliebt habe und ich dich bis ans Ende meiner Tage lieben werde.«

Genie konnte nicht atmen. Für einen Augenblick fühlte

sie sich, als ob sie Jerome betrog, weil sie diesen Mann vor ihr ebenso innig – aber anders – liebte, als sie ihn geliebt hatte. »Oh, Edmund.« Sie küsste ihn und presste ihren Körper an seinen, während sie wahrnahm, dass sie von seinen nassen Kleidern nun ebenso feucht wurde wie er.

Lachend zog sie sich zurück. »Du machst mein Kleid nass«, stellte sie schmunzelnd fest.

»Dann werde ich es einfach ausziehen müssen.« Er hob die Hände an ihr Gesicht und umfing es sanft. »Wirst du mich heiraten, Genie? Ich verstehe, dass es ein beachtlicher Abstieg für dich ist, Komtess zu werden, aber –«

»Schh.« Sie drückte den Mund auf seinen und küsste ihn leidenschaftlich. »Jetzt bist du aber albern.«

Er lächelte an ihren Lippen. »Vielleicht.«

Sie konnte ihr Glück kaum glauben, dass sie einander gefunden hatten. »Du kannst mich wirklich so akzeptieren, wie ich bin?«

»Ich fühle mich geehrt, dich genauso zu nehmen, wie du bist. Sag mir bitte nur, dass ich genügen werde und dass du mir die Chance gibst, dich glücklich zu machen.«

Es war unmöglich, doch ein Gefühl der Liebe erfüllte ihr Herz und vermischte sich mit der Liebe, die sie immer noch für Jerome … für Titus und für Eliza empfand. »Das hast du bereits.«

Februar 1811, London

Genie sah die Namen der Gästeliste für ihren jährlichen Ball zum Auftakt der Saison durch. Alte Freunde, neue Freunde, Familie – es war der einzige gesellschaftliche Anlass, an dem Titus teilnahm. In den Jahren nach seines Vaters Tod hatte er sich zurückgezogen und war unnahbar geworden. Nicht ihr und Edmund gegenüber natürlich. Für sie war er ein liebender Sohn und noch immer das Licht ihres Herzens.

»Grübelst du über die Gästeliste?«, fragte Edmund, als er in den Salon trat, der an ihr Schlafzimmer grenzte. Er gab ihr einen flüchtigen Kuss auf die Schläfe.

»Ich sehe nur nach, ob irgendwelche heiratswürdigen Damen Titus' Aufmerksamkeit erregen könnten. Es ist meine einzige Chance, dafür zu sorgen, dass er *irgendjemanden* trifft.«

Edmund schmunzelte, als er sich ihr gegenüber an den

Tisch setzte und die Zeitung zur Hand nahm. »Du musst ihn nicht so sehr drangsalieren. Er denkt, er läge gut in der Zeit, um es mir gleich zu tun. Was bedeutet, dass er noch weitere neun Jahre vor sich hat, um seine wahre Liebe zu finden.«

Genie sah scharf zu Edmund hinüber. »Das hat er nicht wirklich gesagt, nicht wahr?«

»Vor Jahren – als ich nach Lakemoor kam, um dich zu bitten, meine Frau zu werden.«

»Aber ich war nicht dort gewesen.« Genie rief sich in Erinnerung, wie er damals in dem Gasthaus in Lancaster angekommen war – vom Regen durchweicht. »Erinnerst du dich daran, als du mich gefunden hattest?«

Er schielte sie über die Zeitung hinweg an und seine Augen verengten sich verführerisch. »An welchen Teil?«

»Ich musste dich aufwärmen, wenn meine Erinnerung mich nicht täuscht. Es war ein schreckliches Opfer.«

Lachend legte er die Zeitung nieder. »Damals schien es dich nicht gestört zu haben. Bis deine Zofe eintraf, um das Abendessen anzukündigen. Das war ein bisschen peinlich.«

»Sie hat es verstanden. Schließlich ist sie immer noch bei mir.«

»Das ist sie.«

Es stand nicht ganz im Zusammenhang, doch der Gedanke an ihre Zofe provozierte eine Idee. »Ich habe mich gefragt, ob ich in dieser Saison eine Gesellschafterin einstellen sollte.«

Edmund hatte die Zeitung wieder aufgenommen, aber er las sie nicht. Seine dunklen Augen waren auf sie fixiert und er hatte eine Augenbraue hochgezogen. »Warum würdest du eine Gesellschafterin brauchen, wenn du mich hast?«

»Du verabscheust es, einkaufen zu gehen.«

»Mehr als alles andere.« Er erschauderte. »Du gehst mit deinen Freundinnen einkaufen.«

»Ja, aber es wäre schön, eine junge Frau einzustellen.

Eine, der ich helfen könnte, ihren Platz in der Welt zu finden?«

Edmund legte die Zeitung beiseite und stand auf. Er umkreiste den Tisch und nahm ihre Hand, wobei er sie auf ihrem Stuhl herumdrehte, sodass sie ihn ansehen konnte, während er vor ihr kniete. »Mein allerliebster Schatz, wenn du eine ganze Brut junger Damen anstellen willst, hast du meine volle Unterstützung. Bemutterung und Fürsorge sind ganz natürlich für dich.«

Im Laufe der Jahre hatten sie darüber gesprochen, ein Kind oder zwei zu adoptieren, aber sie hatten es nie getan. Zuerst waren sie voneinander wie im Bann geschlagen. Dann gab es junge Familienmitglieder, die sie besucht hatten – Cecilias Kinder und Edmunds voraussichtlicher Erbe, damit er den Besitz kennenlernen konnte, den er eines Tages erben würde.

Es hatte Edmund nie gestört, dass er keinen eigenen Sohn hatte, eine Tatsache, die Genie nicht ganz verstehen konnte, aber für die sie dankbar war. Sie hatten ein gutes Leben und eine wundervolle, glückliche Ehe.

»Es macht dir nichts aus?«, fragte sie und bezog sich damit auf die Gesellschafterin, die sie einstellen wollte.

»Das tut es nicht. Aber«, er zögerte kurz, bevor er fortfuhr, »wenn etwas nicht in Ordnung ist – mit unserer Ehe – würdest du es mir sagen, nicht wahr?«

Sie strich mit der Handfläche über seinen Kiefer und streichelte seine Wange mit dem Daumen. »Natürlich würde ich das. Es ist absolut *nichts* mangelhaft in unserer Ehe. Ich bin bis zur Nasenspitze randvoll – von Glück, Zufriedenheit und Liebe.« Sie beugte sich vor und küsste ihn erneut.

»Deine Erwähnung der Nacht in Lancaster hat meinen Verstand außerordentlich abgelenkt und jetzt werde ich von Gedanken verzehrt, wie ich dich vielleicht auf eine eher …

körperliche Art erfüllen könnte.« Er erhob sich und zog sie von ihrem Stuhl.

Genie lachte tief aus ihrer Kehle. »Wir sind gerade erst vor einer kurzen Weile aus dem Bett gekommen.«

»Ach ja?« Er legte die Arme um sie und wanderte mit den Lippen an ihrem Hals entlang. Genie bog den Kopf in den Nacken, um ihm einen besseren Zugang zu gewähren. »Wann hat uns das je aufgehalten?«

»Nie.« Sie umklammerte seinen Nacken und zog seinen Mund zu sich heran, um ihn wild zu küssen.

Er zog sich zurück. »Hmmm. Ich habe bald einen Termin. Vielleicht sollten wir warten.«

Sie vergrub die Finger in seinem Haar. »Edmund, wenn du mich jetzt verlässt, werde ich dir nie vergeben. Wir werden uns beeilen.« Sie blitzte ihn mit einem verschmitzten Lächeln an und dann zog sie ihn zurück in ihr Schlafzimmer. »Schieb einfach meine Röcke hoch und wir können loslegen.«

Er zog wieder zu sich zurück, als sie die Türschwelle überschritten. »Habe ich dir in letzter Zeit erzählt, wie dankbar ich deiner Cousine bin, dich zu der Hausparty eingeladen zu haben?«

»Es ist schon geraume Zeit her, aber da du ihr alljährlich ein Geschenk zum Jahrestag der Veranstaltung schickst, hast du deine Haltung sehr gut deutlich gemacht.«

»Solange du verstehst, wie sehr ich dich liebe.«

Sie brachte den Mund an seinen und flüsterte: »Nicht mehr, als ich dich liebe.«

Versäumen Sie die nächste Folge aus den Chroniken der Ehestiftung nicht - finden Sie heraus, warum Lucas Trask, der Viscount Audlington, in Der ausgerissene Viscount immer wieder vor Juliana Sheldon Reißaus nimmt.

Wollen Sie herausfinden, was passiert, wenn Titus den Ball seiner Stiefmutter besucht, und warum er so weltabgeschieden ist? Dann lesen Sie DER VERBOTENE HERZOG!

Lesen Sie im Anschluss eine zusätzliche Auswahl an Szenen und Geschichten, mit Ihren liebsten Charakteren der Unberührbaren, die sich während der Weihnachtszeit zutragen!

DER VERBOTENE HERZOG: WEIHNACHTSZEIT EPILOG

Haben Sie Der Verbotene Herzog noch nicht gelesen? Schnappen Sie sich noch heute Ihre Ausgabe und erfahren Sie, wie Titus und Nora sich kennenlernen und ineinander verlieben!

Weihnachtszeit 1811
Lakemoor, Lake District, England

»Ich bin so erfreut, dass das Wetter mit uns kooperiert«, bemerkte Lady Satterfield, als sie aus dem Fenster in den klaren blauen Himmel sah. Es hatte in letzter Zeit so viel geregnet, dass dies eine willkommene Abwechslung war. Insbesondere heute.

Eleanor St. John, die Herzogin von Kendal, warf ihrer Schwiegermutter einen kurzen Blick zu, bevor sie sich vom Fenster abwandte. »Ja, Ich bin so erleichtert. Ich hätte es gehasst, die heutigen Aktivitäten verschieben zu müssen.«

Lady Satterfield wandte sich zu ihr um. »Du bist sicher, dass Titus keine Ahnung hat?«

Ein Lächeln schlich sich über Noras Lippen, als die Vorfreude in ihrer Brust aufkeimte. »Falls er das tut, ist er ausgezeichnet darin, das zu verbergen. Er hat ganz besonders betont, dass er sich auf einen gemütlichen Tag im Haus freut. Seit das Baby angefangen hat zu treten, hat er Spaß daran zu versuchen, ihn zu provozieren.« Nora liebkoste ihren wachsenden Bauch.

»Oder sie«, entgegnete Lady Satterfield und ihre Augen funkelten.

Nora schmunzelte. »Oder sie.«

In diesem Augenblick betrat Lord Satterfield den Salon und rieb sich die Hände. »Ah, hier seid ihr. Alles ist arrangiert.«

Nora nickte. »Titus ist in seinem Arbeitszimmer mit dem Verwalter um einige Dinge zu besprechen. Ich werde ihn in Kürze unterbrechen.«

»Ausgezeichnet.« Lord Satterfield grinste und sah zwischen ihnen beiden hin und her. »Ich gebe zu, dass ich mich sehr darauf freue.«

»Ich auch«, stimmte Nora zu. »Ich bin noch nie zuvor auf der Suche nach einem Weihnachtsscheit gewesen.«

»Selbst wenn dem so wäre, bezweifle ich, dass es hiermit vergleichbar ist«, erwiderte Lady Satterfield. »Mein früherer Ehemann hat immer dafür gesorgt, so viele der Pächter und Dienstboten einzubeziehen wie möglich.« Ihr Blick glühte vor Liebe, als sie sich den früheren Herzog in Erinnerung rief, der beinahe vor einem Jahrzehnt verstorben war. Sie ging zu ihrem augenblicklichen Ehemann hinüber und ergriff seine Hand. Sie war sehr glücklich, mit dem Earl of Satterfield ein zweites Mal das Liebesglück gefunden zu haben.

Lord Satterfield drückte ihre Hand zur Erwiderung und

Nora spürte einen Kloß in ihrer Kehle. Große Güte, diese starken Emotionen überkamen sie so leicht, seit sie schwanger war.

Nora hustete und blinzelte, denn sonst würden sich die Tränen entschließen, sich in ihren Augenwinkeln zu sammeln. »Ich bin schon ganz aufgeregt wegen des anschließenden Festmahls.« Eine Vorliebe fürs Essen, insbesondere Süßigkeiten, war ein weiterer Nebeneffekt ihrer Schwangerschaft. »Die Planung des Festessens als Geheimnis vor Titus zu bewahren, war der schwierigste Teil gewesen. Sie hatte alle im Haushalt miteinbezogen, um bei der heutigen Überraschung für Titus zu helfen. Es war erstaunlich, dass niemand etwas zu ihm gesagt hatte – oder zumindest hoffte Nora, dass sie das nicht getan hatten.

Sie hoffte so sehr, dass ihm gefiel was sie geplant hatten. Er vermisste seinen Vater und hatte sich viele Jahre schuldig gefühlt, während seiner Krankheit vor seinem Tod nicht mehr Zeit mit ihm verbracht zu haben. Nora hoffte, dass diese Suche Titus an glücklichere Zeiten erinnern und ihm auch helfen würde, sich zu fühlen, als ob er wirklich das Erbe seines Vaters tragen könnte. Der frühere Herzog war von seinen Untergebenen und Pächtern geliebt worden und Nora wünschte sich das Gleiche für Titus. Er war sehr hingebungsvoll und fleißig, aber er gestattete sich nicht immer, sich zu entspannen und einfach zu genießen. Es war eine Charaktereigenschaft, die zu seinem Ruf als der verbotene Herzog beigetragen hatte. Er schien unnahbar und distanziert und zum größten Teil war er zufrieden, diese Rolle zu verkörpern. Nora allerdings kannte einen anderen Titus. Seit mehreren Monaten ihr Ehemann, war er herzlich und liebevoll, und sie wollte, dass alle das wussten.

»Ich sollte wohl gehen, um ihn zu holen.« Nora sah erwartungsvoll zwischen ihren Schwiegereltern hin und her und die beiden blickten sie mit einem ermunternden Lächeln an.

Sie machte sich auf den Weg zu Titus´ Arbeitszimmer und klopfte leise an die Tür, die angelehnt war.

»Herein«, rief Titus.

Nora trat ein, als der Verwalter von seinem Stuhl aufstand. »Ich hatte nicht unterbrechen wollen«, bemerkte sie.

Titus erhob sich hinter seinem Schreibtisch und lächelte sie herzlich an. »Das tust du nicht, denn wir sind fertig.« Er nickte dem Verwalter zu, der sich umwandte und auf die Tür zu ging. Er tauschte einen wissenden Blick mit Nora aus, als er sich entfernte.

Nora konzentrierte ihre Aufmerksamkeit auf ihren attraktiven Ehemann und ihr stockte der Atem wie so oft. Sie hatten im vergangenen Frühling geheiratet, doch ihr Herz schlug immer noch wild, wenn sie mit ihm zusammen war. Sie glättete die Röcke über ihrem Bauch, als sie weiter in sein Arbeitszimmer vordrang. »Ich dachte, wir könnten heute zu einem Ausflug mit dem Landauer aufbrechen. Nach all diesem Regen ist es so herrlich draußen.«

Titus umrundete seinen Schreibtisch und trat mit gesenkten Brauen auf sie zu. »Ich wollte im Haus bleiben und mit meiner wunderschönen Ehefrau schmusen.« Er schmiegte einen Arm um sie und liebkoste ihren Nacken.

Nora kicherte. »Das tun wir jeden Tag.«

Er küsste die Haut hinter ihrem Ohr und seine Lippen waren warm und weich. »Gibt es da eine Grenze?«

Ein Seufzen entwich ihrem Mund, als er mit seinen Lippen über ihren Kiefer streifte. »Nein. Aber ich würde wirklich gern ausfahren, solange wir können. Bitte?« Sie zog den Kopf zurück und zwang ihn damit aufzuhören und sich zu straffen.

Er runzelte die Stirn, als er auf sie herabsah. »Ich würde

das lieber nicht. Ehrlich. Ich denke, wir sollten im Haus bleiben. Insbesondere in deinem Zustand.« Er tätschelte ihren Bauch und wandte sich von ihr ab, um an seinen Schreibtisch zurückzukehren.

Nora versuchte, sich nicht beleidigt zu fühlen. »Das ist absurd. Ich kann einen Ausflug im Landauer machen.«

Er schüttelte den Kopf. »Es ist viel zu kalt.«

Ein Gefühl der Frustration schwoll in ihrer Brust an. »Das ist es nicht. Die Sonne scheint und es ist überaus mild draußen. Abgesehen davon werde ich eine Decke haben.«

»Es tut mir leid, aber ich bestehe darauf, dass wir drinnen bleiben.«

»Du *bestehst*?«

Er setzte sich in seinen Stuhl. »Ja. Wenn du mich jetzt entschuldigen möchtest. Ich habe hier einige Briefe, die ich beantworten muss, bevor wir zum Schmusen übergehen können.«

Als ob sie jetzt mit ihm schmusen wollte. Er ruinierte alles! »Was, wenn ich darauf bestehe auszufahren?«

Er sah sie mit missbilligendem Blick an. »Ich werde strikte Anweisungen geben, dass die Gefährte nicht ausfahren dürfen.«

Nora widerstand dem Drang, mit dem Fuß aufzustampfen. Oder ihm etwas an seinen sturen Kopf zu werfen. »Du bist garstig. Ich wollte nur für eine einfache Ausfahrt hinaus.« Und eine langgehegte Tradition wiederaufleben lassen. Sowie eine Erinnerung schaffen, die sie für immer in Ehren halten würden. Es war schließlich ihre erste gemeinsame Weihnachtszeit. Es war auch das erste Mal, dass sie von ihrer Schwester getrennt war, und das war ein Umstand, an den sie nicht zu denken versuchte. Die heutigen Festlichkeiten würden dabei helfen.

Titus lehnte sich in seinem Stuhl zurück und sah zu ihr auf. »Es ist nicht so einfach. Der Boden ist durchgeweicht. Es wäre zu leicht, mit dem Landauer im Schlamm steckenzubleiben. Warum liest du nicht ein bisschen und ich werde in einer kurzen Weile zu dir in den Salon kommen?« Er blickte sie mit einem schwachen Lächeln an, ehe er den Blick wieder hinab auf seine Arbeit heftete.

Nachdem sie entlassen war, starrte Nora auf seinen dunklen Schopf und setzte eine finstere Miene auf. Sie wirbelte auf dem Absatz herum und marschierte zurück in den Salon, wo die Satterfields erwartungsvoll ausharrten. Die Mienen der beiden sackten gleichzeitig bei ihrem Anblick in sich zusammen.

»Was stimmt nicht?«, erkundigte sich Lady Satterfield, als sie sich vom Sofa erhob.

»Er weigert sich, mitzukommen. Er hat irgendwelchen Unsinn über meinen Zustand und den Schlamm angeführt.« Nora verschränkte die Arme vor der Brust. »Was können wir jetzt tun?«

Lord Satterfield, der zusammen mit der Komtess aufgestanden war, seufzte. »Ich werde mit ihm reden. Ihr beide macht euch fertig und wir treffen uns in der Eingangshalle.« Bevor er ging, bedachte er sie beide mit einem Blick, der seine aufrichtige Entschlossenheit ausdrückte.

»Glaubst du wirklich, dass er erfolgreich sein wird, wo ich versagt habe?«, erkundigte sich Nora und ließ die Arme sinken.

Lady Satterfield tätschelte ihren Arm. »Das hoffe ich, Liebes. Sonst haben wir eine Menge für nichts getan, und die Leute werden sehr enttäuscht sein.«

Nora betete, dass das hoffentlich nicht passieren würde.

Titus runzelte die Stirn, als er nach Noras Abgang in Richtung der Tür sah. Er war ein Ungeheuer. Er hätte nicht gezögert, Nora für einen Ausflug auszuführen, aber es war unerlässlich, dass sie heute zu Hause blieben. Er würde Himmel und Erde in Bewegung setzen, um seiner Frau ihren Herzenswunsch zu erfüllen, was genau der Grund war, warum er keine Fahrt im Landauer mit ihr unternehmen wollte.

Er krümmte sich, als er sich die Enttäuschung in ihrem Blick in Erinnerung rief, auf die der Schock folgte und anschließender Ärger. Er hatte sie nicht bevormunden wollen und hoffte, dass sie ihm vergeben würde. Natürlich würde sie das. Später am Tag wäre sie zu glücklich, um weiter wütend zu bleiben.

Jedenfalls hoffte er das.

Sein Schwiegervater trat in sein Arbeitszimmer, das Gesicht ernst und die Mundwinkel herabgezogen. »Warum möchtest du Nora nicht zu einer Ausfahrt begleiten? Es ist so wunderschön draußen und sie ist seit Tagen drinnen eingesperrt.«

Titus erhob sich. »Ich will heute einfach nicht ausfahren. Ich werde morgen eine Ausfahrt mit ihr unternehmen.«

Satterfield, der normalerweise ein umgänglicher Zeitgenosse war, sah ihn mit festem Blick an. »Und was, wenn der Regen wiederkehrt? Es gibt absolut keinen Grund, warum du sie nicht heute begleiten solltest.«

Es gab jeden Grund, aber er würde sich seinem Stiefvater gegenüber nicht erklären. »Dies ist mein Haus und ich werde entscheiden, welche Gründe zählen.« Titus wand sich innerlich – das klang selbst für seine Ohren nicht angemessen oder vernünftig.

»Wäre es hilfreich zu wissen, dass deine Ehefrau für heute etwas Spezielles geplant hat, und du es für sie ruinierst, indem du nicht hingehst?«

Zur Hölle. Etwas Spezielles? Was sollte er jetzt tun? Er

hatte selbst etwas Spezielles für heute geplant und sie konnten *nicht* ausfahren.

Als Titus um seinen Schreibtisch herumging, stieß er dabei die Luft aus. »Ich war mir dessen nicht bewusst. Trotzdem können wir heute nicht ausfahren. Können wir das nicht einfach morgen tun?«

»Sicherlich. Wenn du gern für eine absehbare Zukunft allein schlafen möchtest. Du bist noch immer frisch verheiratet. Du verstehst die Wut der Frauen nicht. Es ist eine Macht für sich.« Titus wischte sich die Hand über die Stirn. »Ich versuche nicht, sie wütend zu machen.« Verdammt, dies lief nicht so wie geplant.

»Wir *bemühen* uns, sie niemals herauszufordern, Sohn. Nichtsdestotrotz ist es genau das, was du im Augenblick machst.«

Es musste irgendeine Art von Mittelweg geben, aber Titus fiel keine Lösung ein. »Es tut mir leid, aber wir können heute einfach nicht ausfahren.«

Satterfield starrte ihn einen Moment an und Titus war nicht sicher, ob er ihn jemals derart gekränkt erlebt hatte. »Dann werden wir ohne dich gehen. Du bist wirklich Der verbotene Herzog, nicht wahr? Du verbietest dir selbst sogar die einfachsten Vergnügungen. Genieße deine Einsamkeit.« Er drehte sich herum und marschierte aus dem Arbeitszimmer.

Titus starrte ihm mit offenem Mund nach. Er mochte seine Einsamkeit, aber seit er sich in Nora verliebt hatte, zog er ihre Gesellschaft sehr viel mehr vor, und tatsächlich auch die Gesellschaft anderer, die ihm am Herzen lagen. Einschließlich der seines Stiefvaters.

Er folgte Satterfield den ganzen Weg bis in die Eingangs-halle und blieb abrupt stehen. Der Butler fing an, dem Earl in seinen Übermantel zu helfen, während Titus´ Stiefmutter und Nora ihre Handschuhe anzogen. »Ihr geht trotzdem aus?«, fragte Titus.

Der bittere Geschmack von Niederlage breitete sich auf seiner Zunge aus. Er hatte die heutige Überraschung für Nora so methodisch geplant. Der Regen hatte gedroht, die ganze Sache zu verderben, aber nach mehreren Verschiebungen würde es sich heute endlich ereignen – Noras liebster Weihnachtswunsch.

Allerdings wäre sie nicht hier, um ihn zu empfangen.

Als er erkannte, dass die Situation seiner Kontrollfähigkeit entglitten war, gab Titus auf. »Wie lange wird die Ausfahrt dauern?« Wenn sie sich vielleicht beeilten, würden sie trotzdem noch rechtzeitig zu Hause eintreffen.

Nora sah ihn mit einem kalten Blick an. »Den ganzen Tag. Lass dich von uns nicht stören.«

«Ich werde mitkommen«, lenkte er mit einer gewissen Lustlosigkeit ein.

Seine Stiefmutter sah ihn mit geschürzten Lippen an. »Wir wollen dich nicht zwingen.«

Er erwiderte nichts, sondern wartete einfach nur auf den Diener, der seinen Übermantel und den Hut herbeiholte.

Ein paar Minuten später gesellte er sich draußen zu ihnen, wo der Landauer bereits wartete. Er blinzelte in den strahlenden Himmel hinauf. Es war ein besonders herrlicher Tag. Perfekt für eine Überraschung. Na ja, es würde immer noch eine Überraschung sein, nur nicht auf die Weise, wie er das geplant hatte.

Er kletterte in den Landauer und nahm neben seiner Frau Platz, die sich weigerte, in seine Richtung zu sehen.

So hatte er sich diesen Tag ganz und gar nicht vorgestellt.

Nora warf einen neugierigen Blick zu ihrem Ehemann. Er sah unbeschreiblich enttäuscht aus. Heute hatte er wirklich nicht ausfahren wollen. Und hier war sie und zwang ihn einfach dazu. Wie viel Spaß würden sie *jetzt* wohl haben?

Sie machte den Mund auf, um ihm zu sagen, was sie geplant hatten, als das Geräusch einer Kutsche ihre Aufmerksamkeit weckte. Der Landauer wurde langsamer, als die Kutsche auf sie zurollte.

Das andere Fahrzeug kam neben ihnen auf der Auffahrt zum Stehen. Noras Herz geriet ins Stocken. Sie erkannte diese Kutsche.

Die Tür flog auf und ihre geliebte Schwester, Joanna, steckte ihren Kopf heraus, als ein Diener sich beeilte, die Treppe herunterzuziehen.

»Nora!«, rief Jo und ihre haselnussbraun Augen funkelten im Sonnenlicht.

Die Tränen, die Nora vorhin zurückgehalten hatte, wallten in ihren Augen auf, als sie sich im Landauer erhob. »Jo, du bist hier.« Sie konnte es kaum glauben.

Der Diener öffnete die Tür des Landauers und half Nora heraus. Sobald ihre Füße auf festen Boden trafen, stürmte sie vor und schlang ihre Schwester in eine feste Umarmung. Die Tränen rannen ihre Wangen hinab, die von ihrem seligen Lächeln ganz prall waren.

Als sie sich endlich trennten, konnte Nora sehen, dass Jo ebenfalls weinte. »Ich war so sicher, dass wir nicht zusammen sein würden.« Nora wischte sich die Augen.

»Das war ich auch, bis dein Ehemann mich eingeladen hat zu kommen.« Jo sah über Noras Schulter zu Titus.

Nora drehte den Kopf herum und sah, dass Titus sie mit einem breiten Grinsen beobachtete. »Deshalb hattest du nicht gewollt, dass wir ausfahren.« Wie sie diesen Mann liebte.

Er nickte.

Lady Satterfield strich sich mit den Fingerspitzen über die Augen. »Nun, das ist die allerlieblichste Überraschung.«

Ja, das war es. Oder war es das? Sie hatten immer noch eine weitere auf Lager. Nora umarmte ihre Schwester und flüsterte. »Komm in den Landauer zu uns, denn ich habe auch eine Überraschung für Titus.«

Jos Augen blitzten vor Vergnügen. »Ihr beide seid inspirierend.« Sie seufzte und Nora nahm ein bisschen Neid wahr. Mit Verspätung lenkte sie den Blick zur Kutsche.

»Dein Ehemann hat dich nicht begleitet?«, fragte Nora.

Jo schüttelte den Kopf. »Nein, er wollte das Pfarrhaus nicht verlassen.« Sie klang nicht im Mindesten enttäuscht. Es würde noch Zeit genug geben, *darüber* zu reden. Hoffentlich würde sie für einen schönen, ausgedehnten Besuch bleiben.

»Komm«, forderte Nora sie im Umdrehen auf.

Der Diener half ihnen beiden in den Landauer und bald schon waren sie wieder auf dem Weg.

Mit Jo in der Kutsche wurde Nora gegen ihren Ehemann gedrückt, aber es gab keinen Ort, an dem sie lieber gewesen wäre. »Vielen Dank«, murmelte sie. »Ich verstehe, warum du vorhin so schrecklich gewesen bist.«

Er schmunzelte leise. »Ich habe jeden Augenblick davon gehasst.«

Sie strahlte zu ihm auf. »Ich liebe dich so sehr.«

Er drückte ihr einen Kuss auf die Stirn. »Und ich bete dich an.«

Sie hoffte, dass er das in einigen Minuten immer noch tat.

Sie verließen die Auffahrt und hielten auf das Dorf zu, ehe sie auf einen Weg einbogen, der zu einem der Häuschen von Titus´ Pächtern führte. Sie versteifte sich und hielt die Luft an, als sie seine Reaktion beobachtete.

Dutzende Menschen waren versammelt und ihre Stimmen hoben sich in Jubelrufen, als der Landauer sich näherte.

»Was ist das?«, hauchte Titus.

»Wir machen uns auf die Suche nach dem Weihnachtsscheit«, antwortete Nora und hoffte, dass er ebenso glücklich sein würde, wie er sie gemacht hatte.

Sein Blick war auf all die Pächter geheftet, die sich versammelt hatten. Im Vordergrund stand sein Verwalter und grinste. »Mein Vater pflegte, dies abzuhalten«, stellte Titus fest.

Nora umklammerte seinen Arm und drückte ihn liebevoll. »Ich weiß. Alle waren begeistert, wieder eine Weihnachtsscheitsuche zu haben. Es sei lange überfällig, sagten sie.«

Er machte den Mund auf, doch es kam kein Ton hervor. Er klappte ihn wieder zu und nickte. Einen Augenblick später drehte er sich zu ihr um, mit einem Schimmer unvergossener Tränen in den intensiv grünen Augen. »Danke.«

»Fröhliche Weihnachten, mein Liebster.«

Erneut küsste er sie. »Fröhliche Weihnachten.«

DER ZAUBER DES MISTELZWEIGS

Der mittlere Teil dieser Geschichte ist der Prolog aus Der
Herzog der Küsse. Haben Sie ihn noch nicht gelesen?
Besorgen Sie sich noch heute Ihre Ausgabe! Um zu lesen, wie
die Charaktere in dieser Geschichte sich kennengelernt und
ineinander verliebt haben, sollten Sie auch den Wagemutige
Herzog, den Herzog der Täuschung und den Herzog der
Begierde nicht verpassen!

Dezember 1817
Suffolk, England

Ivy, die Herzogin von Clare, brach mit gerötetem Gesicht auf
dem Bett zusammen, während ihr die Tränen über die
Wangen strömten. Sie wischte sich über den Mund und stieß
ein leises Stöhnen aus.

»Hier,« bot Lucy, Ivys Freundin, die Komtess von Dartford, an, als sie ein kühles Tuch auf Ivys Stirn drückte.
»Aquilla holt ein Glas Wasser.«

Aquilla, die Komtess von Sutton, trat zu Lucy und hielt ein Glas Wasser in ihren Händen. Ivy blinzelte zu ihren beiden engsten Freundinnen auf und brachte ein schwaches Lächeln zustande. »Ich bin so froh, dass ihr hier seid. Es tut mir einfach leid, dass ich krank bin. Dies sollte eine festliche, glückliche Zeit sein.« Lucy wölbte eine ihrer dunklen Brauen. »Bist du sicher, dass es das nicht ist? Wann hast du zum letzten Mal deine Tage gehabt?«

Ivys Kiefer erschlaffte für einen Augenblick. Das hatte sie nicht einmal in Erwägung gezogen … »Ich weiß es nicht. Leah ist noch nicht einmal sechs Monate alt. Ich habe nicht mehr geblutet, seit sie geboren ist.«

Lucy und Aquilla tauschten einen vielsagenden Blick aus.

»Hat das eine von euch?«, erkundigte Ivy sich, und fühlte sich dabei leicht panisch. Sie war nicht sicher, ob sie bereit war, ein weiteres Kind zu haben – wenn es das tatsächlich war, worum es sich hier handelte.

Die Frauen, die beide ihre ersten Kinder im April bekommen hatten, nickten. »Erst vergangenen Monat, in meinem Fall«, antwortete Aquilla.

Lucy schnaubte. »Offensichtlich habe ich ‚Glück‘ gehabt. Meine Tage haben sich im August wieder eingestellt.«

»Du bist immer der Glückspilz gewesen«, bemerkte Aquilla heiter, womit sie sie alle zum Kichern brachte.

Ivys Magen drehte sich erneut, aber sie glaubte nicht, dass sie noch etwas in sich hatte, was sie von sich geben konnte. »Helft mir, mich aufzusetzen, damit ich Wasser trinken kann.«

Lucy beugte sich zu ihr, um sie zu stützen, und Aquilla reichte ihr das Glas. Die kühle Flüssigkeit rann ihr die Kehle hinunter und verteilte sich Gott sei Dank ohne Schwierigkeiten in ihrem Bauch. Sie ließ ihre Hand zu der Stelle wandern, wo sie erst vor Kurzem Leah getragen hatte.

Ivy warf einen Blick zu der Wiege am Fußende des

Bettes, wo ihre Tochter schlafend lag. Wundersamerweise hatte Ivys plötzlicher Übelkeitsanfall das Baby nicht aufgeweckt, aber andererseits hatte sich ein Großteil ihres Würgens unten im Salon ergeben … in eine beinahe hundert Jahre alte Wedgwood Vase, die eine der Dienstmägde nun sorgfältig säuberte.

»Besser?«, fragte Aquilla mit einem hoffnungsvollen Zug um den Mund.

»Ja, vielen Dank.« Ivy lehnte sich in die Kissen zurück, als ihr Ehemann West sich ins Zimmer stahl.

»Fühlst du dich besser?«, fragte er und die Besorgnis verdüsterte seine Stirn.

»Gut genug«, antwortete Ivy.

»Wir werden dich unten sehen, wenn du dich erholt hast«, verkündete Lucy, die den Kopf in Aquillas Richtung neigte und dann zur Tür.

Mit einem Nicken folgte Aquilla ihr hinaus.

Sebastian Westgate, Herzog von Clare, der notorische Herzog der Begierde, saß neben Ivy auf der Bettkante und befingerte eine kupferfarbene Locke an ihrer Schläfe, die er zurückschob. »Es wird dich freuen, zu erfahren, dass die Vase wieder sauber geworden ist.«

»Oh, gut.« Ivy war entsetzt gewesen, aber es hatte sich um das erste Objekt gehandelt, das zur Hand gewesen war, und sie hatte nicht gezögert, als Lucy die Vase hochgerissen und sie Ivy in die Hand gedrückt hatte, als diese mit der Notwendigkeit würgte, ihren Mageninhalt zu erbrechen. »Ich bedaure, die Dekoration am Baum ruiniert zu haben.«

Obwohl die Kinder alle noch Babys waren, hatten sie entschieden, einen Baum aufzustellen und das zu zelebrieren, indem sie ihre liebsten Freunde einluden, die erst gestern eingetroffen waren.

»Du hast nichts ruiniert, meine Liebste.« Er beugte sich hinüber und küsste sie auf die Stirn. »Ich bin nur froh, dass du dich besser fühlst. Hast du etwas gegessen, was dir nicht bekommen ist?«

Ivy kaute auf der Innenseite ihrer Wange, und war nicht sicher, ob sie ihren Verdacht äußern sollte – oder genauer gesagt den Verdacht ihrer Freundinnen. Sie war nicht ganz sicher, ob sie es glaubte. Sie war nicht so krank gewesen, als sie mit Leah schwanger gewesen war. Letztendlich entschied sie, den Verdacht zu enthüllen und abzuwarten, was er dazu sagte. »Lucy vermutet, dass ich vielleicht wieder schwanger sein könnte. Aber es ist viel zu früh.«

Wests Reaktion setzte mit einem Aufflackern von Überraschung ein, die von einem Anflug von Zweifel gefolgt wurde, und dann unverhohlener Freude, als ein Lächeln auf seinen Lippen erstrahlte. »Ich werde begeistert sein, wenn das der Fall ist.«

Er ernüchterte, setzte eine konzentrierte Miene auf und sprach in einem formellen Ton: »Lass mich sehen.«

Er hob die Hand an ihre Brust und durch die Lagen ihrer Kleidung schmiegte er sie darum. Seine Berührung war fest, aber sanft und als er mit dem Daumen über ihre Brustwarze strich, sog Ivy die Luft tief in ihre Lungen und ihre frühere Übelkeit war in dem Aufflackern von Lust vollkommen vergessen.

Es schien, als ob sie beide gleichzeitig zu demselben Schluss gekommen wären.

»Ich bin schwanger«, stellte Ivy fest.

»Du bist schwanger«, schlussfolgerte West.

Sie lachten beide und es verging ein Augenblick, ehe Ivy fragte: »Wie hast du das gewusst?«

»Deine Brüste fühlen sich ganz anders an, wenn du schwanger bist. Es sollte dich nicht überraschen, zu hören, dass ich *genau* weiß, wie sich das anfühlt.«

Nein, das tat es nicht, wenn man berücksichtigte, wie gern er sie dort bei jeder Gelegenheit berührte. In der Tat verharrten seine Hände noch immer auf ihr und erinnerten sie an das Verlangen, das zwischen ihren Beinen pulsierte.

»Und wie hast du das gewusst?«, fragte er milde, während er mit dem Daumen noch einmal über ihre Brust streichelte.

»Wie du weißt, war ich besonders … unersättlich. Und wirklich, wenn du meine Röcke nicht genau in diesem Augenblick hebst, werde ich gezwungen sein, dich auf das Bett zu werfen, und dich mir zu Willen machen.«

Seine Augenbrauen schossen für einen winzigen Augenblick in die Höhe, ehe er sie tief über seine dunklen, verführerischen Augen senkte. »Ich kann mich nicht entschließen, was mir lieber ist.« Die Worte waren ein Schnurren und raschelten ebenso provokativ über sie hinweg wie das unablässige Streicheln seines Daumens.

Am Ende entschieden sie sich für eine Mischung aus beidem, als Ivy ihre Röcke hob und vorsichtig auf ihren Ehemann kletterte, um das Baby nicht zu wecken, denn man weckte niemals ein schlafendes Baby.

»Der Baum ist wunderschön«, stellte Aquilla fest, als sie von der großen Tanne zurücktrat und das Fortschreiten des Schmückens überwachte. Obst und Süßigkeiten hingen im Einklang mit einer Auswahl an Glaskugeln von den Ästen. Die Kerzen würden als Letztes angebracht, aber Aquilla musste eingestehen, dass sie sich fragte, ob das ganze Ding nicht Feuer fangen würde. Sie müssten einfach vorsichtig sein.

»Nicht so wunderschön wie du«, entgegnete Ned, ihr Ehemann, leise, als er hinter sie trat und die Arme um ihre Taille schmiegte. Er zog sie zu sich zurück und sprenkelte ihren Nacken mit federleichten Küssen.

Ein köstlicher Schauder schoss an Aquillas Rückgrat hinab. »Du bist voreingenommen.«

»Das bin ich nicht. Alle stimmen zu, dass die Komtess von Sutton eine der bezauberndsten Frauen von ganz England ist. Aber sie irren sich. Du bist *die* Allerbezauberndste.«

Aquilla lächelte und ein leises Seufzen stahl sich über ihre Lippen, als Neds Zunge sie an der empfindlichen Stelle hinter ihrem Ohr neckte. »Peregrine wird bald von seinem Schläfchen erwachen.«

»Dann sollten wir unsere freie Zeit vielleicht zu unserem Vorteil nutzen ...« Er hielt ihr Ohrläppen zwischen den Zähnen und löste damit einen weiteren Schauder aus.

Aquilla drehte sich in seinen Armen und murmelte: »Vielleicht«, als sie sich auf die Zehenspitzen stellte, um ihren Mund auf seinen zu drücken.

Sie wurden leider durch die Ankunft von Lucy und ihrem Ehemann Andrew, dem Earl of Dartford, unterbrochen. Lucy hielt ihren Sohn Alexander, der nur acht Tage älter als ihr eigener und Neds Sohn Peregrine war.

»Oh huch, wir stören«, sagte Lucy.

Andrew lachte. »Das ist ein Salon und kein Schlafzimmer. Die beiden wissen, wohin sie gehen können, wenn sie gern Privatsphäre hätten.«

Ned stieß ein frustriertes Schnauben aus, aber nichtsdestotrotz grinste er. Aquilla heftete den Blick auf ihren Patensohn und streckte die Arme aus. »Komm zu Tante Aquilla!«

Lucy übergab ihren Sohn an Aquilla, die den Jungen an sich schmiegte und ihm einen Kuss auf das dunkle Haupt gab. Er hob den Blick aus seinen tiefbraunen Augen zu ihr und lächelte, als er sie erkannte. »Gah!«, sagte er zur Begrüßung.

Aquilla krauste die Nase für ihn. »Gah du auch. Ich kann gar nicht fassen, wie groß er und Peregrine bereits sind«, sagte sie zu Lucy. »Denke nur an nächstes Jahr, wenn sie hier herumrennen und Sachen vom Baum reißen.«

»Vielleicht sollten wir auf einen Baum verzichten«, schlug Ned vor. Sie hatten bereits angeboten, für die Festtage im nächsten Jahr Gastgeber zu sein. Weil sie vergangenes Jahr zusammen auf Darent Hall – Andrew und Lucys Haus – und dieses Jahr auf Stour's Edge verbrachten, hatten sie anscheinend eine Tradition und sie wären als Nächstes an der Reihe.

Aquilla schlug ihrem Ehemann spielerisch auf den Bizeps. »Unsinn. Wir werden einen Baum haben.«

»Mach dir nicht die Mühe, mit ihnen zu streiten, sobald sie sich festgelegt haben«, riet Andrew. »Bei nochmaliger Überlegung solltest du dir nicht die Mühe machen, *jemals* mit ihnen zu streiten.«

Ned nickte zustimmend, während Aquilla auf Alex herabsah und sagte: »Dein Vater ist ein kluger Mann.«

West und Ivy traten in diesem Moment ein, mit ihrer Tochter Leah in die Arme ihres Vaters geschmiegt. Ihre haselnussbraunen Augen leuchteten auf, als sie Alex erblickte. Bei ihrem Anblick wurde er in Aquillas Armen ungeduldig. »Willst du mit deiner Freundin spielen?«, fragte sie.

Ivy nahm eine Decke und breitete sie auf dem Boden aus. West setzte Leah ab und Aquilla setzte Alex vor sie hin. Lucy legte einige Silberrasseln vor sie, die Alex und Leah bald hin und her schwenkten. Ihre unverständlichen Worte und Gelächter erfüllten das Zimmer zu dem Klang des rasselnden Silbers.

Einen Augenblick später sah Ivy sich um, ehe sie fragte: »Weiß irgendjemand, wo Fanny ist?«

Fanny war Ivys jüngere Schwester. Erst zwanzig, war sie zu Ivy gekommen, um bei ihr zu leben, als Leah auf die Welt gekommen war, und sie würde im neuen Jahr ihre erste Saison haben.

»Ich habe sie nicht gesehen, seit sie zu ihrem Spaziergang aufgebrochen ist«, bemerkte West stirnrunzelnd.

Das wäre vor Stunden gewesen. Obwohl Aquilla erst einige Tage hier war, kannte sie bereits die Abläufe im Haushalt, und Fanny brach jeden Morgen zu einem Spaziergang auf.

Ivy sah nach draußen, wo dicke Schneeflocken auf den bereits weiß bedeckten Boden schwebten. »Es schneit seit mehr als einer Stunde.« Auf ihrem Gesicht zeichnete sich ihre Besorgnis ab. »Wenn ich nur nicht krank gewesen wäre, und …« Sie sah West finster an, der neben ihr auf einem der Sofas saß. »Ich hätte bemerken sollen, dass sie nicht zuhause war.«

West drückte ihr Knie. »Sie wird wohlauf sein, da bin ich sicher. Manchmal lässt sie sich ablenken, insbesondere, wenn ein Tier im Spiel ist.«

»Das ist meine Sorge. Was, wenn etwas passiert ist? Was, wenn sie im Schnee gefangen ist?« Ivy erhob sich und ihre Beunruhigung wuchs zu starker Sorge an. »Es wird in einigen Stunden dunkel sein.«

West erhob sich neben seiner Frau und streichelte ihren Rücken. »Steigere dich nicht in eine Aufregung hinein. Das ist nicht gut für das Baby.«

»Das stimmt«, pflichtete Andrew bei. »Alex hasst es, wenn Lucy aufgeregt ist.«

»Nicht dieses Baby«, erwiderte Aquilla, ehe sie erkannte, dass sie das vielleicht nicht hätte laut ausspre-chen sollen. »Oh!« Sie schlug sich mit einer Hand vor den Mund und warf Ivy einen entschuldigenden Blick zu.

»Es scheint, dass ich wieder schwanger bin«, gab Ivy zu Erklärung, ohne im Geringsten in ihrer Anspannung nachzulassen. »Aber mir geht es gut – oder es *wird* mir gut gehen, sobald Fanny unversehrt zurück ist.«

»Dann lass uns gehen und sie holen«, forderte West auf, ehe er Ivy einen Kuss auf die Schläfe drückte. »Kommt Jungs.« Er bedeutete Andrew und Ned, ihn zu begleiten, was die beiden bereitwillig taten.

»Ich werde bald zurück sein«, murmelte Ned. Er küsste Aquilla schnell, ehe er davonging.

»Ich werde mir nie vergeben, wenn ihr etwas zugestoßen ist«, klagte Ivy.

Lucy trat zu ihrer Freundin und legte ihr eine tröstende Hand auf die Schulter. »Sie werden sie finden.«

»Vielleicht sollte ich sie begleiten.« Sie ging auf die Tür zu, doch Lucy spannte ihren Griff an und Ivy sah sie mit einem irritierten Blick an.

Lucy kniff die Augen zusammen. Von ihnen dreien war sie diejenige, die ihren Willen am ehesten anordnete – und erfolgreich damit war. »Das wirst du nicht tun. Nach diesen Ereignissen am Morgen brauchst du Nahrung und du musst dich ausruhen. Wir bestehen darauf.« Sie sah zu Aquilla hinüber, die zustimmend nickte.

»Ich werde Tee bringen lassen und wir werden warten.« *Und beten,* fügte Aquilla im Stillen hinzu.

Fanny starrte das Kaninchenloch an, aber sie erkannte schnell, dass sie auf sich selbst wütend war, und nicht auf das winzige Tier, dem sie törichterweise durch das Wäldchen, den Hügel hinauf und durch einen eisigen Bach gefolgt war.

Verdammt, sie war eine Närrin. Sie hatte das Kaninchen in der Nähe eines Baumes kauern sehen. Es hatte anscheinend gezittert, also hatte sie entschieden, es aufzuheben und mit nach Hause zu nehmen, ehe es den Elementen erlag.

Doch sobald sie sich genähert hatte, war das Kaninchen davongehoppelt.

Zufrieden, dass es dem Kaninchen gut gehen würde, sah Fanny ihm beim Davonlaufen nach, bis es stehenblieb. Dann kauerte es sich hin und fing wieder zu zittern an. Das hatte etwas in Gang gesetzt, das an ein Katz und Maus Spiel erinnerte, als Fanny hinter ihm herlief und es erneut stehenblieb. Wieder und wieder, bis es in seinem Loch verschwunden war.

»Nun, vermutlich habe ich dich sicher nach Hause begleitet«, murmelte Fanny. »Gern geschehen!«

Sie zog den Umhang aus gewirkter Wolle enger um sich und sah zum verhangenen Himmel auf, als die erste Schneeflocke sie direkt auf die Nase traf.

»Oh, wenn ich nur diese Schneeflocke sein könnte.« Eine männliche Stimme durchschnitt die Stille und veranlasste Fanny, zu der Geräuschquelle herum zu schnellen.

Ein großgewachsener Mann lehnte lässig an einem Baum, als würde er mit unbekümmerter Leichtigkeit und inmitten eines Schneesturms Hügel frequentieren. Ähm, *voraussichtlichem*, Schneesturm. Noch einmal sah Fanny mit zusammengekniffenen Augen in den Himmel auf und fragte sich, wie weit sie wohl von Stour's Edge abgekommen war.

»Verirrt?«

Da war sie wieder, diese Stimme, die sie daran erinnerte, dass der Schnee und ihr unbekannter Standort derzeit vielleicht nicht ihr vordringlichstes Problem waren.

»Ich bin auf meinem Weg nach Hause – Stour's Edge«, fügte sie hastig hinzu.

Er zog eine einzelne dunkle Braue zu einem umgekehrten V hoch, als er sich vom Baum abstieß und auf sie zu schlenderte. »Ich verstehe. Sie müssen die Ehefrau des Herzogs sein.«

»Das bin ich nicht.«

In den taubengrauen Augen des Mannes flackerte ein Ausdruck der Anerkennung auf. »Ich verstehe. Wie schön.«

Flirtete er mit ihr? Fanny hatte beinahe keinerlei Erfahrung damit. Mr. Duckworth hatte solchen Unsinn mit ihr probiert, jedoch hatten seine Bemühungen immer weitaus lüsterner angemutet. Sie würde ihrer Schwester für immer dankbar sein, sie vor einem sicheren schlimmen Schicksal bewahrt zu haben. Wenn Ivy sie nicht eingeladen hätte, hier mit ihr auf Stour's Edge zu leben, hätte Fanny sich zweifellos in der Position der nächsten Mrs. Duckworth wiedergefunden. Die dritte, um genau zu sein.

Es wäre am besten, diesen Gentleman wissen zu lassen, dass sie nicht die Art von Frau war, für die er sie vielleicht hielt. »Ich bin im Flirten unerfahren, fürchte ich und ich habe auch keinerlei Interesse.«

»Habe ich geflirtet?« Er kam näher und sein athletischer Körper bewegte sich geschmeidig. »Das hatte ich nicht beabsichtigt. Aber das tue ich nie, und dann kreuzt eine wunderschöne Frau meinen Weg und ich kann mich einfach nicht zurückhalten.« Er formte die Lippen zu einem faszinierenden Lächeln.

Fanny stockte der Atem. Er war der attraktivste Mann, der ihr je unter die Augen gekommen war. Und er sah sie mit einem Blick an, als ob er vielleicht dasselbe über sie dachte.

Allerdings hatte er gerade gesagt, dass er mit allen schönen Frauen flirtete, was bedeutete, dass dies, im Gegensatz zu ihr, für ihn kein einzigartiges Ereignis darstellte. Und wirklich, sie war nicht schön. Ganz und gar nicht. Sie hatte Sommersprossen und ihre Lippen waren zu voll, wie ihre Mutter immer wieder gern hervorhob. »Gewiss flirten Sie«, gab sie misstrauisch zurück.

»Und Sie sind auf der Hut. So wie Sie es auch sein sollten. Sie sind allerdings ein bisschen weit von Stour's Edge entfernt. Sind Sie sicher, dass Sie von dort kommen?«

Er zweifelte an ihr? Tatsächlich war es das Beste, wenn er das tat. Dies war eine skandalöse Begegnung und es würde sich für sie gebühren, sie geheim zu halten. Was bedeutete, dass sie niemandem davon erzählen konnte, und es war zudem auch nicht in ihrem Sinne, dass *er* irgendjemandem davon erzählte.

»Ich denke, ich sollte mich einfach auf den Weg machen.« Sie drehte sich von ihm weg und fing an, den Hügel hinunterzusteigen. Sie hatte etwa sechs Meter zurückgelegt, ehe sie innehielt und die Stirn runzelte. Sie hatte absolut keine Ahnung, wo sie war. *Zur Hölle damit.*

»Haben Sie sich verlaufen?«

Die Frage erklang viel zu dicht hinter ihr, und sie machte einen Satz. Rasch drehte sie sich um und wich gleichzeitig in raschem Tempo zurück, ohne ihrem Standort nahe der Hügelspitze große Beachtung zu schenken. Es hatte sich gerade genügend Schnee angesammelt, dass sie ausrutschte.

Und den Hügel hinabpurzelte.

Mit geschlossenen Augen und schmerzendem Körper, der sich auf ihrem Weg hinab einige Male überschlagen hatte, landete sie wie ein Häufchen Elend am Fuße des Hügels.

»Zur Hölle!«

Die Nähe seiner tiefen Stimme veranlasste sie, die Augen aufzuschlagen. Das besorgte und dennoch unglaublich attraktive Gesicht des Fremden schwebte über ihrem.

»Sind Sie unversehrt?«, wollte er wissen, und sein Blick verdunkelte sich zur Farbe von Eisen.

Fanny bewegte ihre Finger und Zehen. »Ich denke ja.« Ihr Rücken brannte am meisten und unvermittelt war sie sich der Kälte des Erdbodens unter ihr bewusst. »Es ist ziemlich kalt hier unten.«

Er kniete sich neben sie, doch rasch umfasste er ihre

Taille und zog sie in eine stehende Position, wobei er mit ihr aufstand. »Besser?«

Und jetzt war sie sich der Realität seiner Hände auf ihr bewusst und dem köstlichen, beinahe vollkommen fremden Gefühl, gehalten zu werden.

Sie mochte es sehr.

»Ja«, antwortete sie recht atemlos und ihr ging auf, dass sie wie ein Einfaltspinsel klang, ohne sich im Mindesten darum zu scheren.

»Ich bestehe darauf, Sie nach Hause zu begleiten.« Er sah zum Himmel auf, als der Schnee in größeren Flocken zu fallen schien als noch vor fünf Minuten. »Wo ist das?« Sie war kalt und nass, und aus irgendeinem Grund fühlte sie sich sicher bei ihm. »Stour´s Edge.«

Er antwortete ihr mit einem knappen Nicken und dann schob er ihren Arm unter seinen. »Wir werden in einem raschen Tempo gehen. Wenn Sie können.«

Sie nickte, ehe sie den Schmutz und das Gras abklopfte, das sich offensichtlich an ihrem Umhang verfangen hatte. Er half ihr und seine Hand bewegte sich erst über ihre Hüfte und dann war sie an ihrem Hintern zu spüren. In dem Moment dieser Berührung trafen sich ihre Blicke.

»Entschuldigung«, murmelte er, ehe er den Blick abwandte.

Sie liefen einige Minuten schweigend und in ihrem Verstand drehten sich einhundert Fragen, während die gleiche Anzahl an Emotionen durch ihren Körper toste.

Er warf ihr einen Seitenblick zu und eine Schneeflocke landete auf seinen dunklen Lidern, wo sie sofort schmolz. »Ich weiß, dass wir einander nicht vorgestellt wurden, aber wir sollten diese Angelegenheit wohl selbst in die Hand nehmen, scheint es.«

»Es ist ein bisschen skandalös, finden Sie nicht?«

»Nicht in größerem Maße als meine Liebkosung Ihrer Hinterseite.«

Liebkosung. Oh du meine Güte. Diese einhundert Empfindungen verdoppelten sich.

»Ich bin Frances.« Sie entschied, dass eine unkomplizierte Handhabung der Dinge wohl besser wäre. Er musste nicht wissen, dass sie Frances Snowden war, die Schwägerin des Herzogs von Clare.

»Ich bin David.«

»Ich bin erfreut, Sie kennenzulernen, David.« Soweit sie wusste, war er womöglich ein Diener auf dem Nachbarbesitz. Das bezweifelte sie allerdings. Obwohl ihre Kenntnis von anderen Menschen außerhalb ihrer winzigen Stadt Pickering in Yorkshire und dessen Umgebung beschränkt war, konnte sie erkennen, dass er Klasse besaß. Oder zumindest gut darin war, sie vorzutäuschen.

»Was hat Sie so weit von zuhause weggeführt?«, fragte David.

»Die Vorsehung, glücklicherweise.« Zu spät erkannte sie, dass er nicht *das* Zuhause gemeint hatte. Sie schob die Schuld darauf, dass sie gerade an Pickering gedacht hatte. Obwohl sie seit nahezu sechs Monaten auf Stour's Edge wohnte, war sie offensichtlich imstande, ihr lebenslanges Heim immer noch als ihr Zuhause zu betrachten.

Er stieß ein leises Lachen aus. »Weil Sie mich kennengelernt haben?«

Jetzt erkannte sie, wie das geklungen haben musste. »Nein, das habe ich nicht gemeint. Ich meinte … Oh, egal. Ich bin in höflicher Konversation miserabel. Ich habe beinahe keine Erfahrung damit.«

»Stehen Sie in Diensten?«, fragte er und brachte über sie zum Ausdruck, was sie gerade von ihm gedacht hatte.

Sie ergriff die Gelegenheit beim Schopf, um ihre wahre Identität zu verheimlichen und eine Ausrede zu finden, warum er sie nicht zum Haus begleiten konnte. »Ja, ich bin ein Zimmermädchen.« Sie sah ihn mit schiefgelegtem Kopf neugierig an. »Was ist mit Ihnen?«

»In Diensten?« Er machte Anstalten, den Kopf zu schütteln, doch dann hielt er inne. »Nicht genau. Ich unterstehe einem Verwalter als Lehrling.«

»Das klingt aufregend.«

Er drehte den Kopf, um sie anzusehen. »Tatsächlich?«

»Oh ja. Für so viele Dinge verantwortlich zu sein … Sie müssen überaus intelligent sein.«

Er zuckte die Schultern. »Das hat mir mein Vater immer gesagt.«

»Mein Vater hat mir immer gesagt, ich besäße ein Spatzenhirn.«

»Ich finde das auch schwer zu glauben – dass Sie ein Spatzenhirn haben, meine ich.« Er sagte dies mit der größten Überzeugung.« Obwohl Sie in einem Schneesturm weit von Zuhause abgekommen sind.«

»Es hatte noch nicht geschneit und ich habe versucht, ein Kaninchen zu retten.« Sie seufzte. »Ich habe ein schrecklich weiches Herz, wenn es um Tiere geht, fürchte ich. Mein Vater hat mir auch gesagt, dass ich ein viel zu weiches Herz habe. Einmal hat er mich gezwungen, einen Wurf Welpen im Stich zu lassen, nachdem ihre Mutter verstorben war.«

David schnappte nach Luft. »Das ist grausam.«

Sie freute sich über seine Unterstützung und nickte. »Ja, aber ich habe mich wieder zu ihnen hinausgeschlichen und sie trotzdem gerettet. Einer der Nachbarn hatte eine Hündin, die fast mit dem Säugen ihrer Welpen fertig war und sie war überglücklich, die vier kleinen Babys zu adoptieren. Ironischerweise nahm mein Vater mehrere Monate später einen dieser Hunde zu sich, ohne je zu wissen, dass es einer der Welpen war, die er dem Tod geweiht hatte.« Sie schüttelte den Kopf. »Er hat diesen Hund mehr als uns alle geliebt, glaube ich.«

»Was für eine verblüffende Geschichte. Sie besitzen ein gütiges Herz, würde ich sagen, kein weiches. Da gibt es einen Unterschied, denke ich.«

Sie lenkte ihren Blick auf ihn. »Tun Sie das?«

»Allerdings.«

Sie sahen einander einen Augenblick an, ehe sie beinahe über einen Stein gefallen wäre. Er fing sie auf und schloss seine freie Hand um die ihre, während er mit der anderen ihren Arm packte. »Alles in Ordnung?«

»Ich bin auch vergleichsweise tollpatschig.«

»Dann erlauben Sie mir, Ihnen über den Bach zu helfen, obwohl ich annehme, dass Sie ihn vorhin auf eigene Faust überquert haben müssen.«

Sie waren bei dem schmalen, aber rasch fließenden Bachlauf angekommen. »Es war wirklich ein Wunder.«

Er lachte und dann ließ er sie los. »Ich werde zuerst gehen und Ihnen dann helfen.« Mühelos machte er einen Satz über das Wasser und sie entschied, dass sie ihm bei dieser Aktion eintausend Mal zuschauen könnte. In ihrer Fantasie würde sie das tun.

Er streckte seine Hand nach ihr aus. »Bereit?«

Sie umklammerte seine Hand und er half ihr mit einer schwungvollen Eleganz über den Fluss, die sie selbst nicht besaß. »Sie sind bestimmt ein guter Tänzer, möchte ich wetten«, sagte sie.

Er zog eine Grimasse. »Kaum passabel, fürchte ich.«

Sie grinste ihn an. »Ich bin ziemlich gut. Das ist ein Bereich, in dem ich anscheinend eine gute Geschicklichkeit habe.«

Er schmunzelte. »Ein Dienstmädchen, das tanzt und Tiere rettet. Sie sind ein *Schatz*, Frances.«

Die Hitze stieg ihr ins Gesicht, doch da ihre Wangen,

wie sie vermutete, von der Kälte ohnehin gerötet waren, dachte sie erleichtert, dass er ihr Erröten nicht bemerken würde.

Abermals legte er ihren Arm wieder auf seinen und sie machten sich mit raschen Schritten auf den Weg. »Verirren Sie sich oft?«, fragte er.

Das passierte nur, wenn sie eine neue Richtung einschlug, und auch nur manchmal. Schneestürme waren ganz besonders hilfreich, wenn man vom Weg abkommen wollte. »Nein, aber ich habe auch gerade erst vor weniger als sechs Monaten zum ersten Mal mein Zuhause verlassen.« Sie wünschte, sie würde nicht so viel preisgeben. Aber er war so ein angenehmer Gesprächspartner.

»Dann sind Sie neu in Ihrer Stellung?«

»Ja. Was ist mit Ihnen?«, fragte sie und hoffte, die Unterhaltung damit von sich selbst abzulenken, um ihn nicht mit ihrer Lebensgeschichte zu langweilen. »Was tun Sie hier draußen mitten in einem Schneesturm?«

»Ich habe bloß einen Spaziergang gemacht. Dann habe ich gesehen, wie Sie den Hügel hinaufgerannt sind und ich war neugierig.«

»Also sind Sie mir gefolgt?«

»Schuldig.« Aber der Blick, den er in ihre Richtung warf, spiegelte nicht einmal den Anflug von Bedauern wider.

Sie war froh und mehr als ein bisschen … fasziniert. »Nun, vermutlich muss ich dankbar sein, denn ohne Ihre Hilfe, wäre ich wohl verloren und erfroren.«

»Aber trocken. Ich kann mir nicht vorstellen, dass Sie ohne meine Einmischung gefallen wären.« Jetzt nahm sie einen Anflug von Reue wahr.

»Das ist eine schöne Theorie«, antwortete sie trocken, »aber ich habe Ihnen gesagt, dass ich tollpatschig bin.«

»Vermutlich werden wir das nie wirklich wissen«, sinnierte er. »Kommen Sie, bewegen wir uns ein bisschen schneller, oder wir werden beide bis auf die Haut durchgeweicht sein.«

Plötzlich hatte sie ein Bild von ihm vor Augen, mit Kleidern, die an seinem muskulösen, athletischen Körper hafteten. Muskulös? Ja, das wusste sie von seinem Arm und der Art und Weise, wie er sie mühelos vom Boden gehoben und ihr über den Bach geholfen hatte. Athletisch? Augenscheinlich, wenn man bedachte, wie schnell er es den Hügel hinunter geschafft hatte, nachdem sie ausgerutscht war und die Tatsache, dass er, im Gegensatz zu ihr, nicht die Balance verloren hatte. Abgesehen von alldem hatte sie Augen im Kopf und sie konnte sehen, dass er breitschultrig und langbeinig war.

»Gehen Sie oft spazieren?«, fragte sie mit dem Gedanken, dass dem wohl so sein musste.

»Jeden Tag. Mindestens einmal. Wie auch Sie habe ich eine Zuneigung zu Tieren. In meinem Fall sind es Vögel.«

»Tatsächlich? Welche sind Ihre Lieblingsvögel?«

»Das ist sehr schwer zu sagen.« Seine Antwort war feierlich, als ob er ihre Frage tief ergründen würde. »Ich fühle mich von den Sumpfvögeln angezogen – es sind ihre langen Beine und Schnäbel, denke ich. Es ist etwas sehr Elegantes an ihrem Körperbau und ihrem Gebaren. Säbelschnäbler sind wunderschön. Und auch Schnepfen.«

»Ich weiß nahezu nichts von Vögeln.« Aber plötzlich wünschte sie sich, dies zu berichtigen und nahm sich vor, Wests Bibliothek nach jedem einzelnen Buch über Ornithologie zu durchforsten, das sie finden konnte.

»Ich könnte Sie unterrichten«, bot er leise an.

Das war das liebenswürdigste, süßeste und verlockendste Angebot, das sie je erhalten hatte.

Zu schade, dass sie es nicht annehmen konnte. Er ging bei einem Verwalter in die Lehre und sie war die Schwägerin eines Herzogs, die für eine pompöse Saison bestimmt war und vielleicht einen Prinzen heiratete. Oder wenigstens einen Herzog. Zumindest witzelten Ivy und sie darüber.

Ivy! Sie musste krank vor Sorge sein.

»Wie weit sind wir von Stour's Edge entfernt?«, fragte Fanny.

»Etwa eine Viertelmeile, denke ich.« Er zeigte in die Richtung vor ihnen. »Da. Sie würden es sehen können, wäre da nicht die Baumgruppe und dieser zunehmende Sturm.«

Sie erkannte die Baumgruppe von vorhin wieder und von den Spaziergängen, die sie seit ihrer Ankunft auf Stour's Edge unternommen hatte. Es war der Bach, der sie vom Kurs abgeleitet hatte. Sie hatte ihn bis jetzt nicht überquert, wahrscheinlich weil er während der Sommermonate, als sie hier angekommen war, sehr viel breiter gewesen war. Als sie die Bäume erreichten, machte sie Halt. »Wir sollten uns hier trennen, denke ich.«

»Sie wollen bei Ihrer Heimkehr wahrscheinlich nicht mit mir zusammen gesehen werden«, vermutete er vollkommen richtig.

»Ich denke nicht, dass das klug wäre. Ich bin sowieso schon zu lange unterwegs.«

»Sind Sie sicher, dass Sie imstande sind, Ihren Weg zu finden?«, fragte er.

Sie nickte. »Ja, ich finde mich jetzt gut zurecht. Ich habe es ernst gemeint, als ich sagte, dass ich normalerweise nicht verlorengehe.«

»Aber was ist mit dem Tanzen?« Er bewegte sich ein wenig dichter zu ihr. »Wie kann ich wissen, ob Sie wirklich tanzen können?«

»Wenn wir uns wiedertreffen, werde ich es Ihnen zeigen«, versprach sie, obwohl sie wusste, dass das wahrscheinlich niemals passieren würde.

»Ich werde Sie beim Wort nehmen.« Er sah zum Himmel

auf und blinzelte. »Es schneit wirklich stark. Sie sollten gehen.«

»Das sollte ich.«

Und dennoch rührte sich keiner von ihnen beiden. Sie standen dort und sahen einander an, die Arme noch immer umschlungen und schienen allein auf der Welt.

»Wie schade, dass hier kein Mistelzweig ist«, sagte er leise.

Oh, er wollte sie küssen!

Gut, denn auch sie wollte, dass er sie küsste.

Sie schob sich näher an ihn, bis ihre Oberkörper sich beinahe berührten. »Lassen Sie uns so tun, als wäre da einer.«

Er neigte den Kopf zu ihrem und sie schloss die Augen, kurz bevor er ihre Lippen mit den seinen berührte. Sie waren kalt, aber weich. Seine Arme schlangen sich um sie und er hielt sie fest.

Der Kuss dauerte an und erweckte all ihre Sinne, womit er sie auf eine Weise aufwühlte, dass in ihrer Vorstellung nur er und sie und die verschneite Stille existierten, die einen Schleier um ihre heimliche Umarmung hüllte. Als er mit der Zunge über ihre Lippen leckte, öffnete sie sich für ihn ... getrieben von Neugier und einem süßen Hunger, den sie noch nie zuvor erlebt hatte.

Einmal in sie eingedrungen, traf seine Zunge mit der ihren zusammen und nun umschmeichelte er sie vollkommen und zeigte ihr, was es bedeutete, wirklich geküsst zu werden. Das hatte sie sich immer gefragt und jetzt wusste sie es.

Es war viel zu rasch vorbei und die Kälte, die er für einige kurze Minuten aus ihr vertrieben hatte, kehrte rauschend zurück und erinnerte sie daran, wie kalt und durchnässt sie war und wie dringend sie ins Warme musste.

Er strich mit seinen behandschuhten Fingerspitzen an

ihrem Nacken entlang. »Ich weigere mich, Lebewohl zu sagen, also sage ich einfach fröhliche Weihnachten.«

Sie weigerte sich ebenfalls, Lebewohl zu sagen, obwohl sie wusste, dass es das war. »Fröhliche Weihnachten.«

Dann, ehe sie noch der Mut verließ, drehte sie sich um und eilte davon.

Als sie die Tür zum Salon auf der rückwärtigen Seite des Hauses erreichte, war sie außer Atem, und zwar sowohl von ihrem schnellen Lauf durch den Schnee als auch ihrer Begegnung mit David.

Ivy empfing sie mit sorgenzerfurchter Stirn an der Tür. »Fanny! Ich habe mir solche Sorgen gemacht.« Sie zog ihre Schwester ins Zimmer und in eine heftige Umarmung. Als sie sich zurückzog, sah sie an Fannys von Schnee bedecktem Umhang herab. »Du bist tropfnass.«

»Und du jetzt auch«, erklärte Fanny mit einem Anflug von Ironie.

»Den Anschein hat es wohl.« Ivy hob den Blick und sah Fanny direkt an. »Wo bist du gewesen?«

»Ich habe versucht, ein Kaninchen zu retten.«

»Natürlich hast du das«, murmelte Ivy. »West und Dart und Ned sind auf der Suche nach dir, du Dummkopf. Ich werde einen Diener hinter ihnen herschicken. In der Zwischenzeit kannst du nach oben gehen und ein warmes Bad nehmen.«

»Ja, Ivy.« Fanny beugte sich vor und küsste ihre Schwester auf die Wange, ehe sie den Salon verließ. Auf ihrem Weg winkte sie Lucy und Aquilla zu, die mit ihren Babys auf dem Boden saßen.

Später, als sie warm und trocken war, gesellte sich Fanny für das Dinner zu den anderen. Sie entschuldigte sich bei West und den anderen Männern, dass sie in den Schnee hinausgehen mussten, um nach ihr zu suchen. Alle waren nur froh, dass ihr nichts zugestoßen war.

Als sie anschließend kleine Kerzen im Baum angebracht hatten und sie brannten, schnappte Fanny vor Staunen nach Luft.

Ivy, die ihre beinahe schlafende Tochter an die Brust gedrückt hielt, schob sich dicht an Fannys Seite und lächelte. »Es ist wunderschön, nicht wahr?«

»Das ist es.«

»Wer weiß, wo du nächstes Jahr um diese Zeit sein wirst«, sinnierte Ivy mit einem Anflug von Traurigkeit. »Du könntest vielleicht verheiratet sein. Ich werde dich vermissen, und erst recht, weil wir einander gerade wiedergefunden haben.« Ivy hatte ihr Elternhaus vor mehr als einem Jahrzehnt verlassen und ihren Kontakt mit Fanny und der restlichen Familie erst im vergangen Herbst erneuert.

»Ich werde dich auch vermissen. Ich werde vielleicht nicht verheiratet sein. Vielleicht ist es mir bestimmt, als Jungfer zu leben.«

Ivy lachte. »Nein, nicht du.«

»Du hättest es beinahe getan.«

»Ja, und wie du siehst, kannst du dir des Weges, der dir bestimmt ist, nie sicher sein.«

Fanny dachte über den Weg nach, den sie an jenem Tag genommen hatte, und wünschte, dass er anders geendet hätte.

West kam herüber und schlang den Arm um Ivy. »Oh schau. Dart hängt einen Mistelzweig auf.«

Ein warmes Gefühl, gepaart mit einem plötzlichen Stich des Verlusts legte sich um Fannys Herz. In diesem Augenblick wusste sie, dass sie einen Mistelzweig nie wieder in gleicher Weise betrachten würde.

Oder Weihnachten.

~

Das Haus war still, als West zu seiner Frau ins Bett stieg. Er zog Ivy eng an sich und küsste ihre Stirn, ihre Wange und ihre köstlichen Lippen. Sie seufzte, als sie sich an seine Brust schmiegte.

»Heute Abend war wunderschön«, erklärte sie.

»Bis zu dem Moment, als wir jede einzelne dieser Kerzen auslöschen mussten.« Sie hatten sich große Mühe gegeben, um nicht das gesamte Haus in Brand zu stecken.

Ivy lachte. »Glaubst du nicht, dass es das wert war? Es ist mir egal – wir werden das jedes Jahr machen. Stell dir nur Leahs Gesicht nächste Weihnachten vor.«

»Und das ihres kleinen Bruders.« Er legte eine Hand an den Bauch seiner Frau und durch den Stoff ihres Nachthemds streichelte er die weiche Fläche.

»Oh, du glaubst, dass es diesmal ein Junge sein wird?«, fragte Ivy.

»Ich hatte bei Leah recht, nicht wahr?«

»Ja.« Ivy glitt mit ihrer Fingerspitze über seine Brust und setzte ihn mit dieser einfachen Berührung in Erregung. »Ist Fanny dir heute Abend anders vorgekommen? Sie war still.«

»Das war sie.« Fanny mochte es, zu reden und zu reden, doch heute Abend schien sie ein bisschen abgelenkt zu sein. »Ich gehe davon aus, dass sie müde davon war, dem Kaninchen nachgejagt zu sein, das sie nie erwischt hat.«

»Ja, das muss es sein. Ich bin so froh, dass sie hier bei uns ist.« Ivy rollte West auf den Rücken, ehe sie sich über ihm erhob und ihre Augen sich vor Begierde verdunkelten. »Habe ich dir dafür gedankt, sie in unserer Familie willkommen geheißen zu haben?«

»Viele Male, aber ich werde deine Dankbarkeit immer wieder akzeptieren.«

»Was ist mit meiner unsterblichen Hingabe?« Ivy streckte die Hand nach unten und streichelte seinen schnell härter werdenden Schaft.

»Die werde ich auch annehmen.« Er stieß ein leises Stöhnen aus, als ihre Hand Wunder vollbrachte. »Du wirst mich verrückt machen, Frau.«

Sie grinste auf ihn hinab. »Aber du wirst es genießen, nicht wahr?«

»Jeden gesegneten Augenblick.« Er legte ihr eine Hand um den Nacken und zog ihren Mund zu einem atemberaubenden Kuss an seinen. »Fröhliche Weihnachten, Ehefrau.«

»Fröhliche Weihnachten, Ehemann.«

WEIHNACHTSSZENE AUS DER RUINIERTE HERZOG

Dies ist eine »gelöschte« Szene aus Der Ruinierte Herzog. Simon und Diana hatten gerade auf Gretna Green geheiratet und waren auf ihrer Rückreise zu seinem Besitz im Süden Englands. Sie reisen über die Weihnachtstage und machen für einige Tage in Oxford Halt, um Weihnachten zu feiern. Genießen Sie es! Wenn Sie Der Ruinierte Herzog noch nicht gelesen haben, besorgen Sie sich jetzt Ihre Ausgabe!

24. Dezember 1817

»Es ist Heiligabend!« Simon Hastings, der Herzog von Romsey sprang vor Aufregung aus dem Bett. Und dann tauchte er prompt wieder unter die Decke, wo es neben seiner frisch angetrauten Frau weitaus wärmer war.

»Zu kalt?«, fragte Diana lächelnd, als er neben ihr untertauchte.

»Zur Hölle, ja, was habe ich mir nur gedacht?«

»Das es der Morgen von Heiligabend ist?«, bot sie hilfsbereit an.

Er küsste sie innig und zog sie an sich. »Unser erstes Weihnachten zusammen. Wir haben viel zu tun. Habe ich erwähnt, dass ich Mr. Margrave versprochen habe, ihm zu helfen, die Tannenzweige zum Schmücken hereinzubringen?«

»Nein, das hast du nicht.« Sie schlängelte ihren Körper und drehte sich in seinen Armen, sodass sie sich ansahen. »Ich dachte, wir würden einen Spaziergang machen, um die Turmspitzen zu besichtigen und dann den Schauspielern zusehen?«

»All das werden wir auch tun.«

Sie zog eine Augenbraue hoch. »Ruhst du dich jemals aus?«

»Gelegentlich, wenn ich im Bett bin. Aber nur gelegentlich. Und nicht, wenn ich eine wunderschöne Frau in meinen Armen halte.« Er senkte den Kopf und leckte ihr den Nacken, ehe er ihre Haut zwischen seine Lippen saugte.

»Simon! Als du das das letztes Mal getan hast, hast du ein Mal hinterlassen. Weil das erst gestern war, ist es noch immer dort.«

Ja, das hatte er getan. Und es war köstlich gewesen. Er küsste ihr Schlüsselbein. »Ich glaube, ich werde mich zu meinem Treffen mit Mr. Margrave verspäten.«

»Wie schade«, bemerkte sie darauf und klang kein bisschen bedauernd.

Er war allerdings nicht zu spät, weil er Mr. Margrave nicht helfen würde. Nachdem er Diana in ihrem Zimmer gelassen hatte, stahl Simon sich aus dem Gasthaus und ging die Straße hinunter. Am Tag nach ihrer Ankunft hatte er einen Goldschmied gefunden und bei ihm einen Ehering für Diana in Auftrag gegeben. Der gehämmerte Eisenring, den er ihr auf Gretna Green gekauft hatte, war hübsch, aber nur eine Übergangslösung. Seine Herzogin sollte Gold und Juwelen bekommen. Tatsächlich würde ihr Ring einen Saphir haben.

Simon betrat das kleine Geschäft mit schwungvollem Schritt.

Der Eigentümer, ein junger Mann von kleiner Statur mit einer großen, runden Brille, sah auf und erbleichte auf der Stelle. »Guten Morgen, Euer Gnaden.«

»Guten Morgen«, entgegnete Simon ein bisschen besorgt. »Ich gehe davon aus, dass der Ring für meine Frau fertig ist?«

Immer noch bleich wimmerte der Eigentümer, Mr. Abernathy, jetzt. Dann brach er in Tränen aus. Simon konnte nicht anders, als Mitleid für den Mann zu empfinden.

Abernathy wischte sich die Augen und holte tief Luft. »Es tut mir so leid, Euer Gnaden. Ich fürchte, ich habe ihn verloren.«

»*Verloren?*«, wiederholte Simon.

»Ich habe die Nacht bei meiner Schwester und ihrer Familie verbracht – mein Schwager war krank. Ich hatte noch immer daran zu arbeiten, also habe ich ihn mitgenommen, um ihn fertigzustellen.« Abernathy rang schniefend die Hände. »Irgendwo auf dem Weg zum Laden heute Morgen, ist er durch ein Loch in meiner Tasche gerutscht. Ich bin den Weg ein dutzend Mal abgeschritten, aber ich habe ihn nirgends finden können.«

Die Enttäuschung toste durch Simons Eingeweide. »Das ist nicht Ihr Fehler.«

»Oh, aber das ist es, Sir. Jetzt habt Ihr kein Geschenk für Eure Herzogin.« Wieder fing er zu weinen an und dann drehte er sich abrupt um und verschwand im hinteren Bereich seines Ladens hinter einem Vorhang. Als er wieder auftauchte, hielt er eine kleine Geldbörse hoch. »Hier ist Eure Anzahlung.«

Simon nahm das Geld mit einem leichten Nicken und

sein Verstand arbeitete, was er Diana stattdessen schenken könnte. Er hatte sich so darauf gefreut, ihr heute Abend diesen Ring auf den Finger zu schieben.

»Ich habe ein kleines Extra hinzugefügt«, sagte Abernathy. »Für Eure Umstände. Und für meinen Fehler.«

Simon beäugte den Mann und konnte erkennen, dass sein Frack ziemlich abgetragen war. Er glaubte, ein oder zwei Löcher in dem Kleidungsstück erkennen zu können. »Sie müssen mir kein Extra geben. Es war ein Unfall. Es tut mir leid, dass Sie den Auftrag nicht erfüllen konnten.«

Der Mann nickte, doch er sagte nichts. Er sah aus, als ob er den Atem anhalten würde. Oder versuchte, nicht zu weinen.

Zur Hölle.

Simon warf ihm die Börse wieder zu. »Nehmen Sie es.«

Abernathys dunkle Augen weiteten sich hinter dem Glas seiner Brille. »Ich kann nicht –«

»Natürlich können Sie. Fröhliche Weihnachten.« Er sah den Mann lächelnd an und verließ das Geschäft. Auf dem Rückweg zum Gasthaus fragte er sich, was er Diana jetzt wohl schenken würde.

Diana begleitete die Ehefrau des Gasthausbesitzers, Mrs. Margrave und ihre beiden Töchter, als sie Brot und Kuchen austrugen, die sie für einige der Menschen in der Nachbarschaft gebacken hatten. Für die Menschen, die durch Alter oder Krankheit oder etwas anderes in Not waren. Diana war froh, ihnen zu helfen und wünschte sich nur, dass sie etwas hätte, was sie geben könnte.

Ihr vorletzter Besuch galt einer fünfköpfigen Familie – den Browns. Der Vater war erkrankt, aber endlich schien er auf dem Wege der Besserung. Die Ehefrau war entzückt, zwei Laibe frischen Brots zu haben und die beiden kleineren Kinder waren begeistert über die Shrewsbury Kuchen. Der Vater dankte Mrs. Margrave ausgiebig für ihre Großzügigkeit. Das älteste Kind, ein Junge, der vielleicht zehn war, nahm keinen Kuchen, bis seine jüngeren Schwestern jeweils zwei hatten. Er hielt den Kopf gesenkt und stellte einen flüchtigen Augenkontakt mit Diana her, die ihn herzlich anlächelte.

Als sie und die Margraves sich verabschiedeten, dachte Diana über die Menschen nach, die sie besucht hatten, und fragte sich, ob sie und Simon ihnen irgendwie helfen könnten. Sie besaß nichts und konnte Simon nicht einmal ein Geschenk kaufen. Würde er helfen wollen? Es gab so viele Dinge, die sie über ihren neuen Ehemann nicht wusste. Und dennoch war sie sich sicher, dass er eine freundliche und großzügige Natur besaß.

Sie trafen an ihrem letzten Ziel ein, wobei es sich um eine besonders winzige Kate handelte, sodass Diana freiwillig draußen blieb. Es würde nur einen Augenblick dauern, versicherte ihr Mrs. Margrave.

»Euer Gnaden?«

Diana erschrak bei der leisen Stimme, die hinter ihr ertönte. Als sie sich herumdrehte, fiel ihr Blick auf den kleinen Jungen aus dem letzten Haus. »Woher bist du gekommen?«

Schüchtern zog er den Kopf ein. »Ich bin gekommen, um Euch etwas zu fragen, wenn ich darf.«

»Natürlich.« Sie hockte sich auf seine Höhe. »Wie kann ich dir helfen?«

Er griff in seine Tasche und zog ein Schmuckstück hervor – Diana erhaschte ein Aufblitzen von Gold. »Ich habe diesen Ring. Er … gehörte meiner Großmutter. Ich frage mich, ob Ihr ihn vielleicht von mir kaufen wollt. Mein Vater hat seit über einem Monat nicht mehr gearbeitet und dies würde uns helfen, etwas zu essen zu haben.« Seine Wangen liefen feuerrot an und er konnte ihren Blick nicht erwidern.

Diana zog es das Herz zusammen. Sie mochte womöglich kein Geld haben, aber Simon hatte welches und würde ganz bestimmt helfen. »Du bist ein freundlicher und tapferer Junge. Lass mich sehen.«

Er öffnete die Hand und offenbarte einen Goldring mit einem strahlenden Saphir.

»Oh, er ist wunderschön«, sagte sie. Es schien für eine Familie seines Standes ein sehr teures Stück, aber wie könnte sie die Umstände kennen? »Er gehörte deiner Großmutter?«

Er sah zu ihr auf und nickte vehement. »Das hat er, Madam.«

»Bist du sicher, dass deine Eltern sich davon trennen wollen?«

Erneut wandte er den Blick ab. »Ja, Madam.«

Diana sorgte sich, ob er vielleicht nicht die Wahrheit sagte. Was, wenn seine Eltern keine Ahnung hatten, dass er ihn genommen hatte?

Sie nahm seine Hand und legte die Finger um den Ring. »Du behältst ihn für den Augenblick, in Ordnung? Ich werde in einer Weile kommen und ihn von dir kaufen. Wie heißt du?« Sie würde mit Simon darüber sprechen, was zu tun wäre. Zumindest mussten sie der Familie zukommen lassen, was immer sie brauchten. Es brach ihr das Herz, zu erleben, dass dieser Junge darauf zurückgriff, die Familienerbstücke zu verkaufen.

Wieder nickte er. »Owen, Madam. Vielen Dank. Ich werde draußen auf Euch warten.«

Sie wollte ihn bitten, das nicht zu tun, weil es zu kalt war, aber sie hatte den Verdacht, dass er seine Familie nicht wissen lassen wollte, was er vorhatte. Sie war ziemlich sicher, dass seine Eltern nicht wussten, dass er den Ring an sich genommen hatte, in seiner Verzweiflung. Diana hat viele dunkle Zeiten in ihrer Vergangenheit durchgemacht, doch hiermit waren sie nicht zu vergleichen.

Die Margraves traten aus dem Haus und Owen rannte davon.

Simon ging in der Gaststube des Wirtshauses auf und ab, die nun mit genügend Tannengrün geschmückt war, um einem Wald zu ähneln. Er war in der Frage nach einem Ersatzgeschenk für Diana keinen Schritt weitergekommen.

Genau in diesem Augenblick trat sie mit Mrs. Margrave und ihren Töchtern ein. Mit einem rotbraunen Straßenkleid bekleidet und von der im Freien herrschenden Kälte geröteten Wangen war sie absolut hinreißend und er war zu nichts anderem imstande, als sie anzustarren.

Mit gerunzelter Stirn eilte sie auf ihn zu. »Oh, Simon, du musst mir helfen.«

Sein Magen zog sich vor Besorgnis zusammen und er ergriff ihre Hand. »Was ist passiert?«

»Mir ist nichts geschehen, aber ich habe eine Familie getroffen, der wir helfen müssen. Ich hoffe, es macht dir nichts aus. Ich habe kein eigenes Geld.« Sie bebte, als er ihren Handrücken streichelte.

»Mein Vermögen ist jetzt deines«, entgegnete er lächelnd. »Erzähl mir von dieser Familie.« Er führte sie zum Sofa in der Nähe des vorderen Fensters und sie setzten sich.

»Sie leben um die Ecke. Mr. Brown ist seit einiger Zeit krank und sie haben nicht genug zu essen. Mrs. Margarve hat ihnen Brot und Kuchen gebracht und ich vermute, dass dies die besten Dinge sind, die sie auf ihrem Weihnachtstisch haben werden.«

Simon runzelte die Stirn. »Das ist eine Schande. Sollen wir ihnen Abendessen bringen?«

»Ja, bitte. Ich würde ihnen auch gern Geld geben, um ihnen zu helfen, während Mr. Brown wieder gesund wird.«

Simon beugte sich vor und gab ihr einen flüchtigen Kuss auf die Lippen. »Du hast das gütigste Herz. Natürlich werden wir ihnen helfen.«

Sie lächelte und legte die Arme um seinen Nacken, um ihn fest zu umarmen. »Danke, Simon.«

Er streichelte ihren Rücken und hätte ihre Umarmung fortgesetzt, wenn sie nicht im Gemeinschaftsraum des Gasthauses gewesen wären. Stattdessen zog er sich mit großem Widerstreben zurück.

Sie baten die Margraves um Hilfe, ein Essen für die Familie zusammenzustellen, das einen Besuch, einiger Marktstände einschloss. Simon hatte gewitzelt, dass es sich hierbei um ihren Spaziergang handelte, um die Turmspitzen der Oxford Universität zu besichtigen, die natürlich von nahezu überall in der Stadt sichtbar waren.

Mit dem Essen beladen, das sie zusammengestellt hatten, brachen sie zum Haus der Familie auf.

»Vielen Dank dafür, dass wir das tun«, bemerkte Diana. »Ich habe mich wegen der Notlage der Familie so schlecht gefühlt. Sie haben drei Kinder. Das älteste ist ein Junge – Owen –, der nicht älter als zehn sein kann. Er hat versucht, mir den Saphirring seiner Großmutter zu verkaufen, aber ich bin mir nicht sicher, ob seine Eltern überhaupt wissen, dass er ihn genommen hat. Der Arme.«

Simon klingelten die Ohren bei dem Wort Saphir und sein Verstand verarbeitete ihre Worte. »Ein Saphirring?«

Sie nickte. »Er sah recht wertvoll aus. Ich hoffe, es macht dir nichts aus, aber ich möchte ihn nicht von ihm kaufen. Die Familie sollte ihre Erbstücke behalten.«

Sie näherten sich einer Ansammlung von Häusern und ein kleiner Junge lungert am anderen Ende herum.

»Dort ist er«, sagte Diana.

Sie gingen zu dem Jungen und Diana stellte die beiden einander vor. »Owen, das ist mein Ehemann, der Herzog von Romsey.«

Owen verneigte sich und hob den Blick nicht.

Simon versuchte, den Jungen herzlich und aufmunternd anzulächeln, doch das war schwierig, weil der Knabe nicht aufschauen wollte. Also ging Simon in die Hocke. »Owen, ich habe erfahren, dass du einen Ring hast, den du mir verkaufen willst.«

Diana schubste ihn mit dem Bein an, aber er drehte den Kopf nicht zu ihr.

»Das tue ich, Euer Gnaden.« Er schob die Hände in die Taschen und zog den Ring hervor, der für Diana bestimmt war – Simon erkannte den Saphir und setzte die Puzzleteile zusammen.

»Ist dein Onkel ein Juwelier?«, fragte Simon leise.

Der Junge hob den Blick und neben der Überraschung zeigte er auch ein bisschen Angst darin. »Ja.«

Simon nickte. »Nun, ich wäre entzückt, deinen Ring zu kaufen. Wieviel willst du dafür?«

Owen kaute auf der Lippe und dann sah er Simon mit einem zweifelnden Blick an. »Zwei Pfund?«

»Das ist viel zu wenig für so ein wertvolles Stück. Hier, nimm das.« Simon griff in seine Tasche und zog einen Gutteil mehr daraus hervor, als der Junge gefordert hatte. Simon hielt den Ring zwischen Daumen und Zeigefinger. »Bist du sicher, dass du dich davon trennen willst?«

»Das bin ich, Euer Gnaden.«

»Also gut.« Simon drückte dem Jungen das Geld in die Hand und erhob sich.

Owen riss die Augen in Staunen auf und seine Wangen färbten sich rosa. »Danke. Gott segne Euch, Euer Gnaden.« Er verbeugte sich vor Diana. »Und Euch, Euer Gnaden.«

»Wir haben auch das hier für euch.« Diana übergab ihm

ihre Päckchen und Simon reichte ihm diejenigen, die er trug. »Es ist Essen für Heiligabend. Oder den Weihnachtstag.«

»Danke, Euer Gnaden.« Owen blinzelte schnell.

Diana lächelte ihn an. »Mach's gut, Owen.«

Simon umklammerte den Ring in seiner Hand und legte seinen Arm um Diana, als sie dem Jungen nachsahen, der zu seiner Tür lief und drinnen verschwand.

»Das war sehr großzügig von dir«, sagte sie leise. »Aber du hättest den Ring nicht nehmen sollen. Er gehört seiner Familie.«

Er drehte sich, um sie anzuschauen. »Nein, er gehört dir. Ich hatte ihn bei seinem Onkel in Auftrag gegeben, der ihn heute Morgen verloren hat.«

Diana machte große Augen und ihr stand der Mund offen. Sie hob die Hand an ihre Lippen. »Owen hat ihn gestohlen? Er schien so ein lieber Junge zu sein.«

»Ich bin sicher, dass er das auch ist«, bemerkte Simon. »Der Ring ist dem Juwelier aus der Tasche gefallen. Vermutlich hat Owen ihn gefunden und es als Gelegenheit betrachtet, für seine Familie zu sorgen. Ich muss sagen, dass ich ihm keinen Vorwurf daraus machen kann.«

»Trotzdem hätte er ihn seinem Onkel zurückgeben müssen.«

»Ja, aber Ende gut, alles gut. Sagt man nicht so?«

Sie nickte. »Shakespeare.«

»Euer Gnaden?«

Simon drehte sich zusammen mit Diana zu der Stimme um. Es war der Juwelier. »Mr. Abernathy, gestatten Sie mir, Ihnen meine Frau, die Herzogin von Romsey vorzustellen. Diana, dies ist der Mann, der deinen Ring gemacht hat.« Er hielt ihn Abernathy hin, der vor Überraschung nach Luft schnappte. »Würden Sie glauben, dass ich diesen Ring gerade vor einem Augenblick hier draußen gefunden habe?«

»Das ist ein Weihnachtswunder!«, frohlockte Abernathy hocherfreut.

»Das ist es in der Tat«, entgegnete Simon.

Der Juwelier wandte sich zu Diana. »Ich hoffe, Ihr mögt ihn, Euer Gnaden.«

»Er ist wunderschön. Herzlichen Dank. Sind Sie auf Ihrem Weg nach Hause?«

Abernathy errötete. »Ich will das Haus meiner Schwester aufsuchen.«

Simon griff in seine Tasche. »Nun, da ich den Ring gefunden habe, muss ich Sie dafür entlohnen, Mr. Abernathy.«

Abernathy hielt abwehrend eine Hand in die Luft und schüttelte den Kopf. »Das habt Ihr bereits, Sir.«

»Unsinn. Das war nur eine Anzahlung.«

»Lasst die Differenz mein Geschenk an Euch sein, für Euer freundliches Verständnis, als ich dachte, dass er verloren wäre.«

Simon drückte ihm das Geld in die Hand und wusste, dass es diesem Mann und der Familie seiner Schwester von gutem Nutzen sein würde. »Ich bestehe darauf. Fröhliche Weihnachten, Mr. Abernathy.«

Der Mann strahlte. »Fröhliche Weihnachten, Euer Gnaden!«

Simon bot Diana seinen Arm und zusammen traten sie den Rückweg zum Gasthaus an.

»Lass es mich verstehen«, bat sie. »Du hast Mr. Abernathy bezahlt, obwohl er den Ring verloren hat?«

»Ja.«

»Und du hast einen Ring von Owen gekauft, für den du bereits bezahlt hattest – zumindest teilweise?«

»Ja.«

»Dann hast du Mr. Abernathy nicht erzählt, dass sein

Neffe den Ring genommen hatte, um zu versuchen, Profit daraus zu schlagen?«

»Himmel nein.«

Sie blieb stehen und als sie sich zu ihm umdrehte, legte sie ihre behandschuhte Hand an seine Wange. »Ich habe nichts für dich zu Weihnachten, während du diesen zauberhaften Ring und deine wunderbare Großzügigkeit hast.«

»Du hast mir das größte Geschenk von allen gemacht, Diana. Du hast mir Hoffnung auf eine Zukunft gegeben, die ich mir nie hätte vorstellen können. Nicht nach allem, was passiert ist.« Er verdrängte den vertrauten Schmerz des Verlusts und klammerte sich an diesen Augenblick der Freude … an die Frau, die vor ihm stand.

»Fröhliche Weihnachten, Simon.«

»Fröhliche Weihnachten, Diana. Sollen wir so tun, als wäre da ein Mistelzweig?«

Sie schmiegte ihre Hand um seinen Nacken und erhob sich auf die Zehenspitzen. »Ja, lass uns das tun.«

DIE SUCHE NACH DEM WEIHNACHTSSCHEIT

Eine Erzählung aus Die Unberührbaren

Diese Geschichte handelt von Charakteren aus Der Herzog der Begierde, Der Gefährliche Herzog, Der Herzog der Küsse, und Der Unerwartete Herzog. Klicken Sie jetzt auf den Titel und besorgen Sie sich Ihre Ausgabe, wenn Sie sie noch nicht gelesen haben!

Heiligabend, 1822
Stour`s Edge, Suffolk, England

Teil Eins

Sebastian Westgate, der Herzog von Clare, war zahlenmäßig unterlegen. Wie hatte er es geschafft, mit fünf Kindern zurückzubleiben, von denen nur zwei ihm gehörten? »Habt ihr keine Kindermädchen?«, brummte er laut.

»Papa, sie sind beschäftigt«, antwortete seine Tochter

Leah, ganze fünfeinhalb Jahre alt mit weit mehr Autorität, als sie haben sollte. »Mit den anderen Kindern.«

Ja, mit den jüngeren. »Was ist mit ihren Müttern?«

Ehe Leah antworten konnte, fingen drei kleine Jungen im Alter von drei und vier Jahren mitten auf dem Fußboden einen Ringkampf an. Sie drehte den Kopf und schürzte die Lippen auf eine Weise, die West an ihre Mutter denken ließ, und stürmte auf das Gemenge zu. »Hört auf damit!«

Keiner der Jungen hörte auf sie, also hob sie die Stimme und versuchte es erneut. Als einer der Jungen »Au!« schrie, gab West es auf und beschloss einzugreifen. Er versuchte, einen Schritt zu tun, doch er bemerkte, dass ein kleiner Körper an seinem Bein klammerte.

Der kleine Jasper Kinsley, Earl of Wethersfield und zukünftiger Erbe des Herzogs von Halstead, starrte aus seinen großen, grünen Augen zu West auf. »Hoch, bitte?« Als West ihn nicht umgehend in die Arme hob, setzte Jasper hinzu: »Ich will gucken.«

Aha, der Knabe wollte das Gerangel verfolgen. West konnte ihm daraus keinen Vorwurf machen. Er nahm den Jungen hoch und trug ihn näher an das Wirrwarr aus Körpern heran, die auf dem Boden um sich schlugen. »Besser?« fragte West.

Jasper nickte. Leah hatte die Jungen weiter ermahnt und sie gewarnt, dass sie in große Schwierigkeiten geraten würden, sobald ihre Mütter einträfen. Es entging West nicht, dass Mütter eine größere Bedrohung waren. Er war nicht mehr als weichherziges Gelee, wenn es um seine drei Kinder ging, und es war seine Frau, Ivy, auf die sie hörten. Was zum Besten war, denn nach Wests Vorstellung gab es niemanden, der es mehr verdient hätte, dass man ihm Folge leistete. Niemanden, der ihn – oder sie – besser umhegen könnte.

»Was um alles in der Welt ist hier los?« Ivys Stimme schallte durch den Raum wie die eines Kapitäns, der sich an seine Truppen wandte. Sie trug ihre Jüngste, Julia, die noch nicht einmal zwei Jahre alt war.

»Benedict!« Emmaline Maitland, die Marquise von Axbridge bellte die kämpfenden Jungen an. Derjenige mit dem hellblonden Haar zog sich aus dem Gerangel zurück – oder er versuchte es zumindest, aber Sebastian, Wests Sohn, packte ihn am Fußgelenk und zerrte ihn wieder nach unten.

»Sebastian, hör damit auf!«, befahl Ivy knapp. Prompt ließ Sebastian Bendict los und blinzelte zu seiner Mutter auf. Er und der andere Junge, Gray, die Kurzform für Graham, denn er war nach dem besten Freund seines Vaters, dem Herzog von Halstead benannt, gaben ihren Kampf auf und alle drei rappelten sich auf die Füße.

Gray schob sich das Haar aus der Stirn und warf einen besorgten Blick in Richtung seiner Mutter, die zudem Ivys jüngere Schwester war.

Fanny sah ihren Sohn finster an. »Entschuldige dich bei Tante Ivy und Onkel West, weil du eine Rauferei in ihrem Haus ausgelöst hast.«

Emmaline nickte ihrem Sohn zu. »Du ebenfalls, Benedict!«

»Entschuldigung«, tönten sie gleichzeitig.

»Sebastian, entschuldige dich bei deiner Mutter!«, forderte West.

»Entschuldigung, Mama.« Sebastian ging, um die Hand seiner Mutter zu ergreifen, und West konnte den genauen Augenblick erkennen, in dem seine Frau innerlich dahinschmolz. Ihre grünen Augen nahmen diesen warmen, mütterlichen Schimmer an, der niemals seine Wirkung verfehlte, sein Herz beinahe zum Bersten zu bringen. Dass er eine Liebe gefunden hatte, die so stark und rein war, würde ihn bis zu seinem letzten Atemzug und wahrscheinlich darüber hinaus mit Ehrfurcht erfüllen.

»Warum entschuldigen sich alle?«, fragte Lionel, der

Marquess von Axbridge und einer von Wests engsten Freunden, als er den Salon betrat. Er trug ihre Jüngste, Caroline, die im gleichen Alter wie Julia war, und hinter ihm folgte Wests Schwager, David Langley, der Earl of St. Ives, der seine Jüngste, Mary, auf dem Arm hatte.

»Die Jungen haben sich gerauft«, erklärte Emmaline ihrem Ehemann.

»Wer hat gewonnen?«, wollte Lionel wissen und West konnte sich ein Lachen nicht verkneifen. Doch dann runzelten alle Frauen die Stirn und starrten entweder ihn oder Lionel an und die beiden ernüchterten schnell.

»Was ist passiert?«, fragte Fanny.

»Es war nur Papa hier«, antwortete Leah, als ob diese Antwort perfekt zusammenfasste, warum ein Tumult ausbrechen würde. Und West vermutete, dass dem so war.

»Ich hätte nicht mit ihnen alleingelassen werden dürfen«, bemerkte er in dürftiger Selbstverteidigung.

Leah kam zu ihm und berührte ihn an der Hand. »Es ist schon gut, Papa. Ich war hier, um zu helfen.«

West unterdrückte ein Grinsen und liebkoste ihre Wange. »Dem Gott sei Dank dafür.« Er zwinkerte ihr zu und dann lenkte er seine Aufmerksamkeit auf die anderen Erwachsenen. »Sind wir bereit für die Suche nach dem Weihnachtsscheit?«

Dies provozierte einen Chor der Begeisterung seitens der Kinder, auf den das Gelächter der Eltern folgte.

»Ich denke, das ist ein Ja«, stellte Lionel mit einem ironischen Grinsen fest.

Graham und Arabella Kinsley, der Herzog und die Herzogin von Halstead, traten in dem Moment ein. Graham trug ihr jüngstes Kind Charlotte, die erst ein Jahr alt war. »Haben wir gerade gehört, dass es Zeit ist, zur Suche aufzubrechen?«

Jasper wand sich in Wests Armen, als er sich nach seiner

Mutter streckte. Arabella schritt auf sie zu und schloss ihn mit einem breiten Lächeln in die Arme. »Danke, dass du auf Jasper achtgegeben hast, während wir uns um Charlotte gekümmert haben. Die Kindermädchen sind bereit, sich um die Kleinsten zu kümmern, während wir uns auf die Suche machen.«

Wie auf ein Stichwort traten die drei Kindermädchen in den Salon und nahmen sich der Kleinsten an.

»Sollen wir Mary mitnehmen?«, fragte David, an seine Frau Fanny gerichtet. »Oder ist sie noch zu jung?«

»Wir nehmen Julia mit«, erklärte West. Mary und sie waren nur einen Monat auseinander.

»Das würde ich, aber sie ist praktisch schon am Einschlafen«, antwortete Fanny. »Nächstes Jahr.« Sie gab das Kleinkind an ihr Kindermädchen weiter.

Alle waren damit beschäftigt, ihre Kinder und sich selbst gut einzupacken. West teilte den anderen mit, dass sie ihm und seiner Familie vorausgehen sollten, während er und seine Familie das Schlusslicht bildeten. Es standen zwei Pferdewagen bereit, die sie in den Wald befördern würden und ein dritter, der das Scheit zum Haus zurück transportieren würde.

»Du konntest sie wirklich nicht von der Rangelei abhalten?«, murmelte Ivy. Sie trug Julia, während West Leah und Sebastian zu dem wartenden Pferdewagen dirigierte.

»Sie sind Kinder«, gab West zurück. »Sie bewegen sich zu schnell. Und da war Jasper. Zur Hölle, es waren viel zu viele von ihnen. Ich stand allein gegen eine wilde Truppe.« Er nahm wahr, wie seine Frau die Lippen leicht verzog.

»Ja, Drei- und Vierjährige sind so gefährlich. Ich wage zu sagen, dass du Glück gehabt hast, unbeschadet davongekommen zu sein.« Sie warf ihm einen sarkastischen Blick zu und zog eine einzelne rotgoldene Augenbraue hoch in die Stirn.

»In der Tat.« Er blitzte sie mit einem Grinsen an, ehe er ihre Kinder auf den Wagen hob. Sobald sie alle untergebracht waren, fuhren die Knechte, welche die Wagen lenkten, an.

»Ich wünschte, es würde schneien«, sagte Leah, mit sehnsüchtig in den Nacken gelegtem Kopf, um in den grauen Himmel aufzusehen.

»Das würde unsere Suche ein wenig erschweren«, entgegnete Ivy, die Leah über den Rücken streichelte.

»Vielleicht.« Leah klang nicht überzeugt.

Der Wagen holperte über eine große Furche und Emmaline, die West und Ivy gegenübersaß, stöhnte. Sie hielt ihren runden Bauch.

»Ist alles in Ordnung?«, fragte Ivy besorgt. »Vielleicht hättest du im Haus bleiben sollen?«

»Unsinn. Das Baby wird erst in einem Monat kommen. Ich wollte das nicht verpassen.« Sie sah zu ihren beiden Kindern und ihre Züge wurden weicher. »Oder sie.«

West verstand. Die Freude, die er einst über den Fund des Weihnachtsscheits empfunden hatte, war nichts im Vergleich mit der Freude, seine Kinder auf der Suche danach zu beobachten. Dies war Julias erstes Mal und es würde nicht weniger aufregend sein als bei Leah oder Sebastian.

»Vielleicht hat Ivy recht«, bemerkte Lionel, der Emmaline mit krauser Stirn ansah. »Solltest du wirklich hier draußen in der Kälte sein und herumhampeln?«

»Ich werde noch vor den Heiligen drei Königen *herumhampeln*. Sowohl Benedict als auch Caroline waren überfällig, als wir auf ihre Geburt gewartet hatten. Ich kann mir nicht vorstellen, dass dieses Baby irgendwie anders sein wird.«

Lionels Züge entspannten sich zu einem halben Lächeln und er beugte sich hinüber, um seine Frau auf die Stirn zu küssen. »Vergib mir, dass ich mir Sorgen mache. Ich kann es nicht verhindern, was dich anbetrifft.«

Die Kinder schnatterten unablässig, als sie auf den Wald zufuhren. Bei den Bäumen angekommen, reichte die Energie auf dem Wagen aus, um eine Stadt in Brand zu setzen, oder so schien es West zumindest. Begierig half er allen hinunter, wo sie sich zu den Kindern des anderen Wagens gesellten.

»Also, alle wissen, dass wir zusammenbleiben müssen, nicht wahr?«, kündigte West an.

»Sie hören dir nicht zu«, erklärte Ivy und schielte zu der lärmenden Gruppe. »Kinder!«

Ihre Unterhaltung erstarb wie ein Strom im Spätsommer, als sie sich umdrehten, um sie anzusehen.

»Ein Kapitän in der Tat«, murmelte West.

Ivy ließ den Blick zu ihm herumschnellen. »Was?«

»Nichts.« Er räusperte sich und dann wandte er sich an die Kinder. »Ihr bleibt alle beisammen. Niemand geht allein los. Verstanden?«

Die meisten von ihnen nickten.

Ivy schüttelte den Kopf. »Das war nicht gut genug. Wir brauchen einen Appell. Wenn Fanny euren Namen sagt antwortet ihr mit ›Verstanden‹.«

Fanny fing an, die Namen der Kinder aufzurufen und jedes antwortete pflichtschuldig. West beugte sich dicht zu Ivy und flüsterte: »Du bist eine inspirierende Macht.«

Sie sah ihn schief an und ihre Augen funkelten. »Meinst du nicht eine erschreckende Macht?«

»Im bestmöglichen Sinne.« Er küsste sie auf die Wange und drückte sie leicht in der Taille. Plötzlich war er von Gedanken überwältigt, wie er sie an einen Baum hier im Wald presste, und verdammt sei die Suche nach dem Weihnachtsscheit.

»Können wir jetzt auf die Suche gehen, Papa?«, fragte Leah und ihr Blick war voller Begeisterung.

West grinste angesichts ihres Enthusiasmus. »Ja, lass uns das schönste Weihnachtsscheit finden!«

Die Kinder verstreuten sich sofort und die Erwachsenen verständigten sich untereinander, ihnen in die verschiedenen Richtungen zu folgen. West und Ivy blieben Julia dicht auf den Fersen, weil sie so klein war. Sie sah gar nicht nach den Bäumen, sondern sie versuchte nur, mit ihrem großen Bruder Sebastian Schritt zu halten, als er auf der Suche nach dem perfekten Weihnachtsscheit davonstürmte.

»Dieses hier, Papa!«, rief Sebastian.

»Nein, das ist nicht annähernd groß genug«, widersprach Leah. Sie sah sich um und zeigte auf einen anderen Baum. »Dieser ist besser.«

»Das ist er nicht«, entgegnete Sebastian und schürzte die Lippen zu einem Schmollmund. Er stolzierte in die entgegengesetzte Richtung davon, während Leah auf den Baum zumarschierte, den sie ausgesucht hatte.

Julia folgte Sebastian und West war zerrissen, welchen Weg er gehen sollte. Ivy folgte bereits Sebastian und Julia, also drehte West sich um und ging Leah nach. Allerdings war sie mit mehreren der anderen zusammen, weshalb er sich entschied, bei seiner Frau zu bleiben, falls sie sich um Julia kümmern musste.

»Schau, Mama Fliegenpilze!«, verkündete Sebastian, als er neben einer Ansammlung der Waldpilze in die Hocke ging.

»Wir schauen sie an, aber wir berühren sie niemals, Liebling«, sagte Ivy mit einem Lächeln zu ihm.

Julia hockte sich neben ihn und streckte die Hand aus, doch Sebastian nahm sie sanft in seine. »Nein, Julia. Nicht anfassen.« Er sah sich um und dann führte er sie zu einem moosbedeckten Felsen. »Berühre lieber dies hier. Es ist weich.« Er zog seinen Handschuh aus und zeigte es ihr. Dann half er ihr, ihren Handschuh auszuziehen, damit sie es fühlen konnte. Ihr Kichern erfüllte die Luft und wärmte West das Herz.

»Wenn mir jemand gesagt hätte, dass ich einmal einen Menschen mehr lieben könnte als dich ...« Er schüttelte den Kopf, als er zu Ivy sah. »Ich hätte gesagt, er sei verrückt.«

»Und ich hätte das Gleiche gesagt.« Sie rückte an seine Seite und schlang ihren Arm um seine Taille. »Aber die Art, wie ich dich liebe, unterscheidet sich von der Liebe, die ich für sie empfinde.« Sie verengte die Augen ein wenig, als sie sich an ihn schmiegte.

West drehte sich und zog sie in seine Arme. »Das sollte ich wohl hoffen.« Er senkte die Lippen auf ihre herab, und ihr Kuss entfachte sein Verlangen.

»Ekelhaft!«

West und Ivy trennten sich voneinander und lachten über den Ausbruch des Entsetzens ihres Sohnes.

»West!«, rief David aus mehreren Metern Entfernung.

Ivy ging, um Julia an die Hand zu nehmen. »Komm, lass uns nachsehen, was Onkel David möchte.«

Stattdessen hielt Julia die Arme hoch. Ivy hob sie hoch und setzte das Kleinkind auf ihre Hüfte.

West schloss die Hand um die seines Sohnes. »Glaubst du, dass sie einen Baum gefunden haben?«

»Aber ich will das Scheit aussuchen, Papa.«

»Wir müssen uns alle zusammen auf eins einigen.« West begann, den weisen Entschluss in Frage zu stellen, acht Kinder in den Wald mitzunehmen und zu erwarten, dass sie sich alle auf das gleiche Weihnachtsscheit einigen. Es war schon vor den Kindern schwer genug gewesen. Alle hatten ihre eigene Meinung, wie das perfekte Scheit beschaffen sein musste.

Sie gesellten sich zu den anderen, die um einen recht beachtlichen Baum herumstanden.

»Er ist zu groß«, bemerkte Fanny und verzog den Mund in leichter Missbilligung.

»Das ist er nicht«, widersprach Benedict.

Gray nickte zustimmend. »Diesen hier.«

»Ja, diesen hier«, pflichtete Sebastian bei.

»Dieser scheint beinahe einstimmig angenommen«, stellte David fest. »Zumindest unter den älteren Kindern. Ich wage zu sagen, dass es den anderen egal ist.« Er grinste.

»Was sagt Leah?«, fragte West und sah sich nach seiner Tochter um, die das älteste Kind war. Als er sie nicht sofort entdeckte, rief er ihren Namen.

»Oh!« Emmalines Knie gaben nach und sie machte große Augen.

Lionel eilte an ihre Seite und fing sie auf, bevor sie zu Boden fiel. Er schwang sie in seine Arme, als ob sie eine Feder wäre und keine hochschwangere Frau. »Du wirst zum Haus zurückkehren.«

»Ich denke, das ist das Beste.« Sie stöhnte. »Die Fruchtblase ist geplatzt.«

Lionel fluchte leise, als er auf den Wagen zueilte. West folgte ihm. »Ich werde dich begleiten.«

»West!« Sein Name erklang als panisches Flehen von seiner Frau. »Leah ist nicht hier.« West wirbelte herum, als eine Eiseskälte nach seinem Herz griff.

»Jasper ist auch nicht hier.« Die düstere Ankündigung kam vom Vater des Jungen, Graham.

Lionel setzte Emmaline in den Wagen und gab ihr eine Decke, ehe er sich zu West umdrehte. »Bleib. Ich werde Emmaline zurückbegleiten.«

Die Angst kroch an Wests Rückgrat empor, aber er rang sie nieder. Leah und Jasper konnten nicht weit gekommen sein, aber Emmaline und Lionel mussten unverzüglich zum Haus zurückkehren.

»Wir werden die Kinder mitnehmen, damit ihr euch auf

die Suche nach Leah und Jasper konzentrieren könnt«, schlug Fanny vor, die ihrem Ehemann zunickte, der sich daran machte, die Kinder einzusammeln. Er und Lionel fingen an, sie in den zweiten Wagen zu heben. Emmaline stieß ein Keuchen aus und biss die Zähne zusammen.

»Fahrt los«, sagte David an Lionel gewandt. »Wir sind direkt hinter euch.«

Lionel dankte ihm und dann kletterte er in den Wagen zu seiner Frau. Der Knecht lenkte die Pferde zum Haus zurück.

Julia fing zu weinen an, als Ivy sie Fanny übergab. »Weine nicht, Liebchen«, raunte Ivy leise, und tätschelte Julia den Rücken. »Tante Fanny ist bei dir und wir werden im Nu wieder zu Hause sein.« Sie lächelte herzlich, aber West konnte das Unbehagen in ihrem Blick erkennen.

West nahm Sebastian und setzte ihn in den Wagen. »Pass auf deine kleine Schwester auf.«

»Ihr werdet Leah finden?« Die dunklen Augen des Jungen waren vor Sorge geweitet. »Sie kann sich jedes Scheit aussuchen, das sie will.«

»Mach dir keine Sorgen. Wir werden sie im Handumdrehen finden«, versprach West zur Linderung seiner eigenen Besorgnis und auch der seines Sohnes. Er küsste den Jungen auf die Stirn und wies den Knecht an, loszufahren.

Als er sich umdrehte, streiften Ivy, Graham und Arabella bereits zwischen den Bäumen umher und riefen nach Leah und Jasper. Doch mit jedem Ruf, der unbeantwortet verhallte, und jeder weiteren Minute, die ereignislos verstrich, fühlte West sich mehr und mehr, als hätte er Blei geschluckt. Sein Unbehagen wandelte sich in Furcht und bald würde er in Panik ausbrechen. Wenn ihnen etwas zugestoßen wäre, wüsste er nicht, was er tun würde. Sein Blick schweifte zu dem blassen Gesicht seiner Frau und er weigerte sich, der Furcht nachzugeben.

West nahm ihre Hand und drückte sie fest. »Wir werden sie finden.«

Sie sah mit entschlossenem Blick zu ihm auf und das Stahlgrau ihrer Augen war durch einen Anflug von Furcht gedämpft. »Das müssen wir.«

Ivy versuchte, ihren logischen Verstand zu benutzen, um die Panik zu bannen, die sie zu übermannen drohte. Sie hätte erwartet, dass Sebastian derjenige wäre, der davonlief und nicht antwortete, wenn sie nach ihm rief – und nicht Leah. Wegen dieser Tatsache wunderte Ivy sich, ob sie es wegen Jasper getan hatte. Oder ob etwas Schreckliches passiert war …

Nein. Sie weigerte sich, so etwas zu denken.

War Leah Jasper gefolgt, um ihn im Auge zu behalten? Obwohl sie erst fünfeinhalb war, besaß sie den natürlichen Instinkt einer Behüterin, was wahrscheinlich daran lag, dass sie zwei jüngere Geschwister hatte.

»Jasper!«, der aufgeregte Tonfall von Arabellas Stimme trieb Ivy zu der jüngeren Frau. Trotz ihrer eigenen Befürchtungen berührte Ivy sie beschwichtigend am Arm. »Wir werden ihn finden.«

»Wir hätten ihn mit Charlotte im Haus lassen sollen.« Arabella sah eindeutig aschfahl aus und sogar ihre Lippen waren von einem schwachen Grau. »Ich denke, ich werde mich übergeben müssen.« Sie wandte sich ab und hastete davon, und das Geräusch, wie sie ihren Mageninhalt erbrach, war unmissverständlich.

Graham eilte an ihre Seite und liebkoste ihren Rücken. Ivy konnte nicht hören, was sie zueinander sagten, wenn sie das überhaupt taten.

West presste die Lippen zu einem grimmigen Strich

zusammen. »Wir werden eine größere Fläche abdecken, wenn wir uns aufteilen, aber Arabella sollte nicht allein bleiben. Du und sie, ihr müsst zusammen bleiben – und euch hier in der Nähe aufhalten, für den Fall, dass Leah und Jasper zum Wagen zurückfinden. Ich werde mit Graham und unseren Männern ausschwärmen. Wir werden die Richtungen festlegen und dann einzeln losgehen.«

Ivy Nickte. »Ein vernünftiger Plan.«

West rief den Knecht und die verbliebenen vier Diener zu sich.

Sie beobachtete ihn, als er hinüberging, um Graham seinen Plan zu unterbreiten. Nachdem Arabella sich gestrafft und Graham sie kurz umarmt hatte, ging Ivy in ihre Richtung los.

»Ich möchte gehen und nach ihnen suchen«, sagte Arabella, die Arme um die Mitte geschlungen.

»Wir können uns hier umsehen.« Ivy bemerkte, dass Arabella immer noch recht blass war.» Aber vielleicht solltest du dich für ein paar Minuten in den Wagen setzen und unter einer Decke aufwärmen.«

»Mir ist nicht unwohl. Zumindest nicht im Sinne einer Krankheit. Ich bin schwanger. Ich hatte dich fragen wollen, wie du mit dreien zurechtkommst.«

»Nicht sehr gut offensichtlich«, antwortete Ivy. Nein so würde sie nicht denken. »Komm wir müssen eine positive Haltung bewahren. Jasper und Leah geht es gut. Sie sind einfach losgelaufen. Vielleicht schlägt meine Tochter nach ihrer Tante Fanny und hat beschlossen, einem Kaninchen zu folgen.«

»Haben sich nicht Fanny und David so kennengelernt?«, fragte Arabella.

Ivy nickte. »Du hast von der Geschichte gehört?«

»Ja. Wenn nicht wegen des Kaninchens, hätte ich David wahrscheinlich stattdessen geheiratet.« Weil ihre Väter die besten Freunde gewesen waren und diese Heirat für ihre Kinder arrangiert hatten. Zum Pech für die Pläne ihrer Väter, hatte David sich in Fanny verliebt. Und wie das Glück es so wollte, war es Arabella bestimmt, eine Verbindung mit Graham einzugehen, der, wie ist der Zufall wollte, Davids Sekretär war, bevor er - sehr zu seinem eigenen Schock – ein Herzogtum erbte. David und Graham blieben enge Freunde und so haben Ivy und West sie gut kennengelernt.

»Also erwartest du jetzt dein drittes Kind mit Graham«, sagte Ivy, den glücklichen Gedanken aufgreifend. »Wie entzückend. Und zu deiner Frage über drei Kinder, weiß ich aus zuverlässiger Quelle, dass es nach dreien ohnehin keinen Unterschied mehr macht.«

»Welche Quelle ist das?«, fragte Arabella mit einem halben Lächeln.

»Nora natürlich. Und ihre Schwester. Jo und Bran haben erst vor einigen Monaten ihr viertes Kind bekommen.«

Arabella nickte anerkennend, denn sie war sowohl mit Nora, der Herzogin von Kendal als auch Jo, der Komtess von Knighton, wohlvertraut. Ihr Freundeskreis war recht groß, wenn Ivy darüber nachdachte. Sie hätte sich nie vorgestellt, dass dies einmal ihr Leben sein würde – eine Herzogin, ein Ehemann, der sie anbetete und den sie im Gegenzug anbetete, eine große Gruppe guter Freunde, die in Wirklichkeit wie eine Familie waren und sich umeinander kümmerten und natürlich ihre Kinder, die sie über alle Maßen liebte. Beim Gedanken an ihre Erstgeborene wurde ihr das Herz eng.

Nein, nicht ihre Erstgeborene. Vor vielen Jahren, lange bevor sie West kennengelernt hatte, hatte sie einmal eine Totgeburt gehabt. Als sie noch jung und töricht war. Ehe sie verstanden hatte, was wahre Liebe war, und was sie sein konnte.

»Ich fühle mich ein bisschen besser, denke ich«, bemerkte

Arabella und riss Ivy damit aus ihren Gedanken an die Vergangenheit. Sie ging ein paar Meter. »Jasper! Leah!«

Ivy drehte sich herum und marschierte in die Gegenrichtung, wobei sie um den Wagen herumgingen. »Jasper! Leah!«

Sie setzten ihr Rufen und Gehen fort und erweiterten ihren Umkreis mit jedem Durchgang. Ivy versuchte, zu überschlagen, wie lange die beiden schon fort waren, aber es war unmöglich. Es fühlte sich wie eine Ewigkeit an, aber wahrscheinlich war es gar nicht so lang. Endlich hörten sie einen entfernten Laut. »Arabella!«

Ivy und Arabella erstarrten und dann drehten sie sich zu dem Geräusch um. Arabella lief in die Richtung los und Ivy folgte ihr.

»Arabella!« Dieses Mal klang es lauter.

»Es klingt ganz wie Graham.«

»Und es klingt, als ob er näher käme. Ist das ein fröhlicher Tonfall?«, fragte Ivy.

»Ich denke … ja.«

Dann kamen sie in Sicht. Graham trug seinen Sohn, während einer der Diener Leah auf dem Arm hatte. Ivy und Arabella griffen genau im gleichen Augenblick jeweils nach der Hand der anderen und gaben sich damit den Halt, den sie brauchten, als eine Welle großer Erleichterung sie überkam. Zumindest vermutete Ivy, dass Arabella sich so fühlte. Sie lächelten einander an, ehe sie sich trennten und losrannten, um ihre Kinder zu empfangen.

»Meine Güte, Jasper, du bist ganz nass.« Arabella streckte die Arme aus, aber Graham schüttelte den Kopf und meinte, er würde ihn zum Wagen tragen.

»Mama, ich habe einen schönen Vogel gesehen, aber er ist weggeflogen.«

»Das war, als er in den Bach gefallen ist«, verkündete Leah. »Ich musste hineinwaten, um ihm aufzuhelfen.«

Ivy nahm ihre Tochter von dem Diener entgegen.

»Danke, Harris. Ich danke Ihnen sehr.« Sie begutachtete Leahs Röcke und ihre Füße. Sie war nass, aber nicht vollkommen durchgeweicht wie Jasper.

»Wir müssen Jasper zurück zum Haus bringen«, sagte Graham. »Es ist zu kalt für ihn, um hier draußen zu bleiben.«

Arabella kletterte auf den Wagen. »Gib ihn mir und ich werde ihn in eine Decke wickeln.« Sie hatten für die Rückfahrt Decken von den anderen beiden Wagen behalten.

Graham half ihr, Jasper in die Decke einzupacken und ihn seiner Mutter auf den Schoß zu setzen. Arabella machte einen Wirbel um ihn, doch die Angst, die ihre Gesichtszüge angespannt hatte, war verschwunden.

»Du hast West nicht gesehen?«, fragte Ivy, als sie Leah in den Wagen setzte. Sie wollte nicht ohne ihn aufbrechen und dennoch musste Jasper sofort ins Warme und aus diesen nassen Kleidern heraus, wie auch Leah.

»Nein«, antwortete Graham. »Würde es dir etwas ausmachen, wenn wir aufbrechen und einen Wagen für ihn zurückschicken?«

»Ich werde bleiben«, bot der Diener an und dann sah er zu Graham. »Wenn es Euch nichts ausmacht, den Wagen zu lenken, Euer Gnaden!«

»Boyd kann fahren!«, rief West, der mit dem Knecht auf die Lichtung trottete.

Ivy seufzte erleichtert auf, wenngleich sie noch immer den anderen Knecht vermissten.

West erreichte den Wagen und umarmte Leah. »Ich hoffe, ihr hattet ein tolles Abenteuer. Ihr habt uns einen ziemlichen Schreck eingejagt.«

»Es tut mir leid, Papa. Ich musste auf Jasper aufpassen.« Sie warf Jasper einen irgendwie grollenden Blick zu und Ivy musste ein Lachen unterdrücken. »Er bewegt sich für ein Kleinkind erstaunlich schnell.«

»Das ist mein Junge«, entgegnete Graham. Er sah West

an. »Wir müssen Jasper zurückbringen. Er ist in den Bach gefallen und bis auf die Knochen nass.«

»Leah ist ebenfalls ein bisschen feucht an den Füßen.«

West musterte seine Tochter. »Das kann ich sehen.« Er drehte sich zu Graham um. »Ja, ihr müsst sofort aufbrechen. Ich werde hierbleiben und die anderen finden und dann werden wir dieses verfluchte Weihnachtsscheit fällen.« Er zeigte auf den Baum, den die Jungen ausgewählt hatten.

»Warum ist er verflucht, Papa?«, fragte Leah. »Ich mag ihn.«

Er lächelte sie an und dann küsste er sie auf die Stirn. »Das ist er nicht, Süße, insbesondere nicht, weil du ihn magst. Geh mit deiner Mutter nach Hause und ich werde bald nachkommen.«

»Aber dann bist du allein«, stellte Leah stirnrunzelnd fest.

West schüttelte den Kopf und streichelte Leah über die Wange. Die beiden zusammen zu beobachten löste eine weitere Welle der Erleichterung und Liebe aus, die über Ivy hinwegspülte. »Ich werde überhaupt nicht allein sein«, widersprach West. »Ich habe Harris und die anderen, die mir Gesellschaft leisten, bis der Wagen zurückkehrt. In der Zwischenzeit müssen wir unser Weihnachtsscheit fällen.«

»Kann Mama nicht bei dir bleiben? Ich verspreche, dass ich mit Arabella und Graham nach Hause zurückkehre und sofort nach oben gehe, um zu baden.«

War sie wirklich erst fünfeinhalb? Sie klang so erwachsen, aber andererseits hatte Ivy das von ihrem lieben Mädchen auch erwartet.

Arabella wirkte ein bisschen unruhig. »Ich werde dafür sorgen, dass sie das tut.«

Ivy wollte nicht darüber debattieren – nicht, wenn Arabella ihren Sohn nach Hause bekommen musste. »Nun gut dann. Ich werde euch in Kürze treffen.« Sie sah Arabella mit einem dankbaren Lächeln an. »Danke.«

Ehe der Wagen losfuhr, nahm Harris die Axt herunter. Er drehte sich zu West um, als das Gefährt davonrollte.

»Wünscht Ihr die Ehre zu haben, Euer Gnaden?«

West sah dem Wagen nach. »Das sollte ich wahrscheinlich. Leah beobachtet mich und ich will sie nicht enttäuschen.« Er nahm die Axt von Harris und ging auf den Baum zu. Die anderen Diener trafen ein und waren froh, dass man die Kinder gefunden hatte.

»Wenn ich noch einmal darüber nachdenke, werde ich euch jüngeren Männer die harte Arbeit überlassen, damit ich mich am Ende nicht noch verletze.« West übergab Harris die Axt. »Außerdem muss ich jetzt Ihre Gnaden trösten, da die Gefahr gebannt ist.« Er zwinkerte Ivy zu und der Diener lachte zur Antwort.

Ivy schüttelte den Kopf, als ihr geliebter Ehemann auf sie zukam. »Du hältst nicht genug auf dich. Du vergisst, dass du andauernd Feuerholz hackst.«

»Wie weißt du das?«

»Als ob du nicht mitbekommst, dass ich dich beobachte.« Sie verdrehte die Augen, und dann legte sich ihr Blick mit einer warmen Intensität auf ihn. »Wie könnte ich das nicht, wenn du dein Hemd ausziehst?«

»Das mache ich nicht *jedes* Mal.«

»Nein, und das ist ein Jammer.«

West schlang die Arme um ihre Taille und zog sie fest an seinen Oberkörper. »Geht es dir gut? Wegen Leah, meine ich.«

»Ja, wir werden später mit ihr darüber reden, wenn wir nach Hause kommen. Sie hätte uns sagen sollen, dass sie Jasper nachgeht.«

»Wenn sie ihm allerdings bloß gefolgt war, könnte sie vielleicht nicht erkannt haben, dass sie etwas hätte sagen müssen.« Er lehnte die Stirn an Ivys. »Manchmal vergessen wir, dass sie erst fünf ist.«

»Und ein halb. Aber ja, du hast recht.« Ivys Brust zog sich für einen Augenblick zusammen. »Ich werde das nicht wieder vergessen.« Sie hob die Hände zwischen ihnen und packte die Aufschläge seines Fracks. »Arabella sagt, dass sie ihr drittes Kind erwartet. Sie hat gefragt, ob es schwierig wäre, mit dreien zurechtzukommen. Nach heute kann ich unzweifelhaft Ja dazu sagen.«

»Oh du liebe Güte, soll das heißen, es wird kein viertes geben?«

»Es wird nicht an unserem Mangel an Versuchen liegen.«

West streifte über ihre Lippen. »Nein, das wird es nicht. Und ich freue mich auf einen weiteren Anlauf, später.«

Ivy kicherte. »Nur einen?«

Seine Augen funkelten vor Begierde und Liebe. »Oh, jetzt verlockst du mich. Aber das tust du immer, meine Liebe. Hör niemals damit auf.«

»Niemals.« Sie küsste ihn, ohne Rücksicht auf die Diener zu nehmen, und ihrer Aufgabe den Baum zu fällen.

Es war eine Weihnachtsscheitsuche, die sie nie vergessen würde.

Teil Zwei

Lionel fuhr zusammen, als der Wagen auf seinem Rückweg nach Stour's Edge, Wests Familienstammsitz, in eine weitere tiefe Furche auf dem Feldweg geriet. Emmaline stieß ein leises Stöhnen aus und krümmte sich auf ihrem Platz.

»Wir sind beinah da«, bemerkte er aufmunternd.

Sie stieß einen langen Atemzug aus und sah ihn aus schmalen Augen an. »Das sind wir nicht. Ich muss von dieser Bank herunter. Wirst du mir auf den Boden des Wagens helfen?«

»Jederzeit.« Er wollte bloß, dass sie in Sicherheit war und es bequem hatte. Und dass ihr Kind sicher war.

Er nahm eine zusätzliche Decke und breitete sie auf dem Holzboden des Wagens aus. Er dirigierte sie von der Bank und half ihr auf die Decke. Sie nahm die Decke, die bereits um ihren Körper geschlungen war, und drapierte sie um ihren Bauch. »Würdest du hinter mir sitzen, damit ich mich an dich lehnen kann?«, fragte sie.

Lionel bewegte sich schnell, um sich hinter ihr zu positionieren, damit sie es bequemer hatte. Er platzierte seine Beine auf beiden Seiten von ihr, sodass sie fest in seiner Umarmung geborgen war und sich gegen seinen Oberkörper zurücklehnen konnte. Dann zog er die Decke bis zu ihrem Hals hinauf. »Wie ist das?«

»So gut, wie es nur geht, fürchte ich.« Die letzten Worte endeten mit einem Zischen, als sie scharf Luft holte.

Er fühlte, wie ihr Körper sich anspannte und wusste, dass ein Schmerz sie durchfuhr. Er erinnerte sich nur zu gut an die Geburten der ersten beiden Kinder. »Atme einfach, mein Liebling.« Er schob die Hände unter die Decke, um ihre Bizeps sanft zu massieren.

Der Schmerz schien länger anzudauern als die anderen zuvor, und er wusste, dass es kein gutes Zeichen war. Nun, es war ein gutes Zeichen, soweit es die baldige Geburt des Babys anbelangte, doch er wollte sicher sein, dass sie nach Stour's Edge zurückgelangten und Zeit hatten, alles für die Geburt zu organisieren. Er konnte immer noch nicht glauben, dass dies bereits passierte. Er drehte den Kopf und drängte den Knecht, schneller zu fahren.

Als der Schmerz verebbte, sank sie gegen ihn und ihr Körper fühlte sich schlaff an. Lionel küsste ihre Schläfe.

»Warum kommt das Baby so früh?« Emmaline strich mit großen, kreisenden Bewegungen ihrer Hände über ihren Bauch.

Er vernahm die Besorgnis in ihrem Tonfall und strengte sich an, seine eigene Stimme frei davon zu halten. »Sie ist ungeduldig. Ganz offensichtlich hat sie gesehen, wieviel Spaß wir auf der Suche nach dem Weihnachtsscheit hatten, und wollte mitmachen.«

»Sie? Du bist immer der Meinung, dass ich ein Mädchen bekommen werde.«

»Und bislang hatte ich zu fünfzig Prozent recht. Ich mag meine Trefferquote.«

»Die Suche war ein Spaß, bis Leah und Jasper verloren gingen. Ich hoffe, sie sind gefunden worden.«

»Ich bin sicher, dass sie die beiden aufgespürt haben«, entgegnete Lionel, der ihr die Hände auf die Schultern legte, und sie dann bis zu ihren Ellbogen hinabschob.

Abermals verkrampfte sich ihr Körper und Lionel hielt den Atem an. Er sah in Richtung des Herrenhauses und wünschte, es käme in Sicht. *Komm schon.*

Der Wagen traf eine weitere Furche und es war bislang die tiefste. Lionel und Emmaline wurden vom Boden hochgeschleudert und trafen hart auf. Emmaline schrie auf, als der Wagen kippte. Eine der hinteren Ecken war tief herabgeneigt und es war für Lionel offensichtlich, dass sie ein Rad verloren hatten.

»Zur Hölle nochmal!« Er hielt seine Frau fest, die von neuerlichem Schmerz übermannt wurde. Als er den Kopf drehte, sah er, wie der Knecht vom Vordersitz sprang und zum hinteren Teil des Wagens hastete.

Der Knecht begegnete seinem Blick und mehr musste Lionel nicht sehen.

Erneut sah er in Richtung Stour's Edge. Sie waren mindestens eine Meile entfernt. Wie könnte er eine Frau in den Wehen so eine weite Strecke tragen? Er konnte es – und er würde es. Aber sie würde Qualen leiden.

»Der andere Wagen wird bald vorbeikommen«, sagte der Knecht.

Emmaline entspannte sich in seinen Armen. Das war auf den abnehmenden Schmerz zurückzuführen, wie Lionel wusste, aber die Ankündigung des Knechts hatte auch geholfen, da war er sicher.

Lionel konnte nicht glauben, dass er nicht an den anderen Wagen gedacht hatte. Eine große Welle der Erleichterung spülte über ihn hinweg. »Natürlich. Wir werden einfach warten. Ich werde dich festhalten, mein Liebling.«

»Ich fühle mich, als ob wir zu Boden rutschen«, entgegnete Emmaline.

Er erkannte, dass es mehr als ein Gefühl war. Sie rutschten in Richtung des verlorenen Rads. Er sah den Knecht an. »Werden Sie mir helfen, sie vom Wagen zu heben?«

Der Knecht nickte und wurde aktiv. Er ergriff Emmalines Hand. Sobald er sie fest gepackt hatte, benutzte er ihre andere Hand, um ihren Unterarm und ihre Schulter zu fassen. Lionel stieß sich ab und glitt auf ihre andere Seite. Er hielt sie fest und dirigierte sie hinunter und dann kletterte er vom Wagen. Sobald er auf dem Boden stand, beugte er sich und hob sie hoch. Der Knecht ließ sie los und Lionel hob sie in seine Arme.

»Nehmen Sie die Decke und breiten Sie sie auf dem Boden aus«, bat er den Knecht.

Der Knecht nahm die Decke und legte sie ein Stück vom Feldweg weg dicht an einen Baum. Lionel setzte Emmaline ab, damit sie sich gegen den Baum lehnen konnte. »Der andere Wagen wird bald hier sein.«

Sie zog eine Grimasse, als ihr Bauch sich ein weiteres Mal verkrampfte. »Wir haben keine Zeit mehr.«

»Nein, wir sind nur eine Meile vom Haus entfernt. Wir werden dort ankommen, bevor das Baby kommt.«

Sie begegnete seinem Blick. »Lionel, du verstehst mich nicht. Das Baby kommt jetzt.«

Er blinzelte sie an. »Das kann sie nicht.«

Sie kippte den Kopf seitlich und ihre Augen schlossen sich beinahe, bis sie kaum noch Schlitze waren. »Ich habe dies früher schon getan. Ich denke, ich weiß, wann mein Baby dabei ist, zur Welt zu kommen.«

Natürlich tat sie das. So sehr er auch wollte, dass sein Kind unter einem Dach geboren würde, wusste er, dass Kinder einfach taten, was immer ihnen gerade passte.

»Was soll ich tun?« Die Angst und Besorgnis packten ihn so heftig, dass er kaum atmen konnte.

»Die Decke bitte.« Sie musste sich anstrengen, um die Worte hervorzubringen, als sie die letzten Schmerzen erduldete. Ihre Stirn war tief gefurcht und ihre Lippen blass.

Lionel hob die Decke von der Stelle, wo sie hinabgefallen war, als er sie in seine Arme gehoben hatte. »Was tue ich damit?«

»Knüll sie … zusammen.« Sie atmete lang und laut aus. »Steck sie hinter mich.«

Die Rinde war zu hart für ihren Rücken. Verdammt, das hätte er erkennen müssen. Er tat sein Bestes, um ein enormes Kissen zu formen und dann beugte er sich vor, um es hinter ihr festzustecken. Ganz sanft dirigierte er sie zurück, sodass sie gestützt war.

Sie passte ihre Position an, indem sie den Rücken tiefer schob und dann spreizte sie die Beine, ehe sie die Füße fest auf den Boden stemmte. »Du wirst ihm hinaushelfen müssen.«

Ihm entging nicht, dass sie sich in männlicher Form auf das Baby bezog, doch dies war nach seinem Urteil nicht der richtige Augenblick, um sich auf ein Wortgefecht einzulassen. Er ging auf die Knie und hob den Saum ihrer Röcke, die er über ihre Knie schob. Sofort sah er den Kopf des Babys. Das hatte er zuvor schon gesehen, aber damals war ein Arzt anwesend gewesen! Und Emmaline war in einem Haus! Auf einem Bett!

Lionel schluckte und beugte sich vor, bis er sich zwischen ihren Waden befand. Er wappnete sich für das, was da kommen mochte. Es würde Flüssigkeit geben und Geschrei und, so betete er, einen Schrei des Babys.

»Ich brauche eine Hand!«, knurrte Emmaline.

»Ich helfe«, versprach Lionel.

Sie zog ihre Röcke zurück, bis ihre Oberschenkel vollkommen freilagen.

»Zum Halten!«, schrie sie.

Lionel sah den Knecht an, der abseits stand, und ganz unverhohlen so aussah, als ob er im Boden versinken wollte. »Kommen Sie und halten sie Ihre Hand, bitte.« Im Stillen flehte er den Mann an, sein Unbehagen zu schlucken und ein Quell der Hilfe und des Trostes zu sein.

Dankbarerweise eilte der Knecht an Emmalines Seite. Er war peinlich darauf bedacht, seinen Blick von ihrer entblößten unteren Hälfte abzuwenden, als er ihre Hand nahm. Emmaline drückte seine Finger auf der Stelle so fest, dass sie weiß wurden.

»Es tut mir leid«, murmelte Lionel, der aus Erfahrung wusste, wie kraftvoll der Griff seiner Frau war.

Emmaline schrie auf und dann presste sie und ihr Gesicht lief rot an. Flüssigkeit entströmte ihr, als der Kopf des Babys freikam. Lionel schmiegte die Hände um den warmen, feuchten Schädel, als die Emotion ihm die Kehle zuschnürte. Er hielt sie zurück. Später würde er nachgeben, doch jetzt musste er sich vollkommen konzentrieren.

»Der Kopf ist frei«, verkündete er.

Es gab einen Moment der Verschnaufpause, als Emmaline ein paar Mal tief durchatmete und die Blutzirkulation in der Hand des Knechts wieder in Gang kam. Dann stöhnte sie, als sie erneut presste und dieses Mal die Schultern des Babys freikamen. Das Geräusch des nächsten Wagens bescherte eine willkommene Erleichterung, aber Lionel nahm den Blick nicht von seinem Kind. Er hielt ihren schlüpfrigen Körper sanft, aber sicher.

»Oh mein Gott! Bleibt alle im Wagen.« Es war Fanny. »David, hol eine Decke für das Baby.«

Lionel sah zu Emmalines Gesicht hinauf und erkannte die Erleichterung darin, kurz bevor sie sich erneut anspannte und ihr Körper presste, als sie das Kind aus ihrem Körper stieß.

Das kleine Baby haltend, starrte Lionel auf die perfekte Gestalt, rot und faltig und genau das, was er vorhergesagt hatte: Ein Mädchen. Sie weinte nicht. Stattdessen waren ihre blauen Augen groß, als sie die Welt um sich aufnahmen. Sie sah ebenso verwundert aus, wie er sich fühlte, sie unter einem Baum am Wegesrand in der Welt willkommen geheißen zu haben.

»Wir haben eine weitere Tochter, mein Liebling.« Dieses Mal war seine Emotion nicht zu stoppen und seine Stimme brach vor Zärtlichkeit.

»Natürlich hattest du recht.« Emmalines Stimme war trotz ihrer Tortur voller Heiterkeit und Liebe.

»Wir haben nichts, um die Nabelschnur durchzuschneiden« sagte Fanny leise, halb fragend und halb besorgt.

»Ich weiß«, entgegnete Emmaline. »Wickel sie ein und ich werde sie zum Haus zurücktragen. Lionel hat versprochen, dass wir in der Nähe sind.«

»Ich habe es nicht *versprochen*«, widersprach er, unfähig, den Blick von seiner Tochter abzuwenden, sogar als Fanny anfing, sie in eine übergroße Decke zu wickeln. Lionel zog seinen Mantel aus, und benutzte ihn stattdessen, um sie darin einzuwickeln.

»Wir sind nicht weit«, bemerkte David leise. »Wie kann ich helfen?«

»Wir müssen sie auf den Wagen heben – zusammen.« Er hielt ihre Tochter zu Emmaline hin. »Bereit?«

Sie nickte und als sie das Baby nahm, formte sie die Lippen zu einem Lächeln. »Sie ist so wunderschön.«

»Genau wie ihre Mutter. Ich werde euch beide in den Wagen heben.« Lionel sah zu David. »Kannst du einen Platz auf dem Boden für sie schaffen? Am liebsten mit Decken?«

»Wir werden unser Bestes tun.« David schlug Lionel die Hand auf die Schulter, ehe er zum Wagen zurückkehrte.

»Ich werde an deiner Seite bleiben und dafür sorgen, dass du sicher bist«, versprach Fanny, ehe sie fragend zu Lionel zurücksah.

Lionel beugte sich vor und schob seiner Frau eine blonde Locke hinter das Ohr, ehe er sie auf die Wange küsste. »Halt unsere Tochter fest. Ich habe dich. Oder das werde ich.« Er sah sie mit einem aufmunternden Lächeln an, und dann kam er auf die Füße, bevor er sich neben sie hockte.

Es war höllisch schwierig, aber er schaffte es, sie vom Boden zu heben, während Emmaline schützend das Baby hielt. Rasch trug er sie zum Wagen, wo David eine Art Nest aus Decken bereitet hatte. Er half ihnen, sich im Wagen zurechtzusetzen.

Benedict, ihr goldblonder Sohn, setzte sich sofort neben Emmaline und sein besorgter Blick heftete sich auf seine Mutter und dann sein neues Schwesterlein. »Geht es dir gut, Mama?«

»Mir geht es wunderbar, mein Liebling. Komm und lerne deine neue Schwester kennen.«

Eine weitere Welle der Emotion brach über Lionel herein, als er in den Wagen kletterte. Er sah zu dem Knecht zurück, der Emmalines Hand gehalten hatte. »Vielen Dank.

Gleich bei unserer Ankunft werden wir Hilfe für die Reparatur schicken.«

Der Knecht winkte und sobald David und Fanny wieder im Wagen saßen, fuhren sie zum Haus davon. Lionel positionierte sich hinter Emmaline, damit sie sich an ihn lehnen konnte. Sie hielt ihre Tochter, deren Gesicht inmitten von Lionels Mantel kaum sichtbar war, und Benedict setzte sich dicht neben sie.

»Ist dir nicht kalt?« fragte Emmaline an Lionel gewandt.

»Ich bin mir der augenblicklichen Temperatur vollkommen unbewusst.« In Wahrheit war ihm viel zu warm gewesen.

»Wie heißt sie?«, fragte Benedict.

»Sie hat noch keinen Namen«, antwortete Lionel. »Hast du einen Vorschlag?«

»Rose«, bot Gray an. »Sie riechen gut.«

»Nicht Caroline«, forderte Benedict. »Wir haben bereits eine.«

Lionel unterdrückte ein Lachen. »Ja, das haben wir. Es wäre sehr verwirrend, wenn wir zwei hätten.«

»Wie die zwei Grahams«, antwortete Gray.

»Aber du bist Gray, nicht Graham«, argumentierte Lionel. »Vielleicht sollten wir das Baby Caro nennen, um es zu unterscheiden.«

Emmaline berührte ihre Tochter an der Nase. »Oder wir könnten sie Natalie nennen, weil es Heiligabend ist.«

»Perfekt,« stimmte Lionel lächelnd zu.

Und dann hatte Natalie genug davon, heiter dreinzuschauen und begann zu schreien.

Später am Abend ließ Emmaline sich auf der Chaiselongue im Salon neben dem Kamin zurücksinken, in dem das Weih nachtsscheit loderte, und hielt ihre neugeborene Tochter in den Armen. So hatte sie sich Heiligabend nicht vorgestellt und doch war er der Schönste, an den sie sich erinnern konnte.

»Nur die gefährliche Herzogin würde ihr Baby im Freien zur Welt bringen«, bemerkte West lächelnd, als er im Raum umherging und die Getränke nachfüllte.

Fanny hielt ihr geleertes Glas Sherry hoch. »Ich würde dagegenhalten, dass die wagemutige Herzogin eher geneigt wäre, so etwas zu tun. Oder vielleicht die trotzige Herzogin.«

»Oh, Lucy würde ganz bestimmt ein Kind im Freien zur Welt bringen. Vielleicht auf einem Baum«, behauptete Ivy von einer ihrer Freundinnen, der Komtess von Dartford, die auch als die wagemutige Herzogin bekannt war. Dies rührte von den albernden Spitznahmen her, die Ivy und Lucy und ihre andere Freundin, Aquilla, vor Jahren ins Leben gerufen hatten. Sie hatten den Männern, die sie als »Die Unberühr-baren« erachteten, erfundene Herzogtitel verliehen. Lucys Ehemann war »Der wagemutige Herzog«, was seinen risiko-reichen Freizeitaktivitäten, wie Pferderennen und Ballon-fahrten zu verdanken war. Unter all den Ehefrauen der »Herzöge« hatte Lucy den Spitznamen ihres Ehemannes öffentlich angenommen, denn sie hatte auch sein erlebnis-hungriges Verhalten übernommen. Sie war jetzt eine ebenso versierte Rennfahrerin wie ihr Ehemann.

Alle lachten, als Emmaline ihren Ehemann – den gefähr-lichen Herzog – betrachtete. Der Grund dafür war eine Serie von Duellen in seiner Vergangenheit. Glücklicherweise *war* das Vergangenheit, denn er hatte sich in den vergangenen Jahren nicht mehr duelliert. Sie dachte kurz an ihren früheren Ehemann, den Lionel in einem Duell umgebracht hatte, auf das ihr damaliger Gatte bestanden hatte. Lionel hegte deswegen noch immer ein Schuldgefühl und würde das immer tun. Das taten sie beide, denn ohne das Duell wären sie nicht verheiratet und hätten sich nicht ineinander verliebt.

Das Leben konnte außerordentlich merkwürdig sein. Natalie schniefte in ihren Armen. Und auch wundervoll.

Lionel kehrte zu dem Sessel zurück, den er kürzlich verlassen hatte, um Emmalines Glühwein aufzufüllen. Er setzte sich neben sie und bot ihr den Becher an und dann nahm er ihn zurück, nachdem sie einen Schluck getrunken hatte.

»Danke, dass du dich so gut um mich kümmerst. Um uns.«

Seine blonden Brauen zuckten, als er sie mit einem atemberaubenden Lächeln ansah. »Ich danke dir, die furchtloseste Frau zu sein, die ich kenne.«

»Was hätte ich tun sollen? Auf den Boden sinken und etwas bejammern, was vollkommen außer meiner Kontrolle lag?«, neckte sie.

»Das würdest du niemals tun. Du hast dich allem, was das Leben dir beschert hat, mit Haltung, Anstand und einem einzigartigen Antrieb gestellt, nicht nur zu überleben, sondern zu *gedeihen*.«

»Das ist leicht mit einem Partner, der jeden Tag lebenswert – und liebenswert – macht.«

Caroline tappte zu ihnen hinüber und streckte die Ärmchen aus, damit Lionel sie auf seinen Schoß setzte. Er gehorchte fraglos und drückte ihr einen Kuss auf den blonden Kopf. Die meisten Kinder saßen in der Mitte des Raums auf dem Boden und beschäftigten sich mit ihrem Spielzeug oder plapperten über den Tag. Leah hatte allen von Jaspers und ihrem Abenteuer erzählt. Jedes Mal, wenn sie die Geschichte zum Besten gab – und Emmaline hatte sie inzwischen drei Mal gehört – fiel Jaspers Sturz in den Bach dramatischer aus. Oder eher, wie sie ihn daraus *gerettet* hatte.

»Sollen wir auf diesen denkwürdigsten Heiligabend der Geschichte anstoßen?«, schlug West vor.

»Hört, hört«, antwortete David.

West hob sein Glas. »Auf Leah und Jasper, weil sie diese unnötige Aufregung bei unserer Weihnachtsscheitsuche verursacht haben.«

Leah erhob sich und knickste, was ihr Gelächter von allen Seiten einbrachte.

»Und auf meine Frau für ihren Mut und, ähm, Standhaftigkeit.« Lionel küsste sie auf die Wange.

Emmaline lächelte auf ihre Tochter herab. »Auf Natalie, die uns für immer daran erinnern wird, welches Glück uns heute beschieden war.«

Alle hoben ihre Gläser und tranken. Ehe Leah sich wieder hinsetzte, sah sie West an.

»Papa, wirst du eine Geschichte erzählen?«

West war im Begriff gewesen, sich zu Ivy auf das breite Sofa zu setzen. Stattdessen stellte er sein Glas auf einen Tisch und rieb sich die Hände. »Wollen wir einmal sehen … Habt ihr alle die Geschichte von der Fee und dem Fliegenpilz gehört?«

Die Kinder schüttelten die Köpfe und als sie sich zu ihm umdrehten, verwandelten sie sich sogleich in gefesselte Zuhörer.

»Es war einmal eine Fee, die all ihre Zeit darauf verwandte, die jüngeren Feen zu beaufsichtigen.«

»Sind sie in einen Bach gefallen?«, fragte Leah.

West sah sie kurz aus schmalen Augen an. »Schh. Unterbrich mich nicht. Nein, sie sind nicht in den Bach gefallen. Die Feen haben gern zwischen den Fliegenpilzen gespielt, die für sie wie ein Wald von Bäumen waren.«

»Haben sie einen als Weihnachtsscheit ausgesucht?«, fragte Sebastian.

West drehte sich zu Ivy, die Julia auf dem Arm hielt.

»Hast du bemerkt, dass die Kinder mit den schlechten Manieren unsere sind.«

Sie sah in gespielter Unschuld zu ihm auf. »Das ist hoffentlich kein Kommentar zu meinen mütterlichen Fähigkeiten. Sie haben nicht *mich* unterbrochen.«

Emmaline schlug sich mit der Hand auf den Mund, um ihr Lachen zu unterdrücken. Lionel grinste, ehe er an seinem Port nippte.

»Nein, das tun sie nicht. Du bist, zweifelsohne, und ich entschuldige mich bei unseren Gästen, die beste Mutter.« West sah seufzend zu seinem Sohn und seiner Tochter zurück. »Bitte, Kinder, könnt ihr so tun, als ob ich wenigstens ein Mindestmaß der Autorität Eurer Mutter hätte?«

Leah straffe das Rückgrat und stieß ihren Bruder, der zu ihrer Linken saß, mit dem Ellbogen an. »Ja, Papa. Es tut uns leid. Wir werden dich nicht mehr unterbrechen.«

West war keineswegs sicher, ob er ihr glauben sollte, aber er war auch nicht sicher, ob es ihn störte. Er war wirklich nachgiebig, was sie anbelangte.

Er kehrte zu seiner Geschichte zurück. »Butter – sie ist die Fee, die auf die jüngeren Feen aufpassen musste –«

»Entschuldigung, Papa, ich muss fragen, ob der Name der Fee wirklich Butter ist?«

»Ja.«

»Aber warum?«

Ehe West antworten konnte, mischte Ivy sich ein. »Mein Liebling, wenn du Papa die Geschichte erzählen lässt, wirst du es vielleicht herausfinden.«

Sebastian lachte und Leah presste die Lippen aufeinander.

West lächelte seine Tochter an und fuhr fort. »Butter hatte weiches, gelbes Haar, wie Butter.«

Leah grinste und dann machte sie den Mund auf, doch sie schloss ihn gleich wieder.

»Wie ich sagte«, fuhr West fort, »sollte Butter auf die jüngeren Feen achtgeben, weil das ihre Aufgabe war, und sie war in schrecklicher Geldnot, um für ihr Zimmer im Schlafhaus zu bezahlen. Sie hatte keine Familie oder ein eigenes Zuhause.«

»Nun, das ist traurig.« Leah schlug sich die Hand vor den Mund.

»Eines Tages kam eine junge Fee, die Sperling genannt wurde – und Leah bitte frag mich *nicht* nach diesem Namen – zu Butter und berichtete, dass eine Fee in einem der Fliegenpilze gefangen war. Butter hatte so etwas noch nie gehört und glaubte, dass Sperling ihr einen Bären aufband. Sie fragte, wo er so etwas gehört hatte. Er antwortete, dass sein älterer Bruder das gesagt hatte, und es absolut wahr sei.

Butter war sicher, dass Sperlings älterer Bruder ihm einen Streich spielte, und beschloss, ihm zu sagen, damit aufzuhören, die Fantasie seines jüngeren Bruders mit Lügen zu füttern. Als es für die Feen Zeit war, nach Hause zu gehen, begleitete sie den jungen Sperling mit der Absicht, sich mit seinem Bruder zu unterhalten.

Sperling ging ins Haus, um seinen Bruder zu holen, aber er kam allein wieder heraus. ›Es tut mir leid, aber Stein ist nicht zuhause‹, sagte er zu Butter. ›Vielleicht kannst du es morgen probieren.‹

Frustriert ging Butter davon. Sie kehrte am nächsten Tag zurück, aber er war immer noch nicht da. Sie ging am folgenden Tag hin und dann am darauffolgenden – jeden Tag, eine Woche lang. Schließlich fragte sie, ob er überhaupt dort lebte.

›Natürlich lebt er hier‹, antwortete Sperling. ›Er ist mein Bruder.‹

›Ich fange an zu glauben, dass dein Bruder ebenso erfunden ist, wie die Fee, die in einem Fliegenpilz gefangen ist.‹

Sperling schüttelte den Kopf. ›Es ist keine Erfindung. Geh und schau dir den Fliegenpilz mit den grauen Tupfen am Stamm genau an.‹

›Dort werde ich die Fee im Fliegenpilz gefangen finden?‹, fragte Butter.

Sperling nickte. ›Dann musst du herausfinden, wie du ihn befreist.‹

›Die Fee ist ein er?‹, fragte Butter. Aus irgendeinem Grund hatte sie angenommen, dass sie weiblich wäre. Eine Prinzessin vielleicht.

›So sagt mein Bruder‹, antwortete Sperling. ›Er sagt auch, dass die Fee für immer gefangen ist, wenn sie nicht vor Vollmond befreit wird.‹

Weil heute Nacht Vollmond sein würde, beschloss Butter, dass sie sich besser auf den Weg machen sollte, und sei es nur, um Sperling und seinem Bruder zu beweisen, dass es da keine Fee gab.

Mit einer Axt bewaffnet, damit sie in den Fliegenpilz hacken konnte, falls das nötig sein sollte, ging sie nach dem Abendessen los und kam bei Zwielicht an dem graugetupften Fliegenpilz an. Sie umrundete den Fliegenpilz und versuchte herauszufinden, wie sie hineinkommen konnte.

›Er sieht einfach wie ein Fliegenpilz aus‹, brummte Butter. ›Sperling hat gelogen und ich bin darauf reingefallen.‹

Sie drehte sich zum Gehen um, doch aus dem Augenwinkel nahm sie ein schwaches Glimmen wahr. Es kam von dem Fliegenpilz – aus der Mitte des Stammes, eigentlich. Langsam wendete sie sich zu dem Fliegenpilz um und bemerkte, dass das Licht strahlender wurde.

Butter ging zu dem Fliegenpilz und legte eine Hand an den glatten Stamm. ›Ist jemand hier?‹

Eine Tür öffnete sich am Ansatz des Stammes und die

allerschönste männliche Fee trat heraus, die sie je erblickt hatte.«

Wests Blick verband sich mit dem seiner Frau und Emmaline konnte nicht anders, als die stille Kommunikation zwischen ihnen wahrzunehmen. Es war flirtend und liebevoll und voller Versprechen.

Emmaline sah zu Lionel hinüber und erkannte, dass er sie mit einem liebevollen Ausdruck beobachtete. Sie griff hinüber und nahm seine Hand.

West fuhr fort. »›Guten Abend, Butter. Ich bin Stein.‹

›Sperlings Bruder?‹ Butter war nicht sicher, ob sie ihm glaubte. ›Er sagte, du wärst eingeschlossen, aber das bist du offensichtlich nicht.‹

›Ja, dieser Teil war erfunden. Ich musste dafür sorgen, dass du kommst. Ich habe diese Woche in diesem Fliegenpilz verbracht und … Dinge getan. Würdest du sie gern sehen?‹«

Die Kinder hatten sich alle leicht vorgebeugt und ihre Aufmerksamkeit galt ganz Wests Märchenerzählung.

»Der Zweifel ließ Butter zögern«, sagte West. »Aber am Ende gewann die Neugier und sie folgte ihm hinein. Was sie als Nächstes sah, ließ ihr den Mund offenstehen. Es war ein Haus. Mit Möbeln und sogar einem Kamin.

›Ich war gerade im Begriff das Feuer anzuzünden – das erste‹, verkündete Stein. ›Würdest du gern mit mir davor sitzen?‹

Butter nickte und war von der Gemütlichkeit des Inneren bezaubert, die sie in sich aufnahm. Es gab ein Sofa und einen üppig gepolsterten Sessel, der perfekt zum Lesen war. Hier könnte sie glücklich leben. Aber natürlich war es nicht ihr Haus. Es gehörte Stein. Oder das dachte sie zumindest.

›Ist das dein Haus?‹, fragte sie.

Stein drehte sich vom Feuer weg und nahm ihre Hand. ›Nein, ich hatte gehofft, es würde deines sein. Ich weiß, dass du keins hast.‹

Butter konnte nichts sagen Seit der Zeit, als sie noch sehr klein war, bevor ihre Eltern gestorben waren, hatte sie kein eigenes Heim gehabt. ›Du hast die ganze Woche damit verbracht, dieses Haus zu bauen … für mich?‹

Stein nickte. ›Sperling sagt, dass du keins hast. Und jetzt hast du eins. Es gibt ein Schlafzimmer oben und noch einen Kamin, damit dir nicht kalt wird.‹

Butter war nicht sicher, ob ihr je wieder kalt sein würde, insbesondere, wenn sie in seine warmen, freundlichen Augen sah. ›Danke Stein. Wirst du versprechen, mich zu besuchen?‹

Er lächelte sie an. ›Es wäre mir eine Ehre. Sollen wir jetzt Tee trinken?‹

Und das taten sie.«

Der Raum war in Schweigen verfallen. Schließlich sprach Leah. »Was ist als Nächstes passiert?«

West zögerte. »Ähm, sie haben ihren Tee getrunken.«

Leah runzelte die Stirn. »Das hast du gesagt. Was ist *nach* dem Tee passiert?«

»Ach, Stein ist gegangen und Butter hat sich zu Bett begeben.«

»Da muss noch mehr sein«, bohrte Leah blinzelnd. »Ist das eine echte Geschichte, oder hast du sie dir nur ausgedacht?«

West schmunzelte. »Alle Geschichten sind von irgendjemandem ausgedacht, mein Liebling.«

»Und das war eine sehr gute«, bemerkte Emmaline. »Du solltest sie aufschreiben.«

West schien geschmeichelt. »Vielleicht werde ich das tun.«

»Aber sie braucht ein richtiges Ende, Papa«, beharrte Leah.

»Und was für eine Art von Ende ist das?«, fragte West.

»Eines, in dem ›und sie lebten glücklich bis ans Ende ihrer Tage‹ vorkommt.«

Emmaline ließ den Blick noch einmal zu ihrem Ehemann schweifen, und erkannte die Liebe und das Lachen in seinen Augen. Ihr Herz schwoll zur Antwort an.

»Du hast recht«, pflichtete West seiner Tochter bei. »Morgen werde ich über das glückliche Ende erzählen. Dank deiner Mutter, weiß ich genau, was das bedeutet.«

Die Erwachsenen im Raum lächelten und lachten und die Kinder fingen an, sich erneut untereinander zu unterhalten – bis der Butler eintrat und ein Tablett Marzipan trug. Die Kinder umschwärmten ihn.

Emmaline sah zu ihren Gastgebern. »Danke Ivy und West, uns diese Weihnachten hier willkommen zu heißen. Es ist so eine Freude, zusammen zu sein.«

»Und noch eine weitere dabei zu haben«, antwortete Ivy, die liebevoll zu Natalie sah.

»Nächstes Jahr wird es mindestens noch eine weitere geben«, prophezeite Fanny und zeigte auf ihren Bauch, der kaum die Wölbung eines Babys erkennen ließ.

Arabella schmiegte sich enger in die Umarmung ihres Ehemannes auf dem kleinen Sofa. »Zwei.«

»Herzlichen Glückwunsch!«, sagte Lionel. »Sorgt dafür, dass ihr nicht draußen seid, wenn die Zeit gekommen ist – keine von euch.«

Emmaline streichelte Natalies Wange. »Oh, ich denke, es hat gut geklappt.«

»Mehr als gut«, stimmte Lionel zu.

»Hmm, es scheint, als seien wir an der Reihe«, sagte West leise zu Ivy, aber Emmaline hörte ihn.

Offenbar hörte Lionel ihn auch, denn er grinste und schlug vor. »Dann geht nach oben.«

Wests Augen funkelten, als er zu seiner Frau sah. »Das beabsichtige ich.«

Lionel lachte. »Immer der Herzog der Begierde.«

»Immer«, murmelte Ivy.

Ich danke Ihnen herzlich, dass Sie *Ein Earl als Junggeselle* und *Bonus-Material der Bücherreihe Die Unberührbaren* gelesen haben. Ich hoffe, es hat Ihnen gefallen!

Möchten Sie erfahren, wann mein nächstes Buch verfügbar ist? Sie können sich für meinen Deutscher Newsletter anmelden, mir auf Amazon.de folgen und meine Facebook-Seite liken.

Rezensionen helfen anderen, Bücher zu finden, die für sie geeignet sind. Ich schätze alle Bewertungen, ob positiv oder negativ. Ich hoffe, dass Sie erwägen werden, eine Bewertung bei Ihrem bevorzugten der Seite Ihres bevorzugten Internet-Netzwerkes abzugeben.

Ich mag meine Leser so sehr. Danke!

Die Unberührbaren: Die Prätendenten

Geheimnisvolle Kapitulation

Ein skandalöser Pakt

Des Gauners Rettung

Der Phönix Club

Ungehörig: Das Mündel des Earls

Leidenschaftlich: Eine zweite Chance für das Eheglück

Intolerabel: Die Schwester des besten Freundes

Unschicklich: Eine Vernunftehe

Unmöglich: Eine Schöne und ein Scheusal im Liebesglück

Unwiderstehlich: Eine Scheinehe mit dem Spion

Untadelig: Eine geheime, verbotene Affäre

Unersättlich: Der geläuterte Lebemann und die unwillige
Debütantin

Ruchlose Geheimnisse und Skandale

Ihr ruchloses Temperament

Sein ruchloses Herz

Die Verführung des Halunken

Verliebt in eine Diebin

Die Schöne und der Halunke

Einmal Halunke, immer Halunke

Die Liebe ist überall

(eine Regency Weihnachtstrilogie)

Der Earl mit dem flammendroten Haar

Das Geschenk des Marquess

Eine Freude für den Herzog

ÜBER DIE AUTORIN

Darcy Burke ist die USA Today Bestsellerautorin für sexy, emotionale, historische und zeitgenössische Romantik. Darcy schrieb ihr erstes Buch im Alter von 11 Jahren – mit einem Happy End – über einen männlichen Schwan, der von der Magie abhängig war, und einen weiblichen Schwan, der ihn liebte, mit nicht sehr gelungenen Illustrationen. Schließen Sie sich ihr an newsletter!

Darcy, die in Oregon an der Westküste der Vereinigten Staaten geboren wurde, lebt am Rande des Wine Country mit ihrem auf der Gitarre spielenden Ehemann und ihren beiden ausgelassenen Kindern, die das Schreiben geerbt zu haben scheinen. Sie sind eine nach Katzen verrückte Familie mit zwei bengalischen Katzen, einer kleinen, familienfreundlichen Katze, die nach einer Frucht benannt ist, und einer älteren, geretteten Maine Coon, die der Meister der Kühle und der fünf-Uhr-morgens-Serenade ist. In ihrer ›Freizeit‹ ist Darcy eine regelmäßige ehrenamtliche Mitarbeiterin, die in einem 12-stufigen Programm eingeschrieben ist, in dem man lernt, ›Nein‹ zu sagen, aber sie muss immer wieder von vorne anfangen. Ihre Lieblingsplätze sind Disneyland und das Labor Day Wochenende in The Gorge. Besuchen Sie Darcy online unter https://www.darcyburke.net.